삼개주막

기담회

삼개주막 기담회

오윤희 기담소설

고즈넉
이엔티

삼개주막
기담회

초판 7쇄 발행 2023년 5월 17일

지은이 오윤희
펴낸이 배선아
편 집 박미애
디자인 엄인경
펴낸곳 고즈넉이엔티

출판등록 2017년 3월 13일 제2022-000078호
주소 서울특별시 마포구 성지1길 35, 4층
대표전화 02-6269-8166 **팩스** 02-6166-9199
이메일 gozknockent@gozknock.com
홈페이지 www.gozknock.com
블로그 blog.naver.com/gozknock
페이스북 www.facebook.com/gozknock
인스타그램 www.instagram.com/gozknock

ⓒ 오윤희, 2021
ISBN 979-11-6316-165-3   03810

표지이미지 Designed by Freepik

차례

삼개주막 이야기

삼개주막은 한양 도성에서 서남쪽으로 십 리쯤 떨어진 마포나루 어귀에 있었다. 마포나루, 혹은 삼개나루라고도 불리는 이곳은 한강을 거슬러 오는 장삿배들로 언제나 북적거렸다.

장삿배들이 주로 취급하는 품목은 소금과 젓갈이었다. 한양의 소금과 젓갈은 모두 마포나루를 거친다는 말이 있을 정도로 이 두 품목의 상권은 마포나루가 꽉 틀어쥐고 있었다.

젓갈 중에선 특히나 새우젓이 유명해 한양 사람들은 길 가다 새우젓 장수만 보면 출신을 묻지도 않고 그냥 '마포 새우젓 장수'라고 불렀다. 그러다 보니 나루터에는 젓갈과 생선을 보관하기 위한 창고가 하나둘 들어서기 시작했고, 상품을 위탁 판매하거나 중개하는 상인들이 문지방이 닳도록 드나들었다.

마포나루가 번창한 까닭은 장삿배와 상인들 때문만은 아니었다. 남한강에서 넘어오는 뗏목이 많았던 덕분에 이곳에선 제재소도 호황을 누렸다. 창고에 보관하더라도 생선을 흙먼지가 가득한 땅바닥에 쌓아둘 수는 없는 노릇이니 생선을 넣어 놓을 옹기를 굽는 사람들도 마포나루로 몰려들었다.

뱃사람이든, 장사치든, 옹기장이든 때가 되면 밥을 먹어야 한다. 자연스레 객주와 여각이 문을 열었다. 이렇듯 마포나루엔 다양한 직종을 가진 사람들이 부대끼고 어우러져 특유의 활력이 넘쳤다.

나루터에서 이름을 따온 삼개주막은 시끌벅적한 선착장에서 조금 떨어진 곳에 자리를 잡았다. 뱃사람과 상인들의 시끄러운 고함 소리에 귀가 먹먹해지지 않을 만큼은 멀었지만, 주막이라는 걸 알리기 위해 문 앞에 내다 건 '주(酒)'자를 볼 수 있을 정도로는 가까웠다. 선착장과 너무 가깝다면 손님들이 소음 때문에 마음 편하게 탁주를 마시기 어려웠을 것이고, 너무 멀다면 하룻밤 묵을 곳을 찾는 투숙객들이 모르고 지나칠 수 있으니 딱 안성맞춤인 곳에 터를 잡았다고 할 수 있겠다.

좁은 부엌과 안마당, 객실 두 개와 안방 한 개까지 포함해 약 스무 평 남짓한 주막은 위채와 아래채로 나뉘어 있는데, 위채는 '기역'자가 거울에 비쳐 뒤집힌 형태로 지어졌다. 위채는 부엌과 바로 연결되는 안방, 안방에서 대청을 건너 맞은편에 있는 건넌방으로 이루어졌다. 안방에선 주모 김씨와 그의 아들, 딸 둘까지 네 식구가 기거했다.

방이 부엌에 붙어 있어 주모는 한밤중에 아궁이 불을 때거나 국을 끓이느라 일일이 짚신을 꿰차고 달려가야 하는 수고를 덜 수 있었다.

건넌방은 양반이나 돈 있는 손님들이 단독으로 묵는 객실이었다. 비바람과 추위만 피하면 된다고 생각하는 손님들은 아래채 객실에서 다른 숙박객 십여 명과 한방을 써야 했다.

한일(一) 자를 세로로 세운 형태로 구성된 아래채는 객실과 외양간, 뒷간이 나란히 붙어 있어 아래채 객실에서 묵는 손님은 돗자리 아래서 들끓는 빈대, 다른 투숙객의 몸에서 나는 쾨쾨한 발 냄새, 땀 냄새뿐 아니라 뒷간에서 나는 구린내까지 감내해야 했다.

지방에서 장삿배에 물건을 실어온 상인들이 주로 이 방을 이용했는데, 때로는 과거 시험을 보러 빵빵한 괴나리봇짐을 등에 짊어지고 상경한 주머니 가벼운 선비들도 결코 아늑하다고는 할 수 없는 이 공간에 합류했다. 그럴 때면 그들은 '어쩔 수 없이 같은 방을 쓰긴 하지만, 너네들 같은 중인과는 달리 이 몸은 양반 신분이다'라고 확인시켜주기라도 하듯 가능한 한 다른 투숙객들과 멀찍이 떨어진 곳에 몸을 눕히는 것을 잊지 않았다.

하지만 삼개주막엔 이런 투숙객들보다는 잠시 허기를 달래거나 술로 목을 축이고 가는 사람들이 더 많았다. 하루 종일 대패로 나무를 밀다 목에 먼지가 껴 컬컬해진 제재소 일꾼, 강화에서 올라온 새우젓과 생선을 지게에 지고 만리재 고개를 넘어 칠패시장에 내다 파느라 얼굴이 꺼멓게 탄 새우젓 장수 등이 주막의 단골이었다. 이들은 안마당에 깔아놓은 너른 평상에 앉아 육포를 안주 삼아 술잔을 기울이거나, 뜨끈한 장국에 밥을 말아 훌훌 넘기며 피로를 풀었다.

삼개주막은 빈말로라도 쾌적한 숙박 시설이라고 하기는 어려웠지만, 음식만큼은 어디에 내놔도 빠지지 않았다. 특히 인기가 좋은 것은 술국이었다. 살점을 발라낸 소 뼈다귀를 도끼로 잘게 토막 내 끓는 물에 집어넣고 푹 곤 다음, 뼈다귀 맛이 우러난 국물에 된장을 풀고 배추 우거지를 넣은 술국은 특히나 과음한 다음 날 속을 풀어주는 데 제격이었다.

양지머리로 국물을 뽑아서 안에다 밥을 푼 장국밥도 손님들이 많이 찾는 음식이었는데, 여기다 간장을 조금 풀어 먹는 게 제맛인지 그냥 국물 맛 그대로를 음미하는 게 좋은지를 놓고 손님들 사이 시시한 언쟁이 있기도 했다.

술에 곁들일 안주로는 삶은 돼지고기나 빈대떡, 석쇠에 구운 생선이 잘 나갔지만, 술꾼들 사이에선 진국배기 막걸리 한 잔에 양지머리나 쇠꼬리, 소 간 등을 초고추장에 찍어 먹는 것만 한 별미는 없다는 게 공통된 입맛이었다.

이렇듯 사람들 마음을 사로잡는 음식의 비결은 주모 김씨의 손맛에 있었다.

30대 후반인 김씨는 작달막한 키에 체구가 넉넉한 여인네였다. '넉넉하다'는 기준은 다 다를 테니 조금 설명을 덧붙이자면, 비바람이 아무리 세차게 불어도, 심지어 태풍이 부는 날에도 주모가 바람에 다리가 휘청거릴까 봐 걱정하는 한가한 인간은 없을 터였다.

궂은 날씨에 굵은 빗줄기를 맞으며 일하고 있을 때조차 그녀는 시골 마을 어귀에 있는 아름드리 서낭당 나무처럼 듬직해 보였다. 그런 주모가 소매를 걷어붙여 통나무처럼 튼실해 보이는 팔뚝을 드러내놓고 부엌에서 씩씩하게 가마솥을 닦거나, 안주가 차려진 상을 들고 안마당을 가로지르는 모습은 숙련된 대장장이가 땜질을 하거나 힘 좋은 일꾼이 장작을 팰 때처럼 시원시원해서 보기 좋았다.

주막의 성격은 그곳의 총 책임자 격이라고 할 수 있는 주모가 어떤 인물이냐에 따라 크게 달라지는데, 젊었을 때 기생이었다가 퇴기(退妓)가 되어 기방을 나온 주모가 있는 주막엔 배를 채우려는 것보다 주모와 객쩍은 농지거리를 하기 위해 찾는 손님들이 많았다.

그런 곳에선 주모도 낭창낭창한 허리를 요염하게 흔들며 걷거나, 익숙한 눈웃음으로 사내들을 홀리며 술을 권하곤 했다.

하지만 한창 때도 인물 좋다는 칭찬은 들어본 적 없었을 삼개주막 주모 김씨는 죽었다 깨도 그런 일을 할 수 없을뿐더러 설사 자신이 전설 속 달의 여신 항아처럼 아름답다 하더라도 가볍게 웃음을 팔고 싶지 않았다. 차라리 몸은 고되더라도 새벽부터 일어나 손발이 부르트게 바지런히 노동해서 버는 돈이 더 값어치가 있다고 생각했다. 김씨는 자신의 굵은 허리와 팔뚝을 창피해하기는커녕 일종의 훈장처럼 여겼다.

그녀가 금세라도 픽 쓰러질 것 같은 가녀리고 연약한 여인네였다면 남편을 일찍 저세상으로 보낸 뒤 여자 혼자 몸으로 고만고만한 코흘리개 셋을 먹여 살릴 수 없었을 것이다.

김씨 남편은 막둥이가 돌이 막 지났을 무렵 시름시름 앓다가 세상을 떴다. 처음엔 그저 여름철 무더위 탓에 살이 많이 빠졌다고만 여겼다. 전에 없이 쉽게 지치고 낯빛이 점점 어두워졌을 때도 그냥 힘들어서 그렇겠거니 생각했다. 하루하루 벌어먹기 힘든 처지에 몸이 조금 안 좋다고 일을 쉬거나 의원을 찾을 수는 없는 노릇이었다. 더구나 당시는 김씨 부부가 연 주막이 자리를 잡지 못해 일을 손에서 놓을 수도 없는 때였다.

하지만 속에 물이 찬 것처럼 배가 부풀어 올라 음식을 넘기지도 못하고 밤에 제대로 눕지도 못하는 상황이 되자, 김씨도 남편도 '이거 예삿일이 아니구나' 직감했다. 의원은 남편의 맥을 짚어보더니 고개를 설레설레 흔들었다. 남편도 자신이 회복될 수 있으리라고 기대하지는 않았다. 당신 아버지도 배에 물이 차더니 몇 달 안 돼 돌아가셨노라고 했다. 하지만 덤덤하게 말하는 남편의 눈가는 빨갛게 젖어 있었다.

의원을 보고 돌아온 날 밤, 소변이 마려워 새벽에 잠이 깬 김씨는 남편이 아랫목에 옹기종기 누운 채 세상 근심 없이 잠든 세 아이들을 보며 소리 죽여 울고 있는 것을 발견했다. 세상에 태어났으면 누구나 언젠가는 죽는 법이고, 지체 높은 가정에서 태어나 평생 호강만 하며 살았던 것도 아니니 삶에 무슨 큰 미련이 있겠냐만은, 남겨놓고 갈 아이들이 눈에 밟히는 것만은 어쩔 수 없었을 것이다. 그 심정이 절절하게 이해가 되어 김씨는 가슴이 아렸다.

"애들은 걱정 마소. 내가 몸이 부서지는 한이 있더라도 우리 새끼들은 책임지고 잘 키울 테니."

김씨는 남편의 야윈 등을 어린 아기 보듬듯 가만히 쓰다듬었다. 남편은 아무 말 없이 그저 고개만 끄덕였다. 그는 마누라가 한번 내뱉은 말은 반드시 지키는 여자라는 걸 너무나도 잘 알고 있었다. 남편은 꼭 석 달 뒤 세상을 하직했다.

김씨는 남편을 땅에 묻은 바로 다음 날부터 영업을 재개했다. 사람들이 독하다고 혀를 내둘렀지만, 그런 건 어차피 귓전으로 흘리면 될 일이었다. 그녀에겐 남편과 한 약속을 지키는 일, 이 모진 세상에서 어린 자녀를 건사하는 일이 무엇보다도 중요했다.

그로부터 십여 년이 지난 지금, 김씨는 남편과 했던 약속을 절반 정도는 지켰다고 생각했다. 적어도 그녀는 아이들이 배를 곯거나, 다 해진 옷을 입고 돌아다니게 놔두지 않았다. 끼니 때마다 따뜻한 밥을 해 먹였고, 옷에 구멍이 나거나 해진 부분이 있으면 밤에 졸린 눈을 비벼가며 바느질을 했다.

이제는 막내도 제법 어린애 티를 벗었으니 몇 년 뒤 아이들을 시집, 장가만 보내면 그녀는 죽어서 남편 앞에 약속을 지켰노라고 당당하게 어깨를 펼 수 있을 터였다.

그날을 위해 주모는 오늘도 새벽 동이 트기 전부터 일어나 경대 앞에서 머리를 매만졌다.

못생겼다고 할 수는 없지만, 딱히 타인의 시선을 끌 만한 외모도 아니었다. 그러니 공들여 가꿔본들 갑자기 아름다워질 수야 없겠으나, 손님들 앞에 용모를 드러내는 일인 만큼 최소한 단정하기는 해야 한다는 게 주모의 생각이었다.

삼개주막 주모의 차림새는 어제나, 오늘이나 변함이 없었다. 다른 주모들은 대개 얹은머리에 자주색 댕기를 땋아 아래로 늘어뜨리고 치마를 오른쪽으로 동여맨 뒤 흘러 내려오지 않게 허리끈을 묶었다. 하지만 김씨는 그저 여염집 아낙네처럼 쪽진 머리에 비녀를 꽂고, 치장은 흰 옷 저고리 끝동에 자주색 단을 대는 것 정도에 그쳤다. 외양만 보면 별로 신경 쓴 기색이 없다 하겠지만, 주모는 매일 아침 머리를 빗고 옷매무새를 만지며 오늘 하루도 잘 버텨야 한다고 각오를 다졌다.

주모는 간드러지게 손님들 비위를 잘 맞춰주는 재주는 없었다. 그저 주문받은 요리와 안주를 묵묵히 만들어 내올 뿐 손님들이 앉는 평상에 같이 엉덩이를 붙이고 앉아 그들의 말동무를 해 주는 일 따위는 거의 없었다. 어찌 보면 무뚝뚝하게도 보일 수 있는 접대였는데, 그럼에도 불구하고 손님들은 주모를 좋아했다.

주모는 체격만큼이나 인정도 넉넉했다. 어떤 주막에선 뜨내기 손님, 주머니가 가벼워 보이는 손님용으로 물을 섞어 멀겋게 희석한 막걸리를 내오기도 했는데 김씨는 결코 그러는 법이 없었다. 단골이 공짜로 안주를 더 달라는 등 염치없는 소리를 할 때면 '참으로 뻔뻔도 하시오. 나는 뭐 밑지고 장사하란 거요?' 하며 퉁명스레 무안을 주면서도 슬쩍 국수 몇 가닥을 말아 내오거나 머릿고기 몇 점을 더 얹어 주곤 했다.

동네 옹기장 박씨가 아내 장례를 치른 뒤 어깨가 축 처진 채 주막에 와서 막걸리를 몇 병씩이나 들이키고 계산하려 할 때는 아무 말 없이 그냥 가라고 손사래를 친 적도 있다. 이렇듯 드러내 놓고 친절하진 않아도 야박하지 않고, 푸근한 정감이 있다는 게 손님들이 삼개주막을 찾는 이유였다.

어느 주막이고 간에 '중노미'라고 불리는 일꾼이 있다. 이들의 주요 임무는 안주를 훔쳐 먹으려는 양심 불량 손님들을 감시하는 일이었다.

주막에선 술을 한 사발 시키면 공짜 안주 한 점이 따라 나오게 마련이다. 손님들은 주막에 들어서면 젓가락 통에서 젓가락을 뽑아 자신이 먹고 싶은 안주를 집어다 석쇠 위에 올려놓았다. 이렇게 한 번은 별도로 돈을 내지 않고 안주를 먹을 수 있었다.

그런데 주모가 바쁜 틈을 타 처음인 척하면서 세 번이고 네 번이고 안주를 꺼내 먹는 사람들도 꼭 있게 마련이었다. 이런 일이 누적되면 주막 입장에선 적자를 면하기가 어려웠다. 그래서 악질 손님을 가려내기 위한 감시자를 붙이게 됐는데, 그게 바로 중노미였다. 대개는 중노미 역할을 맡을 일꾼을 고용하는데, 삼개주막에선 주모의 첫째 아들 선노미가 이 일을 담당했다.

선노미는 올해 열네 살 된 청년이었다. '선한 놈'이 되라는 뜻에서 지었는데, 양반 아닌 계층에서 흔히 볼 수 있는 이름이었다. 하지만 선노미에게는 '멀끔한 놈', '잘난 놈'이라는 이름이 더 잘 어울렸다. 선노미가 선량하지 않다는 게 아니라, 그의 외모가 착한 품성과 성실함을 가려버릴 정도로 탁월했기 때문이다.

선노미는 키가 크고 호리호리한 체구에 얼굴이 하얗고 갸름했다. 기생 오라비 같다는 말을 듣기 딱 좋은 외모인데, 정작 두 여동생은 기생과는 거리가 먼 외양이니 안타까운 일이었다. 자주 오가는 손님들은 가끔씩 선노미를 가리키며 '훤칠한 인물은 계집애한테나 물려줄 것이지 어쩌자고 사내놈한테 줘버렸는가'라고 주모에게 농담을 하곤 했다.

주모는 그때마다 쓸데없는 소리를 한다고 퉁을 줬지만, 가끔 '그게 뭐 내 마음대로 되는 일인가요'라고 솔직하게 터놓는 걸 보면 본인도 딸이 아닌 아들이 해사한 외모를 타고난 게 애석한 모양이었다.

도통 이해가 안 가는 것은 외양으로는 딱히 내세울 게 없는 주모와 그에 못지않게 내세울 게 없었던 남편이 어떻게 저렇게 멀끔한 아들놈을 만들 수 있었느냐 하는 건데, 어쩌다 조물주는 이런 식으로 장난을 치기도 하는 모양이었다.

어쨌거나 선노미는 중노미 역할을 하고 바쁠 때는 어미를 도와 숯불이 이글거리는 화로를 부채질하며 청어나 너비아니 구이를 굽기도 했다. 땔감으로 쓸 장작을 패거나, 뒷간 청소 같은 궂은일도 도맡아 했다.

주막에서 일하는 사람 중 사내는 선노미가 유일하다 보니 술 마시고 행패나 난동을 부리는 손님을 말리는 것도 일단은 선노미 몫으로 봐야 하겠는데, 선노미의 호리호리한 체격과 곱상한 얼굴보다는 오히려 주모의 탄탄한 팔뚝이 더 믿음직스러워 보였다. 그러니 여태껏 주막에서 남자의 완력이 필요할 만큼 취객들이 소동을 부린 적이 없다는 사실은 선노미에게 꽤 큰 행운이라 할 수 있겠다.

얼굴은 전혀 닮지 않았지만, 말수가 적은 것은 주모에게서 그대로 물려받았는지 선노미도 여간해선 입을 떼는 일이 없었다. 하지만 묵묵히 제 할 일만 하고 있을 때도 선노미의 수려한 외양은 너무나 큰 존재감을 발휘하는지라 손님들은 그가 과묵하다는 사실조차 깨닫지 못할 때가 많았다.

선노미 밑으로는 한 살 터울진 열세 살짜리 복이와 열 살 먹은 옥이가 있다. 오라비인 선노미가 주모 뱃속에 있을 때 자녀들이 물려받을 미(美)란 미는 죄다 싹 쓸어 가져가 버렸는지 앞서 말한 대로 딸들 외모는 그저 그랬다. 두 계집아이 모두 동글납작한 얼굴에 코가 낮아 귀염성 있다곤 해도 어여쁘다고 할 정도는 아니었는데, 둘 다 그 사실엔 크게 개의치 않는 눈치였다.

두 딸은 어머니를 도와 주방에서 수저를 씻고 재료를 손질하는 등 잡일을 담당했다. 주모가 바빠서 자리를 뜰 수 없을 때면 손님에게 상을 내거나 주문받는 일을 하기도 해서 단골은 다들 두 딸 얼굴을 알고 있었다.

복이는 식구들 가운데 가장 명랑하고 싹싹했다. 어쩌다 한 번씩 주모 대신 손님들 주문을 받기도 했는데, 뚱한 표정의 주모와는 달리 복이의 입가엔 항상 생글거리는 미소가 걸려 있었다. 그럴 때면 그리 예쁘지 않은 복이의 얼굴이 이름 그대로 참 복스럽게 보여서 손님들은 이다음에 복이가 시집을 잘 갈 거라고 덕담하곤 했다.

통통한 볼살이 나이보다 더 앳된 인상을 주는 막내 옥이 역시 언니와 마찬가지로 성격이 밝은 편이었다. 하지만 꽤나 맹랑한 구석이 있고, 막내답게 가끔씩 자기 중심적인 행동을 한다는 게 그저 무던하고 사람 좋은 복이와는 다른 점이었다.

삼개주막의 일상은 이 네 사람을 중심으로 흘러갔다. 계절에 따라 꽃이 폈다 져도 땅 속 깊이 내린 뿌리가 나무를 단단히 지탱해 주듯 매일 같이 수많은 손님들이 들고 나는 주막에서 김씨네 가족 네 명은 언제나 그곳을 지키는 구심점 역할을 했다.

1

그림 그려주는 노인

서른 남짓 보이는 보부상이 삼개주막에 들어선 것은 아직 땅거미가 내려앉기 전, 늦은 오후였다. 굳이 밝히지 않아도 가늘게 쪼갠 대나무를 엮어 만든 패랭이 좌우에 목화솜이 하나씩 달린 것이 사내의 신분이 보부상이라는 사실을 알려주고 있었다.

　물건을 보자기에 싸서 들고 다니는 보상(褓商)과 지게에 짊어지고 다니는 부상(負商)을 합쳐 보부상이라고 한다. 사내의 손에 펑퍼짐한 보따리가 들려 있으니 정확히는 보부상이라기보다 보상이라고 해야겠지만, 사람들은 굳이 둘을 구별하지 않고 뭉뚱그려 보부상이라 불렀다. 제집에 오기라도 한 듯 들어서자마자 평상에 다리를 펴고 턱 걸터앉는 단골들과 달리 주변을 두리번거리는 모양새를 보니 보부상은 이곳에 처음 온 모양이었다. 널찍한 평상 한쪽 구석에 혼자 앉을 만한 공간을 발견한 그는 자리를 잡은 뒤 바닥에 보따리를 내려놨다.

　주모가 덧입은 행주치마에 물 묻은 손을 닦으며 다가왔다.

"식사를 하실 거요, 술을 하실 거요?"

"식사로는 뭐가 있습니까?"

"장국밥도 되고, 술국도 됩니다. 전날 술을 많이 하셨으면 아침에 술국을 드시는 게 좋을 텐데 지금은 이미 해장이 필요한 때는 넘겼고……."

조금 떨어진 자리에서 술잔을 기울이던 남정네 하나가 둘의 대화를 듣다 끼어들었다.

"지금은 술이 깰 때가 아니라 술을 마실 때지. 일도 마쳤겠다, 술한잔 못 할 이유가 뭐가 있나?"

"자네는 술 한 잔이 아닌데 그런 말을 하니 문제지."

함께 술을 마시던 일행이 면박을 주자, 그 자리에선 일제히 폭소가 터져 나왔다. 모두들 보부상보다는 십여 년 이상 연상으로 보였다.

"그렇다면 장국밥으로 하지요. 맛있게 만들어 주세요."

"당부하지 않아도 우리 집 밥은 다 맛있어요. 공연한 걱정을 하시네."

퉁명스럽게 주문을 받은 주모가 쌩하니 주방으로 사라지자, 보부상은 계면쩍은 표정이 돼서 하릴없이 손으로 턱을 쓰다듬었다.

"이곳에 처음 오는 손님인갑소?"

아까 끼어들었던 남자가 다시 말을 붙여왔다. 새로운 얼굴이 나타나 호기심이 동한 모양이었다.

"……네."

"주모가 애교가 없어 저런데 알고 보면 나쁜 사람은 아니라오. 다만 자기가 하는 음식에 자부심이 대단해서 누가 이러쿵저러쿵 트집 잡는 걸 질색할 뿐이지. 그러니 언짢게 생각할 필요는 없소."

"그렇군요."

"국밥도 잘 시키셨소. 국물 맛을 여기 정도로 잘 내는 집은 이 주변에서 찾기 힘들지."

"다행입니다. 어쩨 몸이 찌뿌드드해서 뜨끈한 걸 먹고 피로를 풀고 싶었거든요."

보부상은 쓰고 있던 패랭이를 벗어 손등으로 이마에 밴 땀을 훔쳤다. 밖에서 햇빛을 받으며 온종일 걸어 다녀서인지 피부가 검게 그을려 있었지만, 이목구비 자체는 뚜렷한 게 제법 남자다운 외모였다.

"형씨는 보부상이지요?"

"맞습니다. 패랭이 때문에 금방 아셨군요. 빗, 망건, 피혁들을 주로 팝니다. 때로는 놋그릇이니 지필묵 같은 것도 취급하고요."

"전국 방방곡곡 안 가본 곳이 없으셨겠군요."

"그렇지요. 장이 서는 곳이면 어디든 다 돌아다니는 게 일이니까요. 오죽하면 남들이 '장돌뱅이'라고 부르겠습니까."

"부럽기 짝이 없소. 우리는 나루터 선착장에서 짐 옮기고 창고지기 일을 하는데 한양 땅도 돌아다닌 곳이 별로 없다오."

"이곳저곳 다닌다고 어디 다 좋습니까. 집 떠나면 고생이라고, 낯선 데서 쪽잠 자며 돌아다니는 것도 고달픕니다."

"그래도 덕분에 세상 구경 많이 할 수 있잖소. 보고 듣는 게 다 공부인데, 형씨는 우리보다 훨씬 더 공부를 많이 한 것 아니겠소."

"물건만 팔았지 보고 들은 게 그리 많지도 않습니다."

"괜찮으시면 우리랑 합석하지 않으려오? 그렇지 않아도 심심하던 차인데 견문이 넓은 형씨한테서 재밌는 세상 이야기도 들을 겸."

일행과 함께 온 사내가 말하자, 옆에 앉은 둘도 고개를 끄덕거렸다.

"괜히 제가 끼어 자리를 불편하게 하는 게 아닌가 모르겠습니다……."

"우린 매일 같이 얼굴 맞대며 보낸 세월이 이미 몇 년째요. 형씨 같은 사람이랑 이야기할 기회도 자주 있는 건 아니니 어지간하면 사양 말고 함께 합시다."

어색한 표정을 짓던 보부상은 사내 일행이 모두 어서 오라고 손짓을 하자, 엉거주춤 그들 쪽으로 자리를 옮겼다. 먼저 말을 건 사내가 식사를 마치고 자리를 뜬 손님 상을 물리려는 여자아이를 큰 소리로 불렀다.

"복아, 여기 탁주 한 병이랑 술잔 하나만 더 내오너라."

보부상이 당황한 표정으로 사내를 말렸다.

"아니, 술은 필요 없는데……."

"얘기가 오가는 자리에 술이 없으면 쓰나. 내가 먼저 청했으니 형씨에게 대접하는 셈 치지요. 어차피 우리도 술이 더 필요하고."

"아, 그것 참……."

복이라고 불린 아이는 그사이 잽싸게 주방에 들어갔다가 동그란 밥상을 들고 나왔다. 김이 뜨끈뜨끈 나는 장국밥과 유기 놋수저 한 벌, 술잔과 탁주 한 병이 놓여 있었다.

복이가 '맛있게 잡수시어요' 하곤 다시 주방으로 종종걸음으로 뛰어갔다.

사내가 보부상의 술잔에 술을 따랐다.

"자, 우선 한 잔 시원하게 들이키시오."

"그럼 사양 않고 마시겠습니다."

보부상이 단숨에 잔을 비우자, 사내는 흡족하다는 표정으로 눈을 가늘게 떴다.

"술을 좀 하는 분일세 그려. 그건 그렇고 이렇게 한자리에 앉았는데 통성명은 하는 게 예의 아니겠소. 나는 장쇠라고 하오. 그리고 이 친구는 귀돌이, 그 옆에 앉은 친구는 소남이요."

귀돌이라 불린 이는 술이 그리 센 편이 아닌지 이미 얼굴이 불그레하게 변했다. 키가 결코 작다고 할 수 없는 소남(小男)은 이름이 붙은 어린 시절 이후 키가 훌쩍 자랐거나, 장남이 아닐 가능성이 컸다. 상을 앞에 놓고 가볍게 목례를 하는 그들에게 보부상도 고개를 숙였다.

"저는 팔생(八生)이라고 합니다. 8월에 나서 이름을 그렇게 지었다더군요."

"저런, 어머니께서 찜통더위에 낳느라 고생하셨겠구려. 국밥 다 식겠소. 빨리 드시오."

한술 떠서 맛을 본 팔생의 얼굴이 대번에 환해졌다.

"주모 말이 괜한 게 아니었습니다. 정말 맛있네요. 국물 맛이 일품입니다."

"이곳 주모는 빈말은 하지 않는다오. 십 년 전 남편 먼저 떠나보내고 여인네 혼자 힘으로 애 셋을 너끈히 다 키운 다부진 사람이거든."

말없이 앉아 있던 귀돌이가 입을 열었다.

"그렇습니까."

"아까 상을 내온 계집애가 이 집 큰 딸이오. 저쪽에 있는 중노미가 이 집 큰아들이고. 주막 여자들 다 제치고 인물이 제일 좋지."

귀돌이가 가리킨 쪽에 무심하게 선 선노미를 보곤 팔생은 '과연' 하는 표정으로 고개를 끄덕였다. 그런 팔생에게 이번엔 소남이가 술을 권했다.

팔생은 술잔을 비우고, 빈 소남의 잔에 답례 술을 따랐다. 주거니 받거니 몇 잔씩 술잔이 도는 사이에 팔생 앞에 놓인 그릇이 깨끗하게 비었다. 팔생은 포만감인지 술기운인지 아까보다는 표정이 훨씬 여유로워졌다.

"그런데 말이요, 전국을 다 돌아다니다 보면 벼라별 희한한 일들도 많이 겪지 않소?"

팔생이 밥숟가락 놓는 걸 기다렸다는 듯, 장쇠가 냉큼 다시 화제를 그쪽으로 몰고갔다.

"세상엔 벼라별 사람들이 다 있으니까요."

"혹시 귀신을 만난 적은 없소? 외딴 산길을 걷거나, 늦은 밤 노숙하는 일도 많을 터인데."

"이 사람이 무슨 귀신 씨나락 까먹는 소리를 하고 있나. 세상천지에 귀신이란 게 어디 있어? 다 사람이 만들어낸 얘기지."

뜬금없이 장쇠가 묻자 얼굴이 불쾌해진 귀돌이가 어이없다는 표정으로 대꾸했다.

"귀신이 없긴 왜 없어? 귀신이 없으면 제사는 왜 지내나? 조상님 혼령을 모시기 위한 거 아닌가?"

"그건 혼령이지 귀신은 아니지 않은가."

"귀신과 혼령이 대체 무슨 차이가 있나? 사람이 죽으면 다 혼령이 되는 거고, 죽을 때 원한이 있으면 귀신이 되어 나타나는 게지."

"그건 장쇠 말이 맞네. 우리 할아버지도 어린 시절 자다 깨서 뒷간에 가는데 캄캄한 어둠 속에서 어떤 여자가 자길 쳐다보며 가까이 오라고 손짓하는 걸 봤다 했어. 얼굴이 이상스레 창백한 걸 빼면 옷차림도 평범한 여자였는데, 어린 마음에도 그 늦은 시간에 여자 혼자 남의 집 뒷간 근처를 서성거리고 있는 게 수상쩍어 안 따라갔다 했지. 다음날 뒷산에서 목매 죽은 여자 시신이 발견됐는데 인상착의가 할아버지가 봤다는 여자랑 똑같더라는 거야. 들리는 말로는 여자가 5대 독자인 아들을 잃고 나서 스스로 목숨을 끊었다고 하더군. 아마 아들 또래인 할아버지를 함께 데려가려고 나왔던 게지."

"자네 할아버지가 잠이 덜 깨서 헛걸 본 게 아닌가?"

"믿기 싫으면 안 믿으면 될 것이지 왜 남의 할아버지 험담까지 하는가."

"아니 그게 무슨 험담이라고 그러나."

장쇠와 실랑이를 벌이던 귀돌이 이번엔 소남과 옥신각신하는 것을 지켜보며 팔생이 조용히 운을 뗐다.

"귀신이란 게 실제로 있는지는 잘 모르겠습니다만, 우리 눈에 보이지 않는 무언가가 있다는 생각이 들 정도로 희한한 일들은 제법 있는 것 같습니다."

"형씨가 직접 겪은 일이오?"

귀돌이 팔생을 똑바로 쳐다봤다. 팔생이 고개를 끄덕였다.

"그럴 줄 알았다니까! 역시 보고 들은 게 많아서 견문이 넓지 않소. 그럼 그 희한한 얘기 한번 풀어내 보구려."

장쇠가 반색을 하며 팔생 쪽으로 돌아앉았다. 귀돌과 소남도 흥미진진한 표정으로 눈을 빛내고 있었다. 갑자기 세 사람의 시선이 자신에게 쏠리자 팔생은 부담스러운 모양이었다.

"제가 말주변이 없어서 제대로 얘기를 잘할 수나 있을지……."

"우리들 앞인데 뭐 그리 대단한 재주가 필요하다고 그러오. 밤 되려면 아직 멀었으니 쉬엄쉬엄 하시구려. 목마르면 목이나 축여가면서."

한번 내뱉은 말인지라 물리기도 어렵겠다 느꼈는지 팔생은 크게 심호흡을 한 뒤 이야기를 시작했다.

"언제였는지 정확한 날짜는 기억이 나지 않지만, 2년쯤 전이었던 것 같습니다. 화개에서 장이 서는 날이었지요. 지역에 따라 어떤 곳은

3일에 한 번, 어떤 곳은 5일에 한 번씩 장이 열리니까 저 같은 보부상들은 장이 서는 날에 맞춰서 이 지역에서 저 지역으로 열심히 옮겨 다닙니다. 그날도 다음 장이 서는 곳으로 향하던 중이었습니다. 날이 푹푹 쪄서 몸은 이미 온통 땀투성이가 됐는데 손에 든 보따리는 무겁고, 그래도 발 뻗고 누워 있을 순 없으니 어떻게든 걸음을 재촉해야 했죠."

"허, 듣다 보니 형씨도 참 고생이 많겠소."

소남이의 말에 팔생은 '그래도 그게 제 일이니까요' 하면서 씩 웃었다.

"보통 한여름에 태어나면 더위에 강하다고 하던데 저는 그렇지 않더군요. 차라리 추위는 견딜 만한데 여름철엔 이 일을 괜히 하게 됐다 싶어서 후회를 한 적도 있습니다."

그날은 일정이 그리 빠듯하지 않았던 터라 냉수 한 사발로 목을 축이고 조금 쉬었다 가는 게 좋을 것 같아 어디 우물 있는 집을 찾아 주변을 두리번거렸다.

맴맴 메엠. 맴맴 메엠.

쨍쨍 내리쬐는 땡볕에 제철 만난 매미가 시끄럽게 울어댔다. 저만치서 사람들이 모여 웅성거리는 게 보였다. 동네 사람들로 보이는데 뭘 구경하기 위해 몰려든 것 같았다.

광대 패거리 공연이라면 흥을 돋우는 꽹과리 소리 따위로 시끄러울 텐데 일절 그런 소리는 들리지 않으니 광대를 보려고 모인 건 아닌 모양이었다. 그렇다면 누가 사고를 당하기라도 했나? 호기심에 갈증마저 잠시 잊은 팔생은 그리로 걸음을 옮겼다.

그들은 땅바닥에 대충 자리를 깔고 앉아 그림을 그리는 노인을 넋이 나간 듯 바라보고 있었다. '뭐야, 고작 노인네가 그림 그리는 거나 보려고 이렇게 사람들이 몰려든 건가' 싶어 팔생은 김이 빠졌다. 어지간히도 구경거리가 없는 동네이거나, 어지간히도 할 일이 없는 사람들이라고 여겼다. 다시 우물을 찾아 나서려는데 문득 얼마나 대단한 그림을 그리기에 이렇게 난리들인가 하는 생각이 들어 그림 쪽으로 고개를 내밀었다.

분명히 잘 그린 그림이었다. 그림의 조예 같은 게 없는 팔생의 눈에도 그림은 매우 섬세하고 정교해 보였다. 노인이 그린 것은 한 여인의 초상이었다. 딱히 잘났다고도 못났다고도 하기 어려운, 어디서나 볼 수 있을 법한 평범한 외모를 가진 여인이었다.

동글납작한 얼굴에 인상이 수더분하고 어릴 때 앓았는지 왼쪽 뺨엔 수두 자국이 뚜렷하게 남아 있었다. 벌어진 입술 사이로 살짝 사이가 뜬 윗니가 보였다. 참새 다리처럼 가느다란 붓으로 여인의 머리칼을 한올 한올 그리던 노인이 마침내 만족했다는 듯 붓을 내려놓자 주위는 찬물을 끼얹은 듯 조용해졌다.

"이럴 수가, 어떻게 이렇게 말도 안 되는 일이……."

한 사내가 중얼거리는 소리가 들렸다. 팔생은 사내 쪽을 돌아봤다.

서른을 좀 넘긴 것 같은 사내는 귀신이라도 본 것처럼 넋이 나간 얼굴로 그림에서 눈을 떼지 못했다.

"어떤가? 내 말이 이제야 믿어지나?"

노인은 긴 담뱃대에 잎담배를 쑤셔 넣으며 한 마디를 툭 내뱉었다. 특별히 누구에게랄 것 없이, 모여든 사람들에게 하는 말처럼 들렸다.

"저건 진짜로 복동이 자네 안사람 얼굴 아닌가?"

키가 작고 뚱뚱한 남자 하나가 조금 전 넋이 빠진 얼굴로 중얼거린 남자를 돌아보며 말했다. 넋 나간 것처럼 보인 남자 이름이 '복동'인 모양이었다.

"정말 똑같네, 똑같아."

"보지도 않았으면서 어쩌면 저렇게 옆에 앉혀 두고 그린 것처럼 판박이로 그렸을까."

"이거 참 귀신이 탄복할 노릇이구만."

일단 침묵이 깨지자 이번엔 너나 할 것 없이 한 마디씩 지껄이는 바람에 금세 분위기는 어수선해졌다. 이게 대체 무슨 상황인지 이해가 가지 않던 팔생은 옆에 선 남자에게 물었다.

"그냥 평범한 여자 그림인 듯한데 사람들이 대체 왜 이러는 거요?"

그러자 남자는 어리숙한 이방인에게 뭔가를 가르쳐줄 기회가 생겨 신이 난 듯 우쭐한 목소리로 말했다.

"저건 그냥 그림이 아니라오. 배우자 그림이지."

"배우자 그림이라니요?"

"저 노인은 복동이 얼굴만 보고서 일면식도 없는 복동이 안사람을 그려낸 거요."

"세상에 어떻게 그런 일이 있을 수 있습니까?"

"그러니 귀신이 곡할 노릇이라는 거지."

남자의 말에 따르면, 어디에서 왔는지 알 수 없는 뜨내기 화가 노인이 마을 어귀에 자리를 깔고 앉은 것은 그날 오전 무렵이었다. 주섬주섬 화구를 꺼내 바닥에 늘어놓을 때만 해도 아무도 노인에게 큰 관심을 기울이지 않았다. 그저 저걸로 밥벌이가 되려나, 저 연세에 정해진 거처도 없이 돌아다니면서 그림을 그려야 하니 꽤나 고생스럽겠다 하는 정도로만 여겼을 뿐이다. 하지만 어디서나 남의 일에 오지랖 넓게 잘 나서는 사람은 있기 마련이었고, 이번 경우엔 그 사람이 복동이었다.

복동은 아침부터 하릴없이 앉아만 있는 노인 옆에 슬그머니 다가가 말을 건넸다.

"영감님, 어디에서 오셨습니까?"

"그저 발길 닿는 대로 떠돌아다닐 뿐이오. 특별히 머무르는 데가 없으니 특별히 어디서 왔다고도 할 수 없지."

"그렇게 정처없이 다니면서 숙식은 어떻게 해결하십니까?"

"보면 알지 않소. 화가가 그림 그려서 돈 버는 것 말곤 무슨 재주로 끼니를 해결하겠소."

"권세 있는 양반 나리들이라면 몰라도 우리 같은 사람들은 하루 벌어 하루 먹고 살기도 빠듯한데 누가 그림 같은 걸 사겠습니까."

"그림도 그림 나름일 테지. 나는 사람들이 궁금해서 사고 싶게 만드는 그림을 그리오."

"그게 대체 무슨 그림입니까?"

"배우자 그림이오."

"네?"

"나는 당신 얼굴만 보고서도 당신 안사람 얼굴을 똑같이 그릴 수 있소. 아직 상투를 안 튼 사내아이나 댕기머리 계집애도 얼굴을 보면 미래에 어떤 사람과 혼인할지 초상화를 그려줄 수 있지."

"그게 어떻게 가능한 일입니까. 저만 보고서 얼굴도 모르는 제 마누라를 그린다니요. 과장이 심하십니다."

"과장이 아니라면 어떻게 할 거요?"

"말씀하신 게 사실일 리가 없지요. 그건 용한 무당이나 도사가 와도 불가능합니다."

"그렇다면 내기를 하지. 내가 자네 안사람 얼굴을 그려보겠소. 안사람 얼굴을 아는 동네 사람들도 불러오시오. 나중에 아니라고 우기고 싶을 때 사실을 말해줄 사람이 필요하니까."

"저야 문제 될 게 없습니다만, 영감님께선 나중에 그 창피를 어찌 감당하시려고 그러십니까."

"창피를 당하는 게 난지 당신인지 그건 두고 보면 알 일이고."

두 사람 사이에 오간 대화는 대충 이런 내용이었다.

오기가 발동한 복동은 눈에 띄는 동네 사람들을 모조리 불러 모았다.

"뜨내기 화가 노인이 내 얼굴만 보고 마누라 얼굴을 그릴 수 있대. 어떻게 허풍을 치는지 한번 구경해 보자고."

복동의 말에 모두 호기심이 동해 몰려왔다. 작은 동네인지라 얼굴은 물론 이웃집 숟가락, 젓가락이 몇 개 있는지도 훤히 알 만큼 다들 가깝게 지내는 사이였다. '어디 한번 보자' 눈을 빛내며 지켜보는 사람들 앞에서 노인은 복동의 아내 얼굴을 완벽하게 그려 보인 것이었다.

사정을 들은 팔생은 비로소 노인의 얼굴을 찬찬히 뜯어 보았다. 도사나 될 법한 묘기에 비하면 노인의 풍모는 도사와는 거리가 멀었다. 바짝 마른 몸매에 바닥에 쭈그리고 앉아 붓질하는 시간이 길어서인지 등이 굽고 어깨가 안으로 말려 있었다.

'노인'이라곤 했지만, 나이를 가늠하긴 어려운 얼굴이었다. 구부정한 체형에 흰 눈이 내린 것처럼 하얗게 센 머리만 보면 여든도 넘은 것 같았지만, 제법 기력이 넘치는 태도를 보면 그저 예순을 조금 넘긴 것 같기도 했다.

세월의 풍파가 훑고 지나간 주름진 얼굴과 어울리지 않게 노인의 두 눈만은 깜짝 놀랄 정도로 형형하게 빛났다. 노인과 잠깐 시선이 마주친 순간, 한 줄기 바람이 팔생의 몸을 훑고 지나갔다. 서늘한 바람의 감촉 때문인지 이유를 알 수 없는 공포로 갑자기 등골이 서늘해졌다.

속을 읽을 수 없는 시선으로 팔생을 한동안 바라보던 노인은 여전히 얼빠진 표정을 짓는 복동에게 고개를 돌렸다.

"다른 이들도 다들 인정하는 것 같으니 약속을 지켜야지."

복동은 어쩔 수 없다는 듯 품에서 엽전 한 닢을 꺼내 노인에게 건넸다. 노인이 장담한 말을 두고 실랑이를 벌이다 지는 사람이 돈을 내자고 내기를 건 모양이었다. 그러나 복동은 여전히 석연치 않은 표정이었다.

"무언가 술책을 쓴 게 분명합니다. 그렇지 않고선 이런 일이 있을 수 없지요."

"내가 무슨 술책을 쓴단 말이오?"

"그걸 제가 어찌 알겠습니까. 다만 영감님이 어쩌다 제 마누라랑 길에서 마주쳐 이미 얼굴을 봤는지도 모르지요."

"내가 이 동네에 온 지는 반나절도 넘지 않았고, 그사이 내게 말을 건 사람은 당신이 처음이오. 설령 내가 당신 안사람이 지나가는 걸 우연히 봤다 칩시다. 하고 많은 아낙 중에 그 사람이 당신 안사람이란 걸 내가 어찌 알았겠소?"

복동은 말문이 막힌 듯 입을 닫았다. 구경꾼 중 누군가가 '이번은 우연일 수도 있으니 한 번 더 그려보도록 하는 게 어떻겠소?' 하고 말했다. 모여 있던 사람들이 다들 고개를 끄덕였다.

노인은 그들을 똑바로 쳐다봤다.

"몇 번을 해보든지 간에 결과는 똑같을 거요. 하지만 나도 공짜로 그릴 수만은 없지. 그림값을 낸다면야 얼마든지 그려주겠소."

웅성거리던 소리는 사라지고 사람들은 서로 눈치를 보기 시작했다. 이런 일에 돈을 쓰긴 아까우니 누군가 나 대신 나서줬으면 하고 바라는 분위기였다.

"혹시 안사람 말고 서방 얼굴도 가능하신가요?"

몸집이 작고 얼굴이 노리께한 여자 한 명이 입을 열었다. 쪽진 머리에 비녀를 꽂은 걸 보니 이미 남편이 있는 몸일 터였다. 미래의 남편 얼굴이 궁금해서라기보다는 노인의 능력이 진짜인지 시험해 보고 싶은 마음에 노인에게 도전을 걸었을 것이다.

"'배우자 얼굴'이라 했으니 당연히 서방 얼굴도 가능하오. 하지만 내가 당신 남편 얼굴을 제대로 그린다면 아까처럼 돈을 내시오."

여자가 고개를 끄덕였다. 그러자 노인은 자세를 고치고 벼루에 먹을 갈기 시작했다.

사람들도 숨을 죽이고 노인의 몸짓에 시선을 고정시켰다. 먹을 다 갈자, 노인은 커다란 붓을 꺼내 먹물에 담갔다가 화선지에 선을 내리그었다.

휘리릭, 노인의 붓놀림은 물이 흐르는 것처럼 부드러웠다. 붓이 흰 종이 위를 훑고 간 자리에는 조금씩 사람의 형상이 나타나기 시작했다. 붓이 한 번 움직이자 턱이 약간 각진 넓적한 얼굴이 나타났고, 다시 한 번 움직이자 우뚝한 콧날이 생겼다. 노인의 붓놀림엔 한 치의 망설임도, 불필요한 동작도 없었다.

그렇게 얼마간 시간이 지났을까, 종이 위에 한 남자의 얼굴이 나타났다. 20대 후반쯤 되어 보이는 아직 젊은 남자였다. 어깨가 떡 벌어지고 목이 굵었다. 미간은 좁고 눈썹은 숱이 많았다. 눈이 부리부리한 남자는 어딘지 모르게 험악한 인상을 줬다. 여자는 그림을 받아 들고서 저도 모르게 숨을 들이켰다.

"이건……."

"똑같네, 똑같아."

"생김새만 똑같은 게 아니야. 오른쪽 눈 옆에 세로로 점이 세 개 있는 것까지 똑닮았구만."

믿을 수 없다는 표정을 짓는 여자 주위로 구경꾼들이 몰려와 저마다 한 마디씩 촌평을 늘어놓았다.

"보아하니 내가 그린 게 당신 서방임이 틀림없는 것 같소만?"

노인이 여자를 향해 손바닥을 내밀었다. 여자는 뭔가에 홀린 것처럼 벙벙한 표정으로 치마폭에서 동전을 꺼내 손바닥에 올려놓았다. 두 번째까지 성공하자 이제까지 반신반의하던 사람들의 분위기가 일순 돌변했다.

"영감님, 제 것도 한번 그려주시오!"

"당신은 조금 전에 여기 왔잖소. 나는 여기서 처음부터 지켜보고 있었으니 내가 먼저요."

"먼저 말 꺼낸 사람이 순서지, 먼저 온 게 어떻게 순서가 되나!"

사람들이 서로 옥신각신하는 사이, 한 사내가 성큼성큼 걸어가 노인의 벼루 옆에 동전 한 닢을 내려놓았다. 노인은 사내를 바라보더니 씩 웃었다.

"눈치가 빠른 양반이구먼."

그러더니 노인은 다시 벼루에 먹을 갈기 시작했다. 사내가 선수를 친 게 분했는지 씩씩거리던 사람들도 노인이 작업을 시작하자 말을 멈추고 다시 구경꾼이 되었다.

이번에도 노인의 유려한 손놀림은 변함없었다. 노인이 그린 그림에 다시 한번 탄성이 터져 나왔고, 다음은 내 차례라며 실랑이가 벌어지려는 찰나였다.

휘리릭, 갑자기 노인이 새로운 화선지 위에 한 획을 내리그었다.

느닷없이 노인이 뭐 하는 건가 의아해하면서도 자석에 철이 끌려가는 것마냥 다들 노인의 그림에 빠져들었다.

그림 속 여인은 아직 앳된 티가 남은 소녀에 가까웠다. 열예닐곱쯤 됐을까. 갸름한 얼굴에 앞으로 살짝 튀어나온 짱구 이마가 귀여운 인상을 풍겼다. 오똑한 코에 입술이 도톰해 제법 예쁘장한 얼굴이나, 두 뺨과 코 주변에 깨알처럼 흩어진 주근깨 때문에 '백옥 같은 피부'라는 미인의 조건에는 다소 아쉬움이 남았다.

노인이 툭 붓을 내려놓은 뒤에도 사람들은 어리벙벙한 표정으로 서로의 얼굴만 마주 보았다. 대체 저 여자는 누구란 말인가? 살림살이까지 빤히 아는 이 좁은 동네에서 한 번도 본 적 없는 얼굴인 걸 보니 이 동네 사람은 아닌 게 분명했다.

그런데 느닷없이 노인은 왜 저 여자를 그린 거지? 다들 그런 생각을 하는 듯했다. 노인은 고개를 들어 방금 전 벼루 옆에 동전을 내려놓은 남자를 쳐다봤다.

"이것도 당신 거요."

남자는 이해가 안 된다는 표정이었다.

"제 배우자 그림은 방금 전 그려주시지 않았습니까?"

"그랬지. 하지만 당신은 두 명의 배우자를 맞을 운명이오. 아까 그린 건 현재의 배우자, 지금 그린 건 미래의 배우자요."

뜻밖의 말에 놀라 말문이 막힌 남자 대신 옆에 덩치 큰 여인이 반박했다.

"여기 안사람은 몸도 쌩쌩하고, 내외 간 금슬도 동네서 둘째가라면 서러워할 정도로 좋은데 그게 무슨 악담입니까?"

"그래요, 하늘이 두 쪽 난다 해도 제가 안사람을 버리고 새 장가를 들지는 않을 겁니다. 아니면 제가 딴 살림이라도 차린다는 겁니까?"

정신이 돌아온 듯 당사자인 남자가 얼굴이 붉으락푸르락해서 언성을 높였다. 하지만 노인은 늘 겪는 일이라는 듯 대수롭지 않은 얼굴이었다.

"당신이 지금 안사람을 소박 맞히든, 딴 살림을 차리든 그건 내 알바 아니오. 나는 그저 얼굴에 나타난 대로 그릴 뿐이니까. 당신 얼굴엔 부부의 연(緣)으로 묶인 여자가 둘이라고 나와 있소. 사주 보는 사람이 아니니 당신 운명이 정확히 어떤 식으로 흘러가 두 여자를 아내로 맞이하는지는 모르겠소만, 두 번 장가간다는 건 확실하오."

주변 공기가 싸늘하게 얼어붙었다. 그저 신기한 구경거리로만 여겼는데, 뜻하지 않게 기분 나쁜 예언을 들은 사람들은 떫은 음식을 먹었을 때 마냥 떨떠름한 얼굴이 되었다.

그러거나 말거나 노인은 매서운 눈빛으로 사내를 바라봤다.

"돈을 마저 내야지?"

"……네?"

"아까 낸 돈은 처음 그림 값이고, 두 번째 배우자 그림 값은 아직 안 내지 않았소."

흥분을 삭이려 애쓰던 남자는 그 말에 기어이 폭발하고 말았다.

"이게 무슨 말 같지도 않은 소리야! 허무맹랑한 말만 잔뜩 늘어놔 사람들 주머니에서 돈을 털어가는 사기꾼 같으니라고! 내 이제야 알겠소. 뭔가 요사스러운 술수를 부려 신통력이 있는 것처럼 꾸민 다음 이런 식으로 돈을 뜯어내는 사람이었구려. 그림 값을 내라고? 우리 아버지보다도 더 나이를 먹은 것 같아 몽둥이 찜질 안 하고 그냥 내버려 두는 거나 감사하게 생각하시오. 여러분, 이런 사기꾼한테 휘둘리지 말고 가서 일이나 합시다!"

남자는 자리를 뜨면서도 분이 안 풀린 듯 에이, 재수가 없으려니, 하며 바닥에 침을 탁 뱉었다.

동네 사람들도 하나둘씩 자리를 떴다. 아까까지 진을 치고 모여 있던 사람들이 썰물처럼 빠져나가자, 그 자리엔 팔생과 조금 전 팔생에게 노인 얘기를 해준 남자 그리고 사내아이 하나만 남았다. 어쩌면 팔생도 그들을 따라 자리를 뜰 수도 있었겠지만, 뭔지 모를 야릇한 감정에 사로잡혀 발걸음이 쉽사리 떨어지지 않았다.

사람들이 자리를 떠 휑해지자 노인은 한동안 떨떠름한 표정으로 턱을 어루만지다가 주섬주섬 화구를 챙기기 시작했다.

"떠나시려는 겁니까?"

남자가 노인에게 말을 건넸다. 아직도 노인에 대한 관심을 거두지 못하는 걸 보면 그도 어지간히 호기심이 많거나, 오지랖이 넓은 사람인 모양이었다.

"여기선 이미 볼 장은 다 본 것 같으니 더 이상 있어 봤자 뭘 하겠소. 사기꾼 취급이나 당할 텐데. 다른 곳에 가서 손님을 받는 게 낫지."

남자는 그런 노인을 멀거니 보다가 한 마디 던졌다.

"그런데 대체 어떻게 하신 겁니까?"

"뭘 말이요?"

"배우자 얼굴을 그려주신 거요. 제일 마지막 그림을 제외하면 다 맞지 않았습니까."

"마지막 그림도 예외는 아니지. 아직 일어나지 않은 일이지만, 그게 진실이 아닌 건 아니니까."

"그렇다면 영감님께선 미래를 읽는 능력이 있다는 겁니까?"

노인은 잠시 동작을 멈추고 남자를 마주봤다.

"미래를 읽는다……. 그건 너무 거창한 말일 것 같고. 나는 다만 사람의 인연에 대해서만 보는 능력이 있을 뿐이오. 아니, 그것도 잘못된 말일 것 같군. 수많은 인연 가운데서도 남녀 관계로 맺어지는 배우자 운만 보니까. 하지만 인생에서 배우자가 차지하는 비중은 꽤 크지. 그러다 보니 어떨 땐 타인의 인생이 어떻게 흘러갈 건지 대충 짐작하게 되는 일도 생기는 거고. 그건 꽤나 성가신 일이오."

"왜 성가시다는 거지요?"

"당신은 자신이 훗날 어떻게 될지 미리 알면 좋을 거라고 생각하오?"

"미리 알면 미리 대비를 할 수 있으니 좋은 거 아니겠습니까. 그러니 사람들이 점쟁이를 찾아가 자신의 앞날이 어떨지 물어보는 거고요."

노인은 갑자기 표정이 진지해졌다.

"그렇지 않다오. 길에 마차 한 대가 지나간다 칩시다. 당신은 조금 뒤 말이 무언가에 크게 놀라 날뛰다 거리에서 놀던 꼬마를 치어죽이리라는 걸 미리 알고 있소. 하지만 당신이 할 수 있는 건 아무것도 없지. 꼬마에게 길에서 놀지 말라고 당부할 수도 없고, 말을 진정시킬 수도 없소. 그냥 그 일이 벌어지는 걸 속절없이 보고 있을 수밖에 없는 거요. 차라리 모른다면 괜찮은데, 알면서도 아무것도 할 수 없는 무력함은 생각보다 괴로운 일이오."

남자는 입을 다물었다. 노인이 한 말을 곰곰이 되새겨보는 눈치였다. 그사이 옆에 있던 꼬마 녀석이 끼어들었다.

"할아버지, 저도 그림 그려주시면 안 돼요?"

일제히 시선들이 당돌한 꼬마에게 쏠렸다. 땋은 머리에 검은 댕기를 드리운 녀석은 고작 열 살 정도밖에 안 돼 보였다. 장난기 가득 어린 얼굴에 토실하게 살이 오르고 의복이 깨끗한 걸 보니 제법 부유한 집 자식 같았다.

"예끼, 이 녀석, 아직 머리에 피도 안 마른 것이 벌써부터 색시가 어떻게 생겼을지 궁금한가 보구나."

남자가 꼬마를 놀렸다. 꼬마는 기죽지 않고 헤헤 웃더니 다시 노인을 졸랐다.

"안 그려주실 거예요?"

"……."

노인이 말이 없자 꼬마는 돈 때문이라 생각했는지 제법 맹랑한 소리까지 했다.

"저는 돈이 없지만 우리 집은 요 앞에서 밥집을 해요. 어머니한테 식사 한 그릇 대접하게 해 달라고 하고 그걸로 그림 값을 대신 하면 안 될까요?"

"……."

"아이, 할아버지."

그러자 노인이 꼬마를 똑바로 쳐다봤다. 아무런 감정도 담기지 않은 눈빛이었다.

"네 그림은 못 그려준다."

꼬마는 대번에 시무룩해졌으나, 그래도 포기하지는 않았다.

"왜요? 밥 값이 그림 값에 못 미치나요?"

"돈 때문이 아니야."

"그러면요?"

"……."

"돈 때문이 아니면 왜 못 그려주시냐고요!"

집요한 것이 꽤나 성가신 꼬마였다. 노인은 어쩔 수 없다는 듯 말해주었다.

"너는 장가를 못 드니까."

"네?"

떼를 쓰던 꼬마는 생각지도 못했던 말에 화들짝 놀란 얼굴이 됐다. 누군가 등 뒤에 얼음이 동동 뜬 차가운 물을 주르륵 부은 것처럼 별안간 팔생의 등골이 오싹해졌다. 노인은 할 말을 찾지 못하는 셋을 뒤로 한 채 짐을 싸서 유유히 발걸음을 옮겼다.

맴맴 메엠.

어느새 조용해진 자리에 매미 소리가 다시 시끄럽게 울려퍼졌다.

그림 그리는 노인을 만난 건 팔생에게 꽤나 신선한 충격이었다. 팔생은 가끔 노인이 보여준 마술 같은 능력, 그가 남긴 알쏭달쏭한 말들을 곱씹어 보면서 노인이 진짜로 설명하기 불가능한 힘을 가진 건지, 그렇지 않으면 그저 교활한 사기꾼에 불과한지 생각해보곤 했다.

그 뒤로 노인에 대한 소식을 다시 듣지 못했더라면, 아마도 그는 팔생의 뇌리에서 서서히 사라져 아예 잊혀졌을지 모른다. 먹고 사는 일에만 매달려도 버겁고 힘겨운 삶이니까. 어쩌면 그 편이 팔생에게도 더 좋았을지 모른다. 하지만 그와 노인의 인연은 그렇게 단순하게 끝나지 않았다.

반년 뒤, 일 때문에 들른 화개장터에서 팔생은 낯익은 얼굴을 발견했다. 그림 그리는 노인을 봤던 날 옆에 서 있던 남자였다. 아주 오래전, 짧은 시간 동안 스쳐 지나간 만남이었지만 팔생은 그의 얼굴을 똑똑히 기억했다. 한번 본 사람 얼굴은 절대 잊어버리지 않는 게 팔생의 타고난 재주였다. 그건 장사를 하는 데 유용한 경우가 많았다. 팔생이 물건을 납품하는 가게와 단골 고객들은 그의 비상한 기억력을 관심과 호감이라고 착각했다. 나는 못 알아봐도 상대가 알아봐주면, 자연스레 더 잘해주고 싶은 마음이 생기기 마련이니, 그런 면에서 팔생은 알게 모르게 재주 덕을 톡톡히 보고 있는 셈이었다.

"혹시 저를 기억하시겠습니까?"

어물전에서 생선을 고르던 남자는 말을 건네자 고개를 돌려 팔생을 쳐다봤다. 얼굴에 당황스러운 표정이 어린 것을 보니 기억이 나지 않는 모양이었다.

"……뉘신지?"

"반년 전이었던 것 같은데, 옆 동네서 이상한 노인이 그림 그리는 것을 함께 구경하지 않았습니까? 배우자 얼굴을 그려준다는 노인 말입니다."

그제서야 남자는 팔생에 대한 기억이 어렴풋이 떠오르는 것 같았다.

"아아, 그러고 보니 그때 내 옆에 보부상이 한 명 있었던 것도 같구
면."

"이제 기억이 나십니까? 그게 바로 접니다."

남자는 팔생을 찬찬히 뜯어보았다.

"참말 기억력도 좋으시오. 솔직히 말해 나는 형씨 얼굴을 완전히
잊어버렸는데."

팔생은 씨익 웃으며 대충 둘러댔다.

"장사를 하다 보니 아무래도 사람 얼굴을 잘 기억할 수밖에요."

과연, 하며 고개를 끄덕이는 남자에게 팔생은 슬쩍 궁금했던 일을
떠보았다.

"혹시 그 뒤에 노인이 다시 마을에 나타나지는 않았습니까?"

남자는 심각한 표정으로 고개를 흔들었다.

"노인을 본 건 그때가 처음이자, 마지막이었소. 다시 나타났다면,
아마 난리가 났을 테지."

"왜요?"

남자는 주위를 둘러보다 조용한 곳으로 팔생을 데려갔다. 시끌벅
적한 장터에서 벗어나자, 남자가 입을 열었다.

"그때 노인이 두 번 장가갈 거라고 했던 사람 기억하시오?"

"네, 노인한테 화를 내면서 돌아가지 않았습니까."

"결국 노인이 말한 대로 됐소."

"네?"

"막돌이, 아, 그 남자 이름이 막돌이오. 당시 막돌이 안사람이 만삭이었는데, 아이를 낳다가 세상을 떴소. 산모랑 아이랑 둘 다 죽었지."

"……."

시끌벅적한 시장통 소리가 일순간 딱 멈춘 것처럼 느껴졌다. 팔생은 저도 모르게 숨을 훅 들이켰다.

"막돌이는 거의 제정신이 아니었어. 제수씨랑 사이가 아주 좋았거든. 게다가 결혼 후 오랫동안 아이가 안 생겨 걱정하다 드디어 가진 아이였소. 그러니 그 속이 어땠겠소. 하루 종일 술만 마시고, 일도 팽개치고 폐인이 다 됐지. 마을 사람들도 걱정이 돼서 한 번씩 들르기도 하고, 식음전폐하고 있을까 봐 음식도 해 가고 그랬는데 별 소용이 없었소."

"……그랬군요."

"소식을 듣고 타지에 살던 막돌이네 맏형이 그를 보러 왔소. 이름을 들으면 알겠지만, 막돌이는 부모님이 늦게 낳은 막둥이요. 스무 살이나 터울지는 맏형은 부모님이 일찍 돌아가신 뒤 막돌이를 돌봐서 사실상 아버지나 마찬가지였다 하오. 막내동생이 실의에 빠져 있는 걸 본 형님은 재혼을 권유했소. 처음엔 생각이 없다고 고개만 젓던 막돌이도 권유 반 꾸중 반으로 설득하는 형님의 말을 끝까지 거절할 순 없었지. 게다가 집에 여자 손길이 미치지 않으니 당시 막돌이 생활도 형편없었소. 과부 집엔 쌀이 서 말이고, 홀아비 집엔 이가 서 말이라는 말이 괜히 나왔겠소."

"미루어 짐작이 갑니다."

"형님은 수소문 끝에 친구 딸과 막돌이를 맺어줬다오. 여자네 집은 형편이 안 좋아 입을 하나라도 덜기 위해 빨리 맏딸을 시집 보내려던 참이어서 둘 다 상황이 잘 맞아떨어졌지."

"불행 중 다행이네요."

"혼례식 날 신부 얼굴을 보고 온 동네가 발칵 뒤집어졌소. 노인이 그린 그림 속 바로 그 얼굴이었거든."

"……."

"제일 놀란 게 막돌이 본인이었지. 색시 얼굴을 보자마자 그대로 얼어버렸으니까. 색시가 딱하더군. 낯선 곳에 시집오는 것만 해도 마음이 불안할 텐데 신랑을 비롯해 마을 사람들이 죄다 자기를 귀신 쳐다보듯 하니 얼마나 당황했겠소. 그렇게 좋은 날 금방이라도 울음을 터뜨릴 것 같은 얼굴을 하고 있었지."

"저라도 색시 얼굴을 봤더라면 기겁했을 겁니다."

"그래도 다행히 그럭저럭 큰 문제는 없이 사는 것 같습니다. 이전 안사람처럼 알콩달콩 사이가 좋은 것 같지는 않지만, 그것도 차차 시간이 가면 나아지지 않겠소."

뭐라고 대꾸해야 할지 몰라 팔생은 그저 입을 다물고 있었다.

"그리고 말 나온 김에……."

남자가 갑자기 목소리를 낮췄다. 표정도 조금 어두워진 것 같았다.

"금동이가 죽었다오."

"금동이요?"

"왜, 그 자기도 그림을 그려달라면서 매달리던 맹랑한 꼬마 녀석 말이오. 어린 것이 두 달 전에 홍역을 앓다가 허무하게 가고 말았소. 줄줄이 딸만 낳다가 마지막으로 어렵게 본 아들인데, 그 귀한 아들 앞세우고 부모가 거의 정신줄 놓으려고 하는 걸 딱해서 차마 못 보겠더이다."

안됐다는 생각과 함께 팔생은 갑자기 팔에 좁쌀 같은 소름이 오돌오돌 돋는 것을 느꼈다.

"그렇다면……."

남자도 팔생의 생각을 읽은 것 같았다.

"그렇소. 그 아이는 배우자가 없을 운명이었소. 그 노인이 말했던 것처럼 말이오."

여기까지 말한 팔생은 잠시 숨을 돌리며 술을 한 모금 마셨다. 동시에 자리에 감돌던 팽팽한 긴장감도 누그러졌다.

"그것 참, 어쩐지 으스스하구려."

먼저 입을 뗀 것은 이번에도 장쇠였다.

"하지만 배우자 그림이라……. 꽤 구미가 당기는군. 나도 총각 때 봤더라면 한번 그려달라고 하고 싶을 것 같은데."

소남의 말에 귀돌이가 고개를 흔들었다.

"나는 싫네."

"왜?"

"결혼 전에 내 마누라 얼굴을 미리 알았더라면 머리 깎고 절에 들어갔을 것 같거든."

"예끼, 이 사람아. 그러는 자네 안사람은 자네가 서방이 될 거란 걸 알면 좋아서 춤이라도 췄을 것 같은가? 모르긴 몰라도 자네 얼굴 보고서 적잖이 실망했을 걸세."

자리에 함께 앉은 이들은 누가 먼저랄 것 없이 껄껄 웃음을 터뜨렸다. 소남이 팔생을 향해 말했다.

"그렇게나 용한 줄 알았으면 형씨도 노인한테 그림을 한번 그려 달라고 부탁해 볼 걸 그랬소. 앞으로 다시 만날 일도 없을 터인데."

그러자 장쇠가 끼어들었다.

"설마하니 이렇게 멀끔하게 생긴 형씨가 아직도 홀몸이겠어? 아직 장가를 안 가 총각이라면 또 모를까, 이미 지겹도록 본 마누라 얼굴이 뭣이 궁금하다고 그림까지 그려달래."

그 말에 팔생은 쑥스러운 듯 머리를 긁었다.

"사실 저는 아직 장가를 못 갔습니다."

일동이 일제히 팔생을 돌아보았다.

"어린 시절 부모님을 잃고 친척 집에서 컸습니다. 친척분들은 나쁜 사람은 아니었지만, 찢어지게 가난했죠. 하루라도 빨리 돈을 벌어야 했습니다. 젊은 시절엔 굶지 않으려고 악착같이 일하는 것 말고는 다른 곳에 신경 쓸 겨를이 없었습니다. 언제 색시를 들일 거냐고 채

근하는 사람들도 있었지만, 제 한 몸 건사하기도 힘든 처지에 처자식 거둘 형편이 안 됐죠. 정신을 차리고 보니 어느새 나이가 서른을 넘겼더군요. 주위를 돌아보면 저 또래 사내들은 다들 아내와 자식들이 있는데, 나만 왜 가정이 주는 즐거움을 누리지 못할까, 스스로 한심한 생각이 들었던 적도 많습니다."

"하, 그러셨군요."

소남이 괜한 말을 꺼냈다는 듯 몸을 움츠렸다. 분위기가 살짝 어색해지려는데, 팔생이 다시 입을 열었다.

"그리고 그 노인 말인데요……. 이미 다시 만났습니다."

세 남자가 눈이 휘둥그레졌다.

"다시 만났다고?"

"어디서? 그래서 그림을 그려달라고 했소?"

팔생은 가만히 고개를 끄덕였다.

"다시 몇 달 뒤 봉평에서 장이 서는 날이었습니다. 장이 파하고 객주에서 하루 묵어가려고 여장을 풀던 참이었습니다."

초저녁 무렵부터 날씨가 흐리더니 팔생이 객주에 다다랐을 무렵엔 굵은 비가 주룩주룩 내리기 시작했다. 하늘에 잿빛 먹구름이 잔뜩 몰려온 걸 보니 시간이 지나면 장대비가 쏟아질 기세였다. 처마 위로 뚝뚝 떨어지는 빗방울 소리에 섞여 문밖에서 손님이 객주 주인과 이야기를 나누는 소리가 들렸다.

"주인장, 그 신통방통한 영감님은 아직도 이곳에 계시오?"

"네, 그분을 보겠다고 오는 사람들이 하루에도 십여 명이 넘어 덕분에 우리도 꽤 수입이 짭짤합니다."

"허, 주인장 예측이 맞았구려. 역시 장사 수완이 있으시다니까."

또 다른 손님이 대화에 끼어들었다.

"신통방통한 영감님이라니?"

그러자 아까 객주 주인과 대화를 나누던 손님이 말을 받았다.

"자네는 소식이 어쩌면 그렇게 느린가. 희한한 그림을 그려준다는 노인 이야기를 아직도 모르다니."

"희한한 그림이라니?"

"배우자 그림을 그려준다는 거야. 글쎄, 내 얼굴만 보고도 내 배우자 얼굴을 그린다니까."

"그게 어떻게 가능한 일인가?"

"그러니까 신기하다는 거지. 기혼자들 몇이 시험해봤는데 귀신같이 맞추더라니까. 그것도 어찌 보면 닮은 것 같기도 하고, 다시 보면 아닌 것 같기도 하고 이런 수준이 아니라 코 옆에 있는 사마귀, 흉터까지 용하게 알고 그린다는 걸세. 그러니 아직 혼례를 올리지 않은 처녀, 총각들도 혹해서 미래 배우자를 그려달라고 하는 거고."

"희한한 일도 다 있네 그려."

"그러게나 말일세. 어디서 나타난 노인인지도 모르는데 얼마 전부터 마을 어귀에 자리를 펴고 앉아 그림을 그렸다고 하더군. 입소문을 듣고 이 집 주인이 노인을 찾아가 남는 방에 기거하라고 했지."

"주인 양반이 참 친절하구만. 잘 알지도 못하는 노인을 여기까지 모시다니."

"자네는 나이를 그렇게나 먹고도 어쩌면 그렇게 세상 물정 모르는 소리를 하나. 어차피 남는 방인데 놀리느니 생색도 내고, 노인을 보러 오는 손님들이 온 김에 술이라도 한잔하고 가니 매상도 오르고, 꿩 먹고 알 먹기가 아닌가. 영감님 입장에서도 길바닥에서 그림을 그리는 것보다는 편안한 방 안이 훨씬 편할 테고."

"허허, 그런가."

팔생은 귀가 번쩍 뜨이는 것 같았다. 분명히 전에 본 적이 있는 노인일 터였다. 그런 노인이 세상에 또 있을 리가 없었다. 허겁지겁 방문을 열고 나와 주인을 불렀다.

"그림 그려준다는 영감님이 어디에 머무르고 계십니까?"

어딘지 약삭빠른 생쥐 같은 인상의 주인은 '너도냐' 하는 표정으로 씩 웃더니 외진 방을 손가락으로 가리켰다.

"저기 계시오. 마침 손님 하나가 막 일을 마치고 떠난 모양이니 지금 가보면 만날 수 있을 게요."

팔생은 감사하다고 한 뒤 노인이 머문다는 방으로 향했다. 팔생의 예측은 맞았다. 그때 본 바로 그 노인이었다. 작고 깡마른 몸집에 새하얀 머리, 날카로운 눈빛.

벽에 등을 기대고 쉬고 있던 노인은 표정 없는 얼굴로 팔생이 방으로 들어서는 걸 보더니 카랑카랑한 목소리로 한 마디 던졌다.

"우리는 초면이 아닐 테지."

팔생은 뜻밖의 말에 화들짝 놀랐다.

"저를 기억하십니까?"

"1년쯤 전, 화개장터 근처 마을에서 본 보부상 아닌가."

"맞습니다. 그런데 그런 걸 여태껏 기억하시다니……. 저도 사람 얼굴 기억 잘하는 걸로는 어디 내놔도 빠지지 않는데, 초상화를 그리셔서 그런지 저보다 한 수 위인 것 같습니다."

노인은 그 말에 아무런 대꾸도 하지 않았다. 이렇게 찾아온 걸 보면 용건은 빤할 텐데, 그는 붓을 잡을 생각도 하지 않았다. 둘 사이엔 어색한 침묵이 흘렀다.

조용한 방안엔 빗소리만 울적하게 울려 퍼졌다. 처마에 뚝뚝 떨어지던 빗방울은 어느새 폭우가 되어 거세게 쏟아지고 있었다. 연약한 나뭇잎들이 연신 바람에 나부껴 펄럭이고 나뭇가지들이 허공을 젓는 소리만 들렸다.

마침내 팔생이 먼저 말을 꺼냈다.

"부끄럽지만, 저는 아직 안사람이 없습니다. 그래서 그런데, 제게도 배우자 그림 한 장 그려주지 않으시겠습니까?"

"당신 그림은 그릴 수 없소."

팔생의 가슴이 쿵 하고 내려앉았다. 결국 노인이 그림을 그려주지 않았던 꼬마, 금동이가 머리를 스치고 지나갔다.

"왜…… 저도 영감님을 처음 뵀던 날 함께 있었던 꼬마처럼 배우자를 맞지 못할 운명입니까?"

"……."

"말씀해주십시오."

노인은 한참 동안 팔짱을 끼고 앉아 있다 마침내 입을 열었다.

"당신은 그 꼬마와는 다르오. 그날 봤던 두 번 장가 드는 사내와도 다르지."

"무엇이, 어떻게 다르단 말씀입니까?"

"꼬마는 배우자를 맞이할 수 없는 팔자를 타고난 아이였소. 반면 사내는 평생 두 명의 여인을 지어미로 맞아야 할 팔자였고. 그들은 어떤 행동을 하건 간에, 미리 정해진 운명에서 벗어날 수가 없지. 하지만 당신은 그렇지 않소."

이번엔 팔생이 할 말을 잃었다.

"당신은 배우자를 맞이할 수도 있고, 아닐 수도 있소. 그건 순전히 당신 선택에 달려 있는 거요. 그런 점에서 그 둘과 다르단 거고."

"……."

" 당신 같은 경우는 거의 없다고 할 수 있지. 성년이 될 때까지 살지 못하는 경우가 아니라면, 대개는 다 결혼을 하게 마련이고, 부부의 인연은 하늘이 정해주니까. 또 부부의 연이라는 건 한번 맺으면 어느 한쪽이 죽거나 인연을 끊을 때까지 지속되는 것이거든."

"그런데 저는 그게 아니라는 겁니까?"

"당신 얼굴을 보면 한 여인의 얼굴이 떠오르오. 하지만 다른 사람들과 달리 그 얼굴은 뚜렷하지 않고 잡힐 듯 말 듯 윤곽이 희미하게 보인다오. 그건 당신이 그 여인을 취할 수도 있고, 아닐 수도 있다는 뜻이지. 이제껏 이런 사람은 당신 말고 한 명밖에 본 적이 없소."

"제가 그 여인을 취하지 않으면 평생 홀몸으로 살아가야 합니까?"

"그렇소. 당신 얼굴에서 보이는 여자는 한 명뿐이니까."

"그렇다면 필히 그 여자 얼굴을 그려주십시오. 절대로 그 사람을 놓쳐서는 안 되지 않습니까."

노인은 팔생의 속을 꿰뚫어보려는 듯 날카로운 시선으로 그를 쳐다봤다.

"그 여자를 아내로 맞이하는 게 당신에겐 안 좋은 일이 될 수도 있소. 그래도 그 사람을 포기하지 않을 거요?"

"홀아비보다는 악처라도 마누라가 있는 게 낫다고 하지 않습니까. 자식도 못 보고, 늘그막에 등 긁어줄 사람도 없는 처량한 신세가 되느니 아무리 악처라도 일단 아내를 들이겠습니다."

"때로는 아는 것이 독이 될 때도 있는 법인데……. 그런데도 굳이 아는 쪽을 택하실 거요?"

놀랍게도 노인의 음성엔 팔생을 안쓰럽게 여기는 기색이 배어났다.

"아는 게 독이 된다는 게 무슨 말씀입니까?"

"신이 왜 인간에게 자신이 죽을 날을 미리 안 알려주는지 아시오? 그건 신이 인간에게 베푸는 자비요. 알아봤자 인간이 감당할 수가 없으니까."

"그 말씀엔 동의할 수 없습니다. 물론 자신이 죽을 날을 알게 되면 충격이 크겠지요. 하지만 그걸 알게 됨으로써 각자가 자기 나름의 선택을 할 수 있지 않습니까? 하루하루 성실히 살아갈지, 살날이 얼마 없으니 그저 흥청망청하며 즐기다 갈지요."

"내 말을 이해하지 못하는군. 인간이 하는 선택이 자신이 의도한 결과대로 흘러갈 거라고 생각하시오? 그렇지 않아. 우리는 스스로 무언가를 할 수 있다고 착각하는 꼭두각시일 뿐이요."

"그렇더라도 상관없습니다. 영감님을 만나지 않았더라면, 영감님의 능력을 보지 않았더라면 또 모를까 이렇게 된 이상 그냥 갈 수는 없습니다."

노인은 깊은 한숨을 몰아 쉬었다.

"결국 가시밭길을 택하려고 하는군…… 어쩔 수 없지."

노인은 체념한 듯 붓을 꺼내 들었다.

휘리릭, 한 번 선을 내리긋자 얌전한 얼굴선이 그려졌다.

휘리릭, 또 한 번 붓이 지나간 자리엔 기름하게 찢어진 눈에 초승달처럼 휘어진 어여쁜 눈썹이 남았다.

완성된 그림 속 여인은 상당히 미인이었다. 오똑한 콧날에 도톰한 두 입술. 칠흑처럼 새카만 머리칼과 대조를 이루는 살짝 창백한 하얀 얼굴은 어딘가 모르게 우수가 깃들어 있었다. 미래의 배우자는 팔생이 이제껏 머릿속으로 상상했던 것보다 훨씬 아름다웠다. 그는 저도 모르게 가슴이 설레는 것을 느꼈다.

"이젠 됐소?"

뚫어져라 그림을 쳐다보는 팔생의 귓전에 노인의 목소리가 들렸다. 팔생은 그제야 정신이 들어 부랴부랴 주머니를 뒤져 엽전을 꺼냈다. 하지만 노인은 고개를 흔들었다.

"돈은 됐소."

예상치 못했던 말이었다. 두 번 장가를 간다는 말을 듣고 기분을 잡친 막돌이에게도 돈을 더 내라던 노인의 악착같던 모습이 떠올랐다.

"왜 안 받으신다는 겁니까?"

"아까 내가 당신 같은 사람을 한 명 더 봤다고 하지 않았소."

"그런데요?"

"그게 바로 나요."

우르릉 쾅쾅.

그때 갑자기 천둥소리가 방안을 뒤흔들었다. 번뜩이는 번갯불이 어두컴컴한 방안을 일순 밝게 비추면서 노인의 얼굴 윤곽이 뚜렷하게 두드러졌다. 그 순간 그의 얼굴은 노인의 것이 아니었다. 그건 많이 지치고, 슬픈 기색이 완연한 팔생 형님 또래의 젊은 남자 얼굴이었다. 팔생이 놀라 눈을 부릅뜬 순간, 마주 앉은 남자는 다시 노인의 얼굴로 돌아왔다.

　노인은 이제 더 이상 팔생에게 볼일이 없다는 듯 벽에 등을 기대고 눈을 감았다. 팔생은 노인의 얼굴을 물끄러미 바라보다 결국 엽전을 주머니에 도로 넣고 그림을 품에 안은 채 방을 나섰다.

　"그래서 그 여인을 만났소?"

　소남의 말에 팔생은 어색하게 고개를 끄덕였다. 무언가 마뜩치 않은 표정이었다.

　"애타게 찾던 사람을 만났는데 표정이 왜 그리 죽상이시오?"

　장쇠가 '눈치 없이 오지랖 넓기는' 하면서 소남의 옆구리를 쿡 찔렀다. 뭔가 사연이 있으리라 짐작한 모양이었다.

　팔생은 거북한 표정으로 앞에 둔 술잔을 만지작거리다 마침내 결심을 한 듯 입을 열었다.

　"이왕 말을 꺼낸 김에 창피하지만 그냥 다 말씀드리지요. 그간 가슴 속에만 묻어 두느라 갑갑하기도 했고요."

　팔생이 운명의 여인을 본 건 노인과 헤어지고 석 달 정도 지난 무렵이었다. 아낙네들이 모여 빨래하는 빨래터를 지나던 그는 갑자기 눈이 반짝 뜨였다. 그 여자였다. 팔생이 항상 품에 지니고 다니는 그림 속 여인.

　밤마다 그대로 잠이 들 때까지 그림을 들여다봐서 눈을 감고도 여인의 눈가에 져있던 주름까지 전부 떠올릴 수 있었다. 실제로 본 그 여인은 그림 속에서 그대로 빠져나온 것 같았다.

빨래를 마친 여인은 바구니를 들고 어디론가 걷기 시작했다. 몸매가 가냘픈 여인이 들기엔 빨래 바구니가 너무 무거웠는지, 걷다가 자꾸만 걸음을 멈추곤 했다. 팔생은 숨을 죽인 채 여인을 뒤따랐다. 뒤를 밟는 게 들키면 뭐라 변명할까 하는 생각조차 들지 않았다. 마치 굶주린 개가 고깃덩어리에 무작정 돌진하듯, 팔생은 그저 여인을 따라가는 데만 몰두했다.

도착한 곳은 초라한 초가집이었다. 여인이 바구니를 바닥에 내려놓자마자, 방 안에서 인상이 험악한 사내가 튀어나왔다.

"어딜 갔다 지금 들어와? 서방은 밥 굶길 생각인 게야?"

여인은 대번에 안색이 파리하게 질렸다.

"빨래하러 갔다 오는 길이에요. 솥에 밥은 있으니 국만 데워서 당장 내 올게요."

허둥지둥 부엌으로 가려는 여자를 사내가 돌려세우더니 뺨을 때렸다. '짝' 하는 소리에 팔생은 자신이 맞기라도 한 것처럼 흠칫 몸을 떨었다.

"이게 어디서 게으름이나 피우다 돌아와선 이제사 밥을 차리겠다고? 네 년은 참 팔자도 좋다. 목숨 걸고 배 타서 돈 벌어오는 서방이 오랜만에 집에 돌아왔더니 진수성찬은 못 차려줄망정 고작 밥 한 그릇 대령하는 것도 이렇게 시간이 걸려?"

사내가 이번엔 여자의 배에 주먹을 내리꽂았다. 여자가 '악' 소리를 내며 앞으로 고꾸라졌다. 사내는 바닥에 쓰러진 여자에게 몇 차례 발길질하더니, 욕을 퍼부었다.

여자는 간신히 몸을 일으켰다. 부엌으로 가는 발걸음이 땅에 질질 끌릴 정도였다. 사내에게서 얻어맞을 때 명치가 다치기라도 한 모양이었다.

팔생은 저도 모르게 피가 거꾸로 솟는 기분이었다. 아까는 그림 속 여인을 발견했다는 데 흥분해, 여인이 머리를 쪽지고 비녀를 꽂았다는 사실을 놓치고 말았다. 이미 임자가 있는 몸이라는 사실만 해도 충격적인데, 자신과 백년해로 할 여자가 저렇게 무지막지한 놈에게 얻어맞는 걸 보고 있어야 한다는 사실에 치가 떨렸다. 하지만 섣불리 끼어들 수도 없는 노릇이었다. 남의 집안일에 참견하는 꼴이 될 테니. 자신과 운명적인 인연이지만 아무것도 할 수 없다는 무력감에 사로잡혀 팔생은 고개를 숙였다.

그로부터 팔생은 장날도 잊어버리고 마을에 머물렀다. 여인을 보기 위해서였다. 본다 한들 이미 남편도 있는 여인에게 어떻게 말을 걸어야 할지 알 수 없었지만, 보지 않고선 견딜 수 없을 것 같았다.

다행히 여인의 집은 인적이 드문 후미진 곳에 있어 커다란 아름드리나무 뒤에 숨어 몰래 안을 엿본다고 해도 수상쩍게 여기는 사람은 없었다. 어쩌다 지나치다 본다 하더라도 그냥 길 가던 보부상이 나무

밑에 잠시 쉬어가는 것이려니, 짐작할 터였다. 그때만큼 팔생이 자신의 직업과 옷차림을 다행스럽게 여긴 적이 없었다.

여인의 남편은 뱃사람인 모양이었다. 한번 배를 타고 나가면 며칠씩 집을 비우는 듯했지만, 집에 있는 동안엔 방 안에 꼼짝 않고 틀어박혀 밥타령, 술타령을 해댔다. 그럴 때마다 여인에게 손찌검하는 것도 잊지 않았다. 여인은 목소리 한번 높이는 일 없이 숙명처럼 남편의 폭력을 받아들이는 것만 같았다.

지켜보는 시간이 길어질수록 팔생은 여인에 대한 측은함과 남편을 향한 분노가 동시에 커지는 것을 느꼈다. 저 남편은 왜 저렇게 아름답고 유순한 사람에게 걸핏하면 폭력을 휘두르는가. 나라면 평생 행복하게 해 줄 터인데. 저 여인이 만들어주는 따뜻한 밥상을 감사하게 받을 터인데. 저 남편만 없으면 여인과 자신이 행복한 신랑 각시가 되어 어여쁜 아들, 딸을 낳고 살 수 있을 것 같았다.

사흘째 되던 날, 여인의 남편이 다시 배를 타러 나갔다. 앞으로 또 며칠간은 돌아오지 않을 것이었다. 남편이 완전히 떠난 걸 확인한 뒤에야 팔생은 여인이 홀로 있는 집 앞에 우두커니 섰다.

뭐라고 말을 걸어야 할까. 어찌할 바를 모르고 있던 팔생을 먼저 발견한 건 여인이었다. 무심하게 문 쪽으로 고개를 돌린 여인은 낯선 남자가 서 있는 것을 보고 아, 낮게 소리를 질렀다. 당황한 팔생은 허둥지둥 입에서 나오는 대로 아무 말이나 주워섬겼다.

"놀라게 해서 죄송합니다. 사실은 길 가던 중에 물은 떨어지고, 목이 너무 말라 염치없지만 물이라도 한 사발 얻어 마실 수 있을까 하고……."

마침 날씨가 더워서인지, 가슴이 걷잡을 수 없이 두방망이질 쳐서 그런지 팔생의 얼굴과 몸에선 땀이 연신 흘러내렸다. 여인은 벌게진 팔생의 얼굴을 쳐다보더니, 잠시 마루에 앉아서 쉬고 계시라며 자리를 떴다.

팔생은 십년감수한 기분으로 엉거주춤 집 안으로 들어가 마루에 털썩 앉았다. 잠시 뒤 여인이 바가지에 맑은 냉수 한 사발을 떠 와 팔생에게 건넸다. 팔생은 그대로 물을 벌컥벌컥 들이켰다. 아까 아무렇게나 지어낸 말이었지만, 막상 그림 속 여인을 실제로 만나고 나니 진짜 목에서 타는 듯한 갈증이 올라왔다.

"목이 정말 많이 마르셨나 보네요."

민망해진 팔생은 손목으로 흐르는 땀을 훔쳤다. 지금 자신이 어떤 꼴을 하고 있을지 모르겠다고 생각하니 이마에 또다시 송글송글 땀이 맺혔다. 거기다 배에서는 '꾸르륵' 하는 소리가 요란하게 울렸다. 아침부터 대낮이 된 지금까지 아무것도 먹지 못했으니 당연한 일이었다.

그렇지 않아도 어쩔 줄 모르던 팔생은 그대로 쥐구멍에라도 들어가고 싶은 심정이었다. 하지만 여인은 푸훗, 장난스레 웃음을 지었다. 그러곤 미안했는지 눈치를 보며 조심스럽게 물었다.

"많이 시장하신 것 같은데 변변치는 못하지만 식은 밥 한술 뜨고 가시겠어요?"

너무 뻔뻔스러워 보일 것 같아 거절해야겠다 싶으면서도, 뜻하지 않게 찾아온 행운을 제 손으로 뿌리치기 어려워서 팔생은 주저주저했다.

"물도 얻어 마셨는데, 밥까지 얻어먹으면 너무 염치가 없어서……."

"새로 짓겠다는 것도 아니고 남은 밥인걸요. 게다가 찬도 변변치 않아서 오히려 제가 민망합니다."

"너무 폐를 끼치는 게 아니라면……."

팔생이 어정쩡하게 말꼬리를 흐리자 여인은 고개를 숙이고 다시 부엌으로 들어갔다. 그사이 팔생은 하릴없이 집을 둘러보았다. 좁은 안마당엔 하얀 치자꽃이 소담스레 피어 있었다. 특별히 화려하진 않지만, 청초한 하얀 꽃잎이 저 여인을 닮았다고 생각했다. 때마침 불어온 바람에 치자꽃의 달콤한 향기가 팔생의 코끝을 찔렀다.

돌아보니 여인이 밥 한 사발과 김치, 무말랭이가 올려진 밥상을 들고 서 있었다.

"이거 초면에 신세를 너무 많이 지는데……."

"그렇게 부담 느끼시지 않으셔도 됩니다. 그렇지 않아도 남은 밥을 어떻게 처분할지 고민하던 참이었으니까요."

"그렇게 말씀하시니 염치불구하고 감사히 받겠습니다."

팔생은 여인에게 목례를 하고 수저를 들었다. 허기 덕분인지 밥이 다디달게 느껴졌다. 허겁지겁 식사를 하는 팔생을 저만치서 지켜보던 여인은 팔생의 밥그릇이 거의 다 비자 부엌으로 들어가 숭늉 한 접시를 내왔다.

"정말이지 어떻게 사례를 해야 할지 모르겠습니다."

숭늉을 다 비운 팔생이 감사한 마음을 전하자, 여인은 '이렇게나 잘 드셔주시니 제가 다 감사하네요' 하며 살포시 웃었다. 미소를 머금은 여인의 얼굴은 웃음기가 없을 때보다 몇 배나 더 아름다웠다.

"보부상이신 듯한데 무슨 물건을 파시나요?"

여인이 팔생의 커다란 보따리를 보고 물었다.

"구경 한번 하시겠습니까?"

아쉬운 마음에 발길이 떨어지지 않던 팔생은 그 말에 기다렸다는 듯 신이 나서 마루 위에 보따리를 풀었다. 참빗, 지필묵 등 사이에서 자개가 박힌 노리개를 발견한 여인은 눈을 반짝 빛냈다.

"어머나, 고와라."

"마음에 드십니까?"

"이렇게 고운데 어찌 마음에 들지 않을 수 있겠어요."

"그럼 드리겠습니다. 맛있는 밥을 얻어먹었는데 밥값을 치르는 셈으로 하지요."

여인이 말도 안 된다는 듯 도리질을 했다.

"그럴 순 없어요. 이렇게 비싼 것을요."

"그리 비싸진 않습니다. 처음 보는 나그네한테 밥까지 차려주신 마음에 보답도 하고 싶고요."

"밥 차리는 거야 아무것도 아닌 일인데요."

그런 뒤 여인은 덧붙였다. 남편이 이런 걸 발견하기라도 하면 난리를 칠 거에요. 무슨 돈으로 샀냐, 어느 놈이 줬냐고 하면서요.

남편이라는 말에 팔생은 잠시 할 말을 잃었다. 둘은 한동안 어색하게 물건들만 만지작거리다 팔생이 무언가를 집어 들며 먼저 입을 열었다.

"그럼 이걸 가져가시지요. 바깥양반이 보더라도 뭐라고 하지 못할 겁니다."

팔생의 손에는 아기 주먹만 한 작은 병 하나가 들려 있었다.

"이게 뭔가요?"

"연고입니다. 멍이 든 곳에 바르면 좋습니다."

무슨 뜻인지 몰라 잠시 눈만 깜빡이던 여자는 조금 뒤 팔생이 한 말의 의미를 깨닫고 당황한 듯 얼굴을 가렸다. 눈 밑에는 여자의 남편이 만들어 놓은 멍자국이 아직도 시퍼렇게 남아 있었다.

"남사스럽게……. 허둥거리다 문짝에 부딪혔어요. 얼굴이 이 모양인데 부끄러운 줄도 모르고 수다를 떨고 있었으니 속으로 흉보셨겠어요."

"그럴 리가요. 멍이 꽤 크게 들었는데 많이 아프시겠구나 생각했을 뿐입니다. 통증도 줄여주고 멍든 부위도 빨리 가라앉히는 것이니 아플 때마다 조금씩 떠서 멍든 부위에 바르시면 됩니다."

여자는 고개를 푹 떨구고 아무 말도 하지 못했다.

다시 거절하려나 싶어 팔생이 뭐라고 더 말을 하려는데, 여자가 갑자기 '흑' 하고 울음을 토해냈다. 팔생은 갑작스런 반응에 놀라고 당황스러워 아무 말 없이 두 손만 비비면서 안절부절못하고 있었다.

한참 동안 조용히 흐느끼던 여자는 마침내 옷고름으로 눈물을 훔쳤다.

"죄송해요, 이런 흉한 모습을 보여서."

"아니, 아닙니다."

"이미 눈치채셨겠지요. 제 멍은 부딪쳐서 생긴 게 아니란 걸요."

"……."

"남편이 나쁜 사람은 아니에요. 성격이 불같고 화를 잘 못 참을 뿐이죠."

"그렇습니까."

"제가 행동이 바릿바릿하지 못하고 굼떠요. 그게 바깥양반의 급한 성미를 더 부추기는 것 같아요. 어찌 보면 다 제 탓인 게죠."

"그렇게 자책하실 것까지는……."

"갑자기 울고불고해서 당황하셨을 텐데 죄송해요. 오랜만에 마음속말을 나눴더니 제가 머리가 어떻게 된 것 같아요."

여자는 여전히 눈물 젖은 눈으로 방긋 웃어 보였다. 팔생은 간신히 할 말을 찾아냈다.

"원래 이 동네 분이 아니신가 보군요."

"네. 친정은 여기서 아주 먼 곳이에요. 남편은 뱃사람이라 한 번씩 집을 비우는 데다, 원래 동네 사람들과 원만하게 지내는 편이 아니라서 이웃끼리 교류도 없어요. 빨래터에서 만난 동네 여자들도 어쩐지 저를 데면데면하게 대하고요. 자식도 없으니 하루 종일 혼자서 말 한마디 안 하고 지내는 날도 많아요."

연민과 안쓰러움에 사로잡힌 팔생은 스스로도 깜짝 놀랄 만한 대담함을 발휘해 여인의 한 손을 잡고 손바닥을 펼쳐 그 위에 연고를 올려놓았다. 그리고 자신의 손바닥으로 여인의 자그마한 손을 감싸 쥐었다. 여인은 깜짝 놀라며 팔생을 쳐다봤지만, 그의 손을 애써 뿌리치진 않았다.

시간이 얼마나 흘렀을까, 둘은 아무 말 없이 그렇게 그대로 앉아 있었다.

"바깥양반께선 매달 항상 이 무렵에 배를 타러 나가십니까?"

마침내 팔생이 입을 열었다. 여자는 연고를 만지작거리며 고개를 끄덕였다.

"그럼 매달 이때쯤 찾아오겠습니다. 가슴에 담아놓은 말 못 한 얘기가 있으면, 그때 다 제게 푸십시오."

두 사람의 시선이 얽혔다. 그들의 짧은 만남이 어쩌면 머지않아 돌이킬 수 없는 길로 향하게 될 거라는 걸, 두 사람은 직감적으로 알고 있었다. 하지만 누구도 그걸 바로잡을 생각은 없었다. 팔생이 여인을 조심스레 품에 안았다. 가냘픈 여인의 몸은 바들바들 떨렸지만, 팔생을 밀어내진 않았다. 여인의 목덜미에선 치자꽃의 짙고 달콤한 향기가 났다.

약속대로 팔생은 매달 그믐 때쯤 여인의 집을 찾았다.

둘은 빠른 속도로 가까워졌다. 여인은 애정에 목말라 있었고, 그 점에선 오랫동안 홀몸으로 살아 온 팔생도 다를 바 없었다. 여인과의 밀애는 더할 나위 없이 달콤했지만, 여인을 만나고 돌아설 때마다 팔생은 깊이를 알 수 없는 나락에 떨어진 듯한 절망감에 사로잡혔다. 여인에 대한 애정이 커질수록 그녀가 자신의 사람이 아니라는 상실감이 팔생의 마음을 괴롭혔다. 집에 돌아와 그녀를 품에 안을 남편을 생각하니 질투가 끓어오르는 한편, 귀한 줄 모르고 그녀에게 손찌검을 일삼는 남편에게 참을 수 없는 분노가 동시에 치솟았다.

'때로는 아는 게 독이 될 수 있네.'

노인의 말이 귓가에 되살아났다. 이제 팔생은 그 말이 조금씩 이해가 되기 시작했다. 만약 노인에게 그림을 그려달라고 하지 않았더라면, 팔생은 빨래터에서 만난 여인이 곱다는 생각은 했을지언정 그 뒤를 쫓아가지는 않았을 것이다.

여인의 뒤를 밟지 않았더라면, 여인을 자신의 여자로 만들 수 없어 이토록 괴로움에 몸부림치지도 않았을 것이다.

'차라리 노인을 만나지 않는 게 더 좋았을까?'

그 물음엔 팔생도 선뜻 대답할 수가 없었다. 그를 만나지 않았더라면 이런 괴로움은 없었을 것이다. 하지만 그를 만나지 않았더라면 여인을 생각할 때마다 이렇게 가슴이 뛰고 설레는 행복감도 느끼지 못했을 것이다.

가슴 저린 괴로움을 동반한 무한한 행복과 아무것도 없는 평온함, 둘 중 어느 게 더 행복한 삶일까.

아무리 시간이 가도 팔생은 이 질문에 대한 답을 내지 못할 것 같았다. 하지만 분명한 것은 이제는 과거를 돌이킬 수 없다는 사실이었다.

팔생은 밤마다 어떻게 하면 여인을 온전히 자신의 여자로 만들 수 있을지 고민하기 시작했다. 그 여자를 아내로 취하는 게 좋지 않은 일일 수도 있다는 노인의 말이 경고처럼 뇌리를 스칠 때도 있었지만, 팔생의 뜨거운 열정을 가로막기엔 역부족이었다. 팔생은 무슨 일이 있더라도 그 여자를 아내로 들일 생각이었다. 어떤 희생을 치러서라도.

팔생이 이야기를 다 끝마쳤을 때 세 남자는 아무런 말도 하지 않았다. 조금 전까지 화기애애했던 분위기는 사라지고, 팔생과 남자들 사이에선 야릇한 공기가 감돌았다.

"그건 옳지 않아. 옳지 않다고."

마침내 장쇠가 말문을 열었다.

"이미 임자가 있는 몸이오. 남의 아내를 자네가 뭘 어쩌겠다는 거요? 남편 몰래 도망가 살림이라도 차리겠다는 거요?"

자못 언짢았는지 꼬박꼬박 '형씨'라 올려 부르던 호칭이 어느새 '자네'로 바뀌어 있었다.

"못 할 게 뭐가 있겠습니까. 그 남자는 그런 안사람을 가질 자격이 없습니다."

"그렇다면 자네는 그 자격이 되고?"

"저는 그 여자를 행복하게 해 줄 자신이 있습니다."

"이 사람아, 정신 차리시게! 남의 걸 가로채는 건 잘못이오. 남의 배우자를 가로채는 건 더 큰 잘못이고."

이번에는 귀돌이 입을 뗐다.

"장쇠 말마따나 그건 잘못일뿐더러 순리에 어긋나는 일이오. 인간이 순리에 벗어나는 일을 하면 행복해질 수 없소. 형씨는 그 노인이 그려준 그림에 너무 집착하고 있는 것처럼 보이는구먼."

"전부 그 그림에 나온 대로 이뤄졌으니까요."

"그렇다면 노인이 형씨한테 한 말도 떠올려보시오. 배우자를 취하든, 취하지 않든 그건 형씨 선택에 달려 있다고. 형씨는 그 여자를 취할 수 있지만, 취하지 않는다는 선택을 할 수도 있는 거 아니겠소."

"그렇다면 저는 그 노인 말처럼 평생 홀몸으로 살아가겠지요."

그 말에 장쇠 일행은 입을 다물었다.

"홀몸인 채 평생을 보내는 것 자체는 참을 수 있습니다. 하지만 그 여자를 포기할 수는 없습니다. 아예 몰랐다면 또 모를까, 이미 알게 된 이상 제 마음에서 그 여자를 지우는 건 상상조차 할 수 없습니다. 제가 어떤 희생을 치르건 간에요."

이번에도 세 남자 중 누구도 입을 떼지 않았다. 그들과 팔생은 한동안 아무 말 없이 술잔을 기울이다 뒷맛이 개운하지 않은 표정으로 일어나 각자의 길로 헤어졌다.

장쇠 일행이 팔생의 선택을 알게 된 것은 그로부터 석 달쯤 뒤였다. 그날도 어김없이 삼개주막에서 반주를 하던 그들은 낯선 보부상이 주막 안으로 들어오는 걸 발견했다.

팔생 또래로 보이는 보부상은 팔생이 그랬던 것처럼 어색한 태도로 밥과 술을 주문한 뒤 옆에 무거운 보따리를 내려놓았다.

"여긴 처음이신가 보구려."

장쇠의 말에 보상은 그렇다고 대답했다.

"몇 달쯤 전에도 형씨처럼 이 주막에 처음 들른 보부상이 있었지. 같이 술을 마시면서 얘기도 나눴는데, 가만 있자 이름이 뭐였더라……. 아, 그렇지 팔생이라고 했소. 8월에 나서 그렇다던가."

'팔생'이라는 말에 보부상의 표정이 갑자기 어두워졌다.

"왜 그러시오? 그자를 아시오?"

귀돌이 보부상의 얼굴에 드리워진 그림자를 놓치지 않았다.

"네, 압니다. 팔생 형님과 저는 같은 임방(任房) 소속이라서요. 아,

임방은 보부상들을 총괄하는 일종의 사무소 같은 겁니다. 퍽 가까운 사이는 아니었지만, 형님 소식은 입소문으로 들어서 알고 있지요."

"입소문이라니, 그에게 무슨 일이 생긴 게요?"

보부상은 난감하다는 표정을 지었다.

"우리랑 술 마실 때 그는 큰 고민거리를 안고 있는 것처럼 보였소. 스쳐 지나가며 맺은 인연이긴 하나, 어쨌든 우리가 팔생을 모르는 것도 아니니 그에게 무슨 일이 있었는지 말씀해주시구려."

소남의 말에 보부상은 주저주저하면서 입을 열었다.

"팔생 형님은 죽었습니다. 참수형을 받았지요."

"어떻게 그런 일이!"

장쇠 일행은 생각지도 못한 말에 놀라 불콰하게 올라오던 술기운마저 확 가신 듯했다.

"죽다니, 그것도 사고가 아니라 참수형을 당했다니 이런 날벼락이 있나! 그를 잘 아는 건 아니오만, 범죄를 저질러 죽임을 당할 인물로는 안 보이던데. 도대체 무슨 일이오?"

"여자 때문에 벌어진 일이었지요."

보부상이 씁쓸하게 내뱉었다.

그의 말에 따르면, 팔생은 제물포 인근에 사는 유부녀와 정분이 났다고 했다. 그렇게나 성실하던 사람이 언젠가부터 납품일도 자주 어기고, 일에 의욕이 사라진 것처럼 보여 임방에서도 어찌된 일인가 하고 있었다. 사건이 벌어진 뒤에야 여자에게 푹 빠져서 그런 것이었다는 걸 알게 됐다는 것이다.

그 유부녀를 어찌 알게 됐는지는 알 수 없지만, 팔생은 뱃사람인 유부녀의 남편이 배를 타느라 집을 비울 때마다 몰래 찾아와 여자와 밀회를 나눴다고 했다. 그냥 몰래 만나는 것만으로도 성에 차지 않았는지 둘은 남몰래 부부의 연을 맺고 함께 도망가려는 계획까지 꾸몄다.

그런데 일이 꼬이려니 팔생이 여자의 집에 머물고 있는 사이, 예정보다 집에 빨리 돌아온 남편이 이들을 발견했고, 당연히 한바탕 소동이 벌어졌다. 분을 이기지 못해 펄쩍펄쩍 뛰는 남편과 팔생은 서로 주먹질을 하면서 땅바닥에 나뒹굴었고, 싸움 끝에 수세에 몰리던 팔생이 곁에 있던 낫을 거머쥐었다.

휘이이익, 팔생이 높게 치켜든 낫이 노인의 붓질처럼 힘차게 허공을 가른 순간, 파랗게 갠 맑은 하늘에 시뻘건 피가 높이 솟구쳐 올랐다. 새하얀 여자의 두 뺨에도 몇 방울 선혈이 튀었다.

날카로운 날에 목의 동맥이 끊어진 여자의 남편은 몇 걸음 비틀거리다 이미 꽃이 다 진 치자꽃 덤불에 털썩 쓰러졌다.

"이, 이를 어쩌나. 그냥 상처만 입힐 생각이었는데……."

팔생이 와들와들 떨면서 땅바닥에 낫을 집어던졌다. 남편 목에 벌어진 상처에선 피가 멈추지 않고 흘러나와 땅바닥에 검붉은 얼룩을 남겼다. 칵칵, 남편의 입에서 막힌 목에 가래가 끓는 듯한 소리가 새어 나왔다. 얼마나 시간이 지났을까. 소리가 멈추고 주변은 완벽한 정적만이 감돌았다. 남편의 홉뜬 눈은 새하얀 흰자위만 보였다. 그리고 그걸로 모든 게 끝이 났다.

그나마 관가에 가서 자수라도 했으면 사고로 정상 참작이 됐을지도 모르는데 공포에 사로잡힌 두 남녀는 이성을 잃고 그대로 도주해 버렸다. 그런 도주 행각이 오래갈 수 있을 리 없었다. 관가로 끌려온 팔생은 살인죄로, 함께 도망가던 여자는 간통 및 남편 살인 교사죄로 같이 참수형을 선고받았다.

"사람 속은 참 모르는 것 같습니다. 한때는 성실하고 예의 바르다고 평이 자자한 팔생 형님이었는데, 뒤에선 남의 여자를 탐하고 뻔뻔하게 살림까지 차리려 했을지 누가 알았겠습니까. 어쨌든 그 일 때문에 임방에서도 한바탕 난리가 났습니다."

보부상은 그렇게 말하고 주모가 내온 국밥을 한술 떠 입에 넣었다.

장쇠 일행은 더 이상 그를 방해하지 않고 자기네들끼리 조용히 술을 따랐다. 하지만 흥이 확 깨져버렸는지 술맛을 느낄 수가 없었다. 그때 좀 더 따끔하게 얘기해 단념하게 했었어야 했나, 말은 안 했지만 셋 다 속으로 그런 생각을 하고 있는 것 같았다.

"결국엔 그런 최악의 선택을 하고 말았군."

마침내 귀돌이 입을 열었다.

"그러게나 말일세. 어리석은 친구야."

"그림을 그려 준 노인이 악연이구만. 노인과 만나지 않았더라면 이런 일이 생기지 않았을 터인데."

장쇠가 남은 술을 한꺼번에 들이켠 뒤 빈 잔을 탁, 내려 놓았다.

"어쩌면 그게 그 친구 팔자 아니겠는가. 노인을 만난 게 팔생의 팔 자였던 거야."

공기 중에 치자꽃의 달콤한 향기가 감돌았다.

화구를 등에 멘 채 터덜터덜 지친 발걸음을 옮기던 노인은 잠시 걸 음을 멈추고 처연해 보이는 하얀 꽃잎을 바라봤다.

'치자꽃이 핀 걸 보니 벌써 여름일세.'

문득 한여름에 태어나 '팔생'이라는 이름을 가진 한 보부상의 얼굴 이 떠올랐다. 고뇌에 빠진 절망적인 얼굴. 그 얼굴은 오래전 노인의 얼굴과 닮아 있었다.

작년 이맘때, 노인은 바닷가와 인근한 한 마을 어귀에서 팔생을 다 시 만났다. 팔생의 얼굴을 보는 순간, 노인은 대번에 감이 왔다.

'결국 만나선 안 될 사람을 만나버렸군.'

팔생은 화구를 앞에 펼치고 앉아 있는 노인을 한동안 보더니 아무 말 없이 다가와 그와 마주 앉았다. 살랑거리는 바람에 치자꽃의 달콤 한 향기가 실려 왔다.

"기어이 만났나 보구려."

노인이 먼저 입을 열었다. 팔생은 묵묵히 고개를 끄덕였다.

"그래, 만나서 행복하시오?"

팔생은 가만히 노인을 바라보다 막 울음이라도 터트릴 것처럼 입가가 일그러졌다.

"행복하지만 괴롭습니다. 괴롭지만 행복하고요. 이제 저는 어떻게 해야 합니까?"

둘은 한동안 또 말없이 앉아 있었다.

마침내 노인이 붓을 들어 그림을 그리기 시작했다.

유려한 손놀림은 변함이 없었다. 붓이 종이를 몇 차례 훑고 지나간 뒤 수수하고 얌전한 인상의 젊은 여자가 화선지 위에 모습을 드러냈다.

"이게 누굴 것 같으시오?"

"모르겠습니다."

"오래전 내가 연모했던 여자요."

"……!"

"내 스승의 딸이었소. 이미 집안끼리 맺어준 정혼자가 있는 몸이었지."

젊은 시절 노인은 그녀를 본 순간, 심장이 멎어버릴 것만 같았다. 자신의 능력이 신의 선물이자, 저주라는 걸 알게 된 지는 오래였지만 그때만큼 그것이 저주스럽게 느껴진 적은 없었다.

자신의 여자가 될 수 없다고 몇 번이나 포기하려 했다. 하지만 그러면 그럴수록 그녀에게 빨려드는 마음을 주체할 수 없었다.

"그래도 멈췄어야 했어. 내가 다가가지 말았어야 했지."

"안 좋은 일이라도 일어난 겁니까?"

팔생이 불안한 마음을 억누르고 물었다. 노인의 표정이 일그러졌다.

"이 여자가 어떻게 됐을 거라고 생각하시오?"

팔생은 혼란에 빠져 고개를 흔들었다.

"죽었소. 스스로 손목을 그어서."

"……."

"몇 차례 남들 눈을 피해 몰래 몸을 섞은 뒤 혼례를 치르기 전에 둘이서 도망가 살림을 차리자고 약속했소. 그날 밤은 우리가 함께 도망가기로 약속했던 날이었지."

살며시 여자의 방문을 열었을 때 비릿한 피 냄새가 코를 찔렀다.

이어 눈에 들어온 건 바닥을 흠뻑 적시고 있는 새빨간 피였다. 새하얀 손목에서 흘러나온 붉은 피는 그녀가 입고 있던 선홍색 치맛자락만큼이나 눈이 시리게 빨갰다. 생명이 빠져나간 얼굴은 눈처럼 창백해 붉은 피와 대조를 이루고 있었다.

"그녀는 계속 망설였는데, 내가 너무 일방적으로 밀어붙였던 거요. 그렇게 하면 그녀를 내 사람으로 만들 수 있다고 생각했는데…… 오히려 영원히 그녀를 잃어버리고 말았소."

망연자실한 채 여인의 새하얀 얼굴을 내려다보는 노인의 귓전에 웃음소리가 들렸다.

후, 후, 후.

조롱하는 듯한 웃음소리였다. 노인의 등골이 서늘해졌다.

'네 선택이 네 뜻대로 될 줄 알았더냐.'

어디선가 나지막한 음성이 들린 것도 같았다. 남자의 것도, 여자의 것도 아닌, 땅 밑에서 울린 듯한 섬뜩한 목소리.

노인은 한달음에 여인의 방을 등지고 그길로 짐을 싸서 그 고을을 떠났다.

"그때 생각했소. 내게 이런 저주 같은 능력을 준 신이 나를 시험한 거라고. 내가 잘못된 선택을 한 순간, 나에게 벌을 내린 거라고."

노인의 말에 팔생은 할 말을 잃었다. 둘은 그 뒤로도 긴 시간 말없이 앉아 있었다. 산들바람에 날린 나뭇잎 바스락거리는 소리가 어색한 침묵을 메워줄 뿐이었다.

"……헤어지겠습니다."

마침내 팔생이 입을 열었다. 붉게 충혈된 눈에는 눈물이 고여 있었다.

"제가 잘못된 선택을 해서 그 여자를 죽게 하느니, 그편이 백 배 낫습니다."

노인이 물끄러미 팔생을 바라보다 고개를 끄덕였다.

"마지막으로 한 번만, 딱 한 번만 그녀를 만나서 헤어지자고 하겠습니다."

노인은 다시 한번 그저 말없이 고개를 끄덕였다.

팔생은 회한이 가득 담긴 표정으로 노인에게 목례를 하고선 자리를 떴다.

이틀 뒤, 노인은 팔생이 그 동네 유부녀와 정분이 나서 남편을 죽이고 함께 도망가려 하다 붙잡혔다는 소식을 들었다.

　노인은 땅이 꺼져라 한숨을 내쉬었다.

　'그의 선택 역시 그가 뜻한 바대로 되지 않았던 건가.'

　후, 후, 후.

　노인의 귓가에 아주 오래전 들은 적 있는 음산한 웃음소리가 나지막하게 울려퍼졌다.

2

첩의 환생

팔짱을 긴 채 한숨만 내쉬는 주모 김씨는 여간 심기가 불편한 게 아니었다. 아침 댓바람부터 입이 한 발이나 나온 두 딸 때문이었다. 좁은 부엌에 나란히 서서 설거지를 하면서도 복이와 옥이는 일부러 등을 돌린 채 흥흥거렸다. 주모가 어떻게 화해를 시켜보려고 구슬리고 다독여도 죄다 허사였다.

'자식이라는 게 애물단지나 마찬가지구면.'

주모는 이따 술국으로 쓸 소고기 양지를 우려낸 국물 간을 보면서 속으로 중얼거렸다. 아이들 키우면서 수백 번은 더 했던 말이었다.

복이와 옥이 사이에 찬바람이 쌩하게 분 이유는 사실 별게 아니었다. 화근은 그놈의 풀각시인형이었다.

제 또래들처럼 옥이도 각시풀을 뜯어 대쪽에 실로 잡아매고 끝을 땋은 뒤 가느다란 나무를 비녀처럼 꽂아 만든 풀각시인형을 갖고 있었다. 자투리 헝겊 조각으로 치마와 저고리까지 만들어 입힌 인형은 제법 각시 꼴이 났다.

옥이는 그 인형을 애지중지해서 밤마다 품에 끌어안고 자곤 했다. 그런데 얼마 전, 워낙 손때가 타버린 탓에 인형 치마가 다 해져 찢어지고 말았다. 찢어진 자리를 기우긴 했지만, 들쑥날쑥 기운 자국이 선명한 치마가 늘 신경 쓰였던 옥이는 결국 언니 복이가 고이 모셔둔 천 조각에 손을 대는 대담한 짓을 저지르고 말았다.

복이는 오랫동안 새 댕기를 만들려고 벼르고 있었다. 땋은 머리에 드리워진 붉은색 말뚝댕기(조선 후기 어린이용 댕기)는 오래돼서 빛이 바랬다. 요즘 들어 부쩍 외모에 신경을 쓰는 복이는 머리를 매만질 때마다 낡은 댕기가 신경이 쓰여 견딜 수 없었다. 그런데 며칠 전 치마를 새로 짓고 나서 자투리 천이 남자, 그걸로 새 댕기를 만들려고 장롱 속에 고이 보관해둔 참이었다.

지난밤, 모처럼 짬이 나 댕기를 만들려고 장롱 속을 들여다보았다가 복이는 깜짝 놀랐다. 천이 온데간데없이 사라진 것이다. 방안을 쥐잡듯이 뒤지는데 문득 동생 인형의 새 치마 색깔이 어째 눈에 익었다.

'옥이 고 앙큼한 것이 멋대로 내 천 조각을 잘라 인형 치마를 만들어버렸구나.'

인형을 요리조리 뒤집어보다 사정을 짐작한 복이는 화가 머리끝까지 치밀어 올랐다. 그나마 재단이라도 솜씨 좋게 했으면 인형 치마를 만들고 남은 천이나마 어찌어찌 살려 댕기를 만들 수도 있었을 것이다. 한데 아직 손끝도 여물지 않은 옥이가 그런 걸 생각해가며 가위질을 했을 리가 없었다.

평소에 동생에게 많은 걸 양보해온 복이도 이때만큼은 참을 수가 없었다. 인형 주제에 뻔뻔스럽게도 내 댕기 천으로 지은 치마를 입고 있으렷다, 생각하니 풀각시인형조차 꼴도 보기 싫었다. 앞뒤 따질 틈도 없이 옥이는 풀각시인형을 발로 밟아버렸다.

발밑에서 뚝, 하며 인형에 꽂아 놓은 나무가 부러지는 소리가 났다. 측간에 다녀오는 동안 방에서 이런 참상이 벌어진 줄은 꿈에도 생각 못 했던 옥이는 척추가 부러지고 풀이 몸통에서 전부 비어져 나온 인형을 보고 거의 경기를 일으키다시피 했다.

일을 마치고 방으로 들어온 주모와 선노미는 얼굴이 빨개진 채 앙앙거리며 악을 쓰고 있는 옥이, 그 옆에서 두 주먹을 꽉 쥔 채 얼굴을 붉으락푸르락하며 씩씩대고 있는 복이를 목도했다.

딸들이 앞다퉈 주장하는 사정을 듣고 주모는 나란히 한 차례씩 나무랐다. 먼저 옥이부터.

"네 언니가 그간 얼마나 새 댕기를 갖고 싶어 했는지 잘 알잖니? 애초에 인형한테 새 치마 따위가 가당키나 한 것이냐. 조금 있으면 시집갈 나이에 아직도 어린애처럼 인형이나 싸고돌고!"

그다음 복이도.

"너도 언니가 됐으면 동생한테 양보하고 참을 줄도 알아야지. 옥이가 철없는 짓을 했다지만, 그렇다고 너도 옥이랑 똑같이 굴면 어떡하라는 거니!"

그래도 자매가 도저히 화해할 기미가 안 보이자 선노미가 한심스럽다는 듯 고개를 절레절레 흔들었다. 그로서는 새 댕기 따위에 연연하는 큰누이나 인형 치마 같은 것에 목매는 작은누이 모두 이해 가지 않는 건 마찬가지였다.

"복이 너한테는 조만간 새 댕기 만들 천을 구해다 줄 터이니 그리 알고 동생한테 화 풀어라. 그리고 옥이도 네 오라비가 새 인형을 만들어줄 것이니 이제 울음 그치고 복이한테 사과부터 하고."

선노미는 순간 '내가 왜?' 하는 표정을 지었지만, 이런 상황에 저까지 반발하다간 무슨 불똥이 튈지 모른다고 판단했는지 튀어 나오려는 말을 목구멍으로 삼켰다. 하지만 복이와 옥이는 여전히 입을 꾹 다문 채 등을 돌렸다.

"어서 둘이 화해하지 못해!"

주모가 참지 못하고 언성을 높였다. 그러거나 말거나 두 딸은 미동조차 없었다.

"으이그, 철딱서니 없는 것들. 대체 누굴 닮아 저런 황소고집인가 몰라."

만약 남편이 살아 있었더라면 주모의 말에 '누굴 닮긴 누굴 닮아. 다 임자한테서 물려받은 거지'라고 다독였을 터였다. 결국 그날 밤 자매는 서먹한 상태로 잠자리에 들었고, 냉전은 이튿날 아침까지도 이어지고 있었던 것이다.

"주모, 계시오?"

안마당에서 주모를 부르는 목소리가 들렸다. 정기적으로 삼개주막을 찾는 방물장수 할멈이었다. 할멈은 집주인 허락을 받지 않고도 집 안뜰까지 들어왔는데, 그건 예외적인 경우였다.

남자인 보부상들이 주로 장터를 돌아다니며 물건을 판다면, 여자가 대부분인 방물장수는 직접 가정을 돌아다니며 장사를 했다. 여자들은 외출이 자유롭지 않아 장에서 물건을 사기 어려웠기 때문이다. 방물장수는 화장용품을 비롯해 여자들에게 요긴한 물건을 들고 집집마다 찾아다니는 게 일이었다.

방물장수 가운데는 나이 많은 노파들이 많아 이들을 '아파(牙婆)'라고도 불렀다. 삼개주막을 찾은 할멈 역시 등이 구부정하고 검은 머리보다 흰 머리가 더 많은 것이 '아파'라고 불려도 손색이 없는 외모였다.

온화한 빛이 어린 두 눈과 다부진 인상을 주는 입매엔 가느다란 잔주름이 자글자글 잡혀 있었고, 살집이 없는 이마에도 세월이 할퀴고 간 흔적이 굵게 패어 있었다. 하지만 자기 머리통보다 몇 배나 큼직한 커다란 보퉁이를 머리에 이고 온종일 걸어 다녀도 딱히 힘들어하는 기색이 없는 걸 보면 몸을 놀리는 일엔 어지간히 숙련된 모양이었다.

"아이고, 오셨네요."

부엌에서 나온 주모가 할멈을 보더니 드물게 반색을 했다.

"동백기름이 다 떨어져서 언제쯤 다시 오시나 기다리던 참인데."

"그렇지 않아도 주모가 지금쯤 동백기름 필요할 때가 됐겠거니 했지. 그것 말고도 쓸 만한 것들이 꽤 있으니 찬찬히 구경하시구려."

주모는 할멈을 네 식구가 기거하는 작은 방으로 데려왔다. 할멈은 문지방에 엉덩이를 내려놓고 들고 온 보따리를 풀어 방 안에 물건을 펼쳤다. 얼굴을 뽀얗게 만들어 주는 백분(白粉), 석류와 홍화꽃으로 불그스름한 색조를 낸 연지, 피부를 촉촉하고 윤기 있게 만들어 주는 면약(面藥), 분이나 연지를 소량 덜어서 물에 개어 바를 때 사용하는 연지첩과 분접시 등이 순식간에 작은 방안을 꽉 채웠다. 할멈이 상자에 든 하얀 가루를 가리켰다.

"주모도 이 백분 한번 사용해보시구려. 보통 백분은 쌀가루나 분씨 가루만 사용하는데, 이 백분엔 조개껍데기 빻은 가루도 섞여 있어서 바르면 얼굴에 은은하게 광택이 돈다오. 기녀들도 행여 이게 떨어질까 싶어 쌓아두고 사용한다지."

주모가 대번 손사래를 쳤다.

"아이고, 제가 기생도 아니고 이런 걸 사용해서 뭘 한답니까."

"주모도 아직 한창 아니오. 맵시도 좀 내고 해야지."

"조금 있으면 마흔인데 한창은요. 저는 동백기름만 있으면 족합니다."

"그래도 동백기름 하나 만큼은 안 빼먹고 꼬박꼬박 사 가는구먼."

"명색이 주모인데 머리를 산발하고 손님 앞에 얼굴을 내밀 순 없잖습니까."

주모는 물건들 사이에서 동백기름을 골라 노파에게 셈을 치렀다.

"그건 그렇고 요새 통 발길을 안 하신다 했습니다."

"고뿔이 걸려 한동안 앓아누웠다오. 젊을 땐 아픈 게 뭔지 몰랐는데, 나이 드니까 몸 여기저기 망가지는구려."

"고생하셨습니다. 그러고 보니 얼굴이 많이 상하셨네요."

주모가 할멈의 안색을 살피더니 두 딸 중 누구에게랄 것 없이 '여기 국밥 한 그릇 내 오거라'하고 말했다. 복이와 옥이는 어느새 부엌일을 팽개치고 나와 할멈의 보따리에서 나온 신기한 물건들을 구경하느라 정신이 팔려 있었다.

"국밥은 무슨. 바쁠 텐데 폐 끼치지 않게 이만 가겠소."

하지만 주모는 할멈을 억지로 눌러 앉혔다.

"조금 전에 여기 묵는 손님들 아침상을 물려서 오후까진 별로 할일도 없습니다. 아직 식전이실 텐데 잡숫고 가세요."

"이런 고마울 데가 있나. 그럼 한술 뜨고 가는 대신 이거라도 드리리다."

할멈이 다 싸놓았던 보따리를 다시 풀어 뒤지더니 작은 병 하나를 주모에게 건넸다.

"이게 뭡니까?"

"미안수(美顏水)라오. 면약의 일종이지. 익모초, 오이, 창포, 당귀 같은 재료들로 만들어 아침에 일어나서 바르면 피부가 좋아진다오."

"뭘 이런 걸 다……."

"자꾸만 사양하면 늙은이 손 무안하오. 그렇지 않아도 주모가 꼬박 꼬박 물건을 사줘서 고맙게 생각하고 있었고."

주모도 더는 거절하지 않고 '감사히 받겠습니다' 하곤 미안수를 품에 넣었다. 그때 복이와 옥이가 각각 장국밥이 차려진 밥상과 냉수 한 다발을 들고 왔다.

"둘 다 안 보던 사이에 훌쩍 더 큰 것 같구나."

할멈이 밥상을 받아들며 반가워했다.

복이와 옥이는 좀 떨어져 할멈에게 허리를 숙였다. 딴에는 예의 바르게 군다고 했지만, 부루퉁한 표정까진 감추진 못했다. 연륜에다 오랜 장사 경험이 쌓인 할멈이 그런 미묘한 분위기를 눈치채지 못할 리 없었다.

"둘이 오늘 싸우기라도 한 게니? 얼굴이 밝질 않구나."

주모가 무안한 표정을 하곤 그간의 사정을 들려주었다.

"호오, 옥이가 깜찍한 짓을 저질렀구나. 언니한테 그러면 안 되지. 그리고 복이도 화가 나겠지만 동생이니 이해를 하려무나."

할멈의 말에도 둘은 고집스럽게 제 발치만 내려다보았다. 할멈은 어쩔 수 없다는 듯 어깨를 으쓱하고는 장국을 한술 떴다. 그러다 문득 생각이 났는지 아, 하며 고개를 들었다.

"너희 둘을 보니 아주 오래전 내가 젊은 시절에 알던 두 여자가 생각나는구나. 그들도 너희처럼 고집스럽게 아웅다웅 다퉜었지. 바쁘지 않으면 여기 앉아서 할미가 하는 옛날이야기 한번 들어보겠니?"

옛날이야기라는 말에 혹했는지 복이와 옥이가 조심스레 주모 눈치를 살폈다.

주모가 앉아도 된다는 뜻으로 고갯짓을 하자, 둘은 얼른 할멈 옆으로 다가와 쪼그리고 앉았다.

"내가 아직 너희 어머니보다 젊었을 때, 나는 부유한 양반 나리 댁 마님 몸종이었단다. 내 어머니는 마님의 친정집 노비였지. 어린 시절엔 나도 어머니와 함께 마님 친정에서 집안일을 거들었지만, 마님이 시집올 때 수발을 드는 몸종이 돼서 함께 나리 댁으로 오게 된 거야."

친정에선 '아가씨'라 불리다 결혼하면서 '마님'으로 불리게 된 할멈의 상전은 소녀 적부터 자존심이 세고, 콧대가 높았다. 권세 높은 가문에서 태어나 줄곧 떠받듦을 받으며 자랐으니 그럴 만도 했다. 그런 마님이 보기에 비록 지아비라고는 하나 남편은 격이 떨어져도 한참 떨어지는 인물이었다. 우선 가문부터가 자신보다 처졌다. 때문에 처음 혼례 이야기가 나왔을 때도 그녀는 설렘보다는 실망감이 컸다.

그래도 부모님이 정해주신 혼사를 거절할 수는 없었다. 남편 집안은 높은 관직에 오른 이는 없었지만, 한양 땅에서 몇 손가락에 꼽을 정도로 돈이 많았다. 권력과 돈은 실과 바늘처럼 떼려야 뗄 수 없는 사이였고, 마님의 아버지가 고명딸을 처지는 집안의 차남과 맺어준 이유가 바로 여기에 있었다.

혼인 후에도 마님의 한숨은 줄어들지 않았다. 주색잡기에 흠뻑 빠진 남편은 과거로 관직에 나가겠다는 의지가 털끝만큼도 없었다. 지금도 아무런 부족함 없이 풍족하게 먹고 사는데 뭐하러 힘들게 글공부를 해서 과거 시험을 보고, 골치 아픈 관료가 되느냐는 게 남편의 생각이었다. 한량 남편을 어떻게든 열심히 보필해 반드시 관직에 오르게 하겠다던 다짐은 정작 당사자의 의지박약에 무너지고 말았다.

결국 마님은 당당한 정경부인(조선 시대 정일품·종일품 문무관의 아내에게 주던 봉작)이 되려는 꿈을 내려놓고 말았다. 남편을 포기하고 나니 그다음 희망을 걸 데는 자식이었다. 아들을 잘 키워 번듯한 자리에 올려놓으면 그나마 잃어버린 꿈을 보상받을 수 있을 것 같았다. 하지만 이마저도 뜻대로 되지 않았다. 혼례를 치른 지 몇 년이 지났는데도 마님의 몸에는 태기가 없었다.

이대로 가다가는 아들을 관직에 올리는 건 고사하고, 집 안의 대(代)를 끊어놓았다며 쫓겨날 판이었다. 조바심 때문에 날마다 마님은 얼굴이 해쓱해지고 몸이 바짝바짝 말라만 갔다.

사실 자식이 생기지 않는 데는 부부의 금슬이 좋지 않은 탓도 컸다. 나리는 어지간해서는 마님의 방을 찾지 않았다. 자신을 내려다보고 마뜩잖게 여기는 아내가 영 부담스럽고, 정이 가지 않았을 것이다.

부부 관계마저 원만하지 않으니 그렇지 않아도 놀기 좋아하는 나리는 더더욱 밖으로만 나돌았다. 그럴수록 마님의 불안과 나리에 대한 원망이 커져만 갔으니, 이는 끊기 힘든 악순환의 반복이었다.

그래도 부부 관계가 이렇게라도 유지됐다면 훗날 일어난 끔찍한 불행을 막을 수 있었을지도 모른다. 하지만 살얼음 위를 걷는 것처럼 아슬아슬하게 이어지던 두 사람의 관계는 나리가 어린 첩을 들이면서 돌이킬 수 없는 길로 내딛게 됐다.

그날도 나리는 몸종 한돌이를 대동한 채 늦은 밤까지 술자리를 즐겼다. 여유로운 봄밤이었다. 가볍고 따스한 바람이 살랑살랑 기분 좋게 살갗을 어루만지고 지나갈 때마다 푸릇푸릇한 풀냄새와 갓 봉오리를 틔우기 시작한 봄꽃 향기가 공기 중에 떠돌았다. 남산 너머로는 미인의 눈썹처럼 가는 초승달이 은은한 빛을 내며 걸려 있었다.

어디선가 풍악 소리에 맞춰 기생의 구슬프고도 청아한 노랫가락이 들려왔다. 그 분위기에 취해 나리는 또다시 술잔을 기울였다. 나리가 흥을 즐기고 있는 '군칠이 집'은 갓 빚은 술로 유명했다. 안마당 술독만 해도 백 개가 넘는 이곳은 한양의 수많은 술집 가운데서도 으뜸이었다. 초저녁부터 조금씩 손님이 늘더니 어느새 가게 안은 명물인 개장국을 안주 삼아 술을 들이켜는 사람들로 가득 찼다.

"나리, 이제 슬슬 댁으로 돌아가셔야지요?"

한돌이가 주인의 눈치를 보면서 쭈뼛쭈뼛 말을 꺼냈다. 하지만 나리는 대답이 없었다.

"나리……."

"이놈아, 술맛 떨어지게 왜 그리 보채는 게냐."

"마님께서 저번에도 나리께 싫은 소리를 하시지 않았습니까. 소인을 따로 불러 혼내기까지 하셨습니다. 상전 보필을 제대로 하지 못한다면서요."

"종이 주인을 따르는 것이지, 종이 하자는 대로 따라가는 주인이 어디 있다더냐."

"옳은 말씀이십니다. 하지만 나리의 귀가가 늦어지면 소인이 날벼락을 맞게 되는지라……."

나리가 별안간 한 손을 들어 어렵게 말을 이어가는 한돌이를 가로막았다.

"가만있어 보아라. 대체 밖에 있는 저 여인은 누구인고? 보아하니 기생은 아닌 것 같은데, 어쩌자고 아녀자가 해가 다 진 시각에 이 종로통을 헤매고 다니는 게냐."

나리가 가리킨 곳엔 아닌 게 아니라 젊은 여자 하나가 조바심을 내며 왔다 갔다 했다. 장옷보다 짧고 폭이 좁은 남색 처네를 머리에 둘러쓰고 종종걸음을 걷고 있는 여인은 옷차림으로 미루어 신분이 볼품없을 게 분명했다. 이리저리 배회하던 여자가 군칠이 집 쪽으로 걷기 시작했다. 여자의 발걸음이 가까워질수록 처네에 가려진 얼굴 윤곽이 또렷하게 드러났다.

순간 앵두꽃, 살구꽃, 자두꽃이 일제히 형형색색의 봉오리를 터뜨리기라도 한 듯, 눈이 번쩍 뜨였다. 열대여섯쯤 됐을까. 화장기 없는 말간 피부는 삶은 계란 껍질을 벗겨 놓은 것 마냥 잡티 하나 없이 반들반들했고, 커다란 두 눈은 흑진주처럼 까맸다. 오똑한 콧날에 불그스름하고 작은 입술을 한 그녀는 마치 미인도에서 그대로 빠져나온 것 같았다. 말할 때마다 한쪽 뺨에만 옴폭 패는 보조개가 얼굴의 완벽한 좌우대칭 균형을 깨뜨리지 않았더라면, 하늘에서 선녀가 내려왔거나 꼬리 아홉 달린 여우가 둔갑했다고 해도 믿을 만큼 보기 드문 미인이었다.

"혹시 울 아버지 여기 안 계시나요?"

여자가 군칠이 집 주인에게 말을 건넸다. 가녀린 몸매와 대조적으로 카랑카랑한 목소리는 제법 날카로운 울림이 있었다.

"가비 왔구나. 네 아비는 초저녁에 여기 들러 술 몇 잔 걸치고 투전판에 간다고 하더라. 한번 시작하면 또 돈을 다 잃어버릴 때까지 자리를 뜨지 않을 테니 이 근방 객점 몇 군데 둘러보면 아마 찾을 수 있을 게다."

가비라고 불린 여자는 인사를 하고 서둘러 가게를 나왔다. 나리의 시선은 여자가 사라진 쪽에 붙박인 채 한동안 움직이지 않았다. 여인의 모습이 점점 작아지다 마침내 시야에서 사라지자, 나리는 아쉬움이 가득한 음성으로 한돌이에게 일렀다.

"보아하니 이곳 주인이 저 여인의 사정을 잘 아는 듯싶구나. 가서 저 여인이 누구고, 왜 늦은 시간에 이런 곳을 돌아다니는지 물어보거라."

한돌은 분부대로 주인에게 가서 몇 마디 이야기를 나눈 뒤 돌아왔다.

"아까 보신 여자는 청계천 근방에 사는 가비라고 한답니다. 어머니는 어릴 때 돌아가시고 형제가 없어 홀로 아버지를 모시는데, 아비가 말도 못 할 파락호라 술 마시고 노름판에서 돈 날리기를 밥 먹듯 한다는군요. 그 때문에 제법 먹고 살만했던 형편이 점차 기울어 이젠 자칫하면 거리에 나앉게 된 상황까지 됐는데도 아비라는 작자는 딸 몰래 집안에 남아 있는 돈 될 만한 물건은 모조리 뒤져서 저당 잡히고 걸핏하면 객점에서 벌어지는 투전판에 간다네요. 그래서 딸이 아버지를 찾으려고 술집과 노름판이 모인 이 일대를 헤매고 다니는 일이 흔하다고 합니다."

"허허, 듣고 보니 딱한 처자로군."

"그러게나 말입니다."

"인물도 어지간한 기녀가 어깨를 견주지 못할 만큼 빼어나던데 집안이 그 모양이니 제대로 된 혼처를 찾기도 어려울 것이고……."

나리는 한동안 골똘히 생각에 잠긴 표정이 됐다. 한돌이 '우리 나리께서 이렇게 동정심이 깊은 사람이었나' 속으로 탄복하던 그때, 나리가 다시 한돌이에게 지시를 내렸다.

"그 여인이 살고 있는 집이 어디인지 알아보거라. 그 여인의 아비를 한번 만나봐야겠다."

한돌이가 어리둥절해하자, 나리는 이미 결심을 굳힌 듯 술잔을 비우고 자리에서 일어섰다.

늦은 밤, 나리는 가비의 아비와 마주 앉았다. 아비라는 자는 몸집이 작고 볼품없는 남자였다. 오랫동안 술에 절어 산 탓인지 안색이 흙빛을 띠고 눈은 붉게 충혈돼 있었다. 그는 갑작스런 양반 나리의 행차에 무릎을 꿇고 안절부절못했다.

"자네 여식을 첩으로 들이고 싶은데, 내게 주지 않겠나?"

나리는 볏짚으로 깐 돗자리조차 없는 초라한 방바닥에 도포 자락을 젖히고 앉자마자 본론을 꺼냈다. 예상치 못했던 말이라 가비의 아비는 물론이고 밖에서 숨 죽인 채 엿듣던 한돌이까지 깜짝 놀라 눈을 번쩍 떴다.

"첩이라니……. 제 여식은 아직 어린아이옵니다. 변변치 못한 아비를 만나 고생만 하고 살았는데, 결혼만큼은 제 원하는 사람 만나 의좋게 살았으면 싶은 게 부모 마음입니다."

"듣자 하니 자네는 술집과 도박판을 내 집 드나들 듯 한다는데 그래서야 제대로 된 혼처를 찾을 수 있겠는가. 집안 형편도 그리 넉넉지 않은 듯 보이는데……."

나리가 초라한 세간살이를 휘휘 둘러보았다. 남자는 창피한 듯 고개를 숙였다.

"자네 여식이 내 집에 들어오면 앞으로 밥 굶을 걱정은 안 해도 될걸세. 지금 자네 처지에 딸을 시집보내 봤자 그 역시 고만고만하게 어려운 집일 게 뻔하고, 그러느니 차라리 정실부인은 못 되더라도 부잣집에서 호강하고 사는 게 훨씬 더 나은 선택 아니겠나."

그 말엔 남자도 혹하는 눈치였다. 조금 전까지 단호하던 태도가 단박에 누그러졌다.

"측실로 들이는 것도 혼인은 혼인이니 내 자네를 섭하게 대하진 않겠네. 이거면 되겠는가?"

나리가 기회를 놓치지 않고 품에서 슬그머니 돈 꾸러미를 내놓았다. 남자의 눈이 휘둥그레졌다. 몇 달은 걱정 없이 지낼 돈이었다.

"지금은 당장 수중에 있는 게 이것뿐이지만, 자네 여식을 데려간 이후엔 다시 이만큼 돈을 더 주도록 하지."

그때까지만 해도 결정을 못 내리고 망설이던 남자의 표정이 나리의 한 마디에 금세 돌변했다. 표정을 보니 이미 정신은 나리의 돈을 밑천으로 투전판에 가 있는 듯했다.

"어떻게 하겠나?"

남자는 지저분한 방바닥에 납작 머리를 조아렸다.

"여부가 있겠습니까. 제 부족한 여식을 거두어 주셔서 감사합니다."

나리는 입꼬리가 흡족하게 올라갔다.

대화를 엿듣던 한돌은 '이거 마님이 아시면 난리가 나겠는걸' 하고 고개를 절레절레 흔들며 섬돌 아래로 내려왔다. 그때 한돌은 숨을 죽이고 엿듣던 이가 자기 혼자가 아니었다는 사실을 깨닫고 흠칫 놀랐다.

조금 떨어진 곳에서 가비도 방안의 대화에 귀를 기울이고 있었다. 노란 달빛을 받으며 서 있던 가비는 자신의 혼례가 결정된 것을 알고 설핏 미소를 지었다. 포근한 봄밤에 어울리지 않는, 동지섣달 칼바람

같이 서늘한 미소를 보고 한돌은 저도 모르게 등골이 오싹해졌다.

"나리가 들인 측실을 처음 봤을 때가 아직도 생생하게 기억난단
다."

그릇을 절반쯤 비운 할멈은 상을 한쪽으로 물리면서 말했다.

곁에 앉은 복이와 옥이는 두 눈을 반짝이고 다음 얘기를 기다렸다.

"하늘에서 내려온 선녀라는 게 바로 저 여자를 두고 하는 말이다
싶을 정도로 고왔어. 그렇게 아리따운 처자는 그전에도, 그 후에도
본 적이 없었지. 하인들도 남녀 할 것 없이 그녀를 보곤 눈을 떼지 못
했어. 나리께서 왜 측실을 들이셨는지 알겠다고 수군댔을 정도니까.
심지어는 마님조차도 놀라신 눈치였어."

마님은 나리가 첩을 들였다는 사실을 쉽게 받아들일 수 없었다. 하
지만 혼례를 올린 지 몇 년이나 지나도록 아이를 낳지 못하니, 불평
할 처지는 못 되었다. 자식을 생산하지 못하는 건 칠거지악(七去之惡)
에 들어갔다. 첩을 들이기로 작정해 진작에 들였어도 할 말이 없었
다. 하지만 나리는 희한하게도 기방 드나드는 건 뒷간 드나들 듯하면
서도 여태 첩을 들이려 하지는 않았다. 집안 어른들이 넌지시 측실을
들이라 권유했을 때도 어물쩍 넘겨버렸다.

처음에 마님은 그게 자신에 대한 한 톨 정도의 애정이나 배려라 생
각했다. 나리가 그런 걸 기대할 만한 위인이 아니라는 걸 깨달은 뒤
엔 권세 높은 자신의 친정 눈치를 보는 것이라 여겼다. 시간이 꽤 흐

른 뒤에야 마님은 남편이 정실이건 측실이건 몇몇 여자들에 매여 있기보다는 기방에서 수많은 여자들과 가볍게 노는 걸 더 좋아하기 때문이라는 사실을 간파했다.

그 깨달음은 절망적인 동시에 희망적이었다. 비록 남편이 밖에서 기녀들과 히히덕대는 한이 있더라도 적어도 한 집에서 자신의 연적을 마주해야 할 상황은 모면할 수 있었기 때문이다. 그런데 그렇게 자유분방한 나리가 제 손으로 첩을 맞아들였다. 그건 마님의 희망을 깨뜨렸을 뿐만 아니라 한 가닥 자존심마저 무참히 짓밟는 처사였다.

더구나 첩이 저보다 한참 젊고 비교할 수 없을 정도로 아리따운 처녀라는 걸 직접 확인하고 나니 걷잡을 수 없는 질투심이 불타올랐다.

그렇다고 나리에게 그걸 눈치채게 할 수는 없었다. 질투는 여자들이 해선 안 될 악덕 가운데서도 으뜸이었다. 질투를 일삼는 여자들은 칠거지악에 의해 집에서 쫓겨날 수도 있었다. 치밀어오르는 불안과 분노를 삭이며 마님은 여자들이 모여 사는 안채로 첫발을 디디는 가비를 쏘아봤다.

자신보다 한참 연상에다, 권문세가 친정을 둔 정실부인 앞이라면 어지간한 첩들은 다들 저절로 몸을 움츠리기 마련이다. 그런데 가비는 달랐다. 마님의 서슬 퍼런 시선을 피하기는커녕 똑바로 응시하며 받아쳤다. 어딘지 모르게 도전적이고 오기가 묻어나는 눈빛이었다.

두 여인의 날 선 시선이 예리한 검처럼 맞부딪쳤다. 그들은 그렇게 한참을 눈으로 칼싸움을 하듯 서로를 마주 쳐다보았다.

'만만치 않은 적수겠어.'

마님 곁에서 어린 첩의 등장을 지켜보던 할멈은 속으로 중얼거렸다. 그리고 얼마 지나지 않아 할멈의 직감은 현실로 일어났다.

가비가 측실로 들어오면서, 나리는 뻔질나게 드나들던 기방 출입을 딱 끊었다. 가비의 치마폭에 싸여 하루 종일 두문불출하는 날이 늘어났다. 나리가 가비에게 푹 빠진 으뜸가는 이유는 빼어난 미모 때문이었다. 하지만 진짜 나리를 휘어잡은 비결은 단지 고운 얼굴만은 아니었다. 가비는 나리의 마음을 들여다보듯 읽어내 비위를 맞추는 능력을 가지고 있었다.

그건 타고난 것일 수도 있지만, 어쩌면 열악한 성장 환경 속에서 스스로 터득한 생존 기술인지도 몰랐다. 어린 시절 어머니를 여의고 술과 도박을 일삼는 아버지 밑에서 잡초처럼 자라난 가비는 비록 나이는 어렸지만 눈치가 빠르고, 영악했다. 타인이 무엇을 기대하는지, 어떤 행동을 취해야 득이 될지를 순식간에 파악했다. 심지어 이익을 위해서라면 수치심이나 자존심쯤은 저만치 밀쳐놓을 수 있는 처세술까지 갖췄다.

그런 면에서 보자면, 지체 높은 가문서 '아가씨'로 자란 마님은 애초에 가비의 상대가 되지 못했다. 마음에 없는 소리는 절대 하지 못하는 마님과 달리, 가비는 나리 앞에서 낯 가려운 칭찬과 아부의 말을 태연히 주워섬길 수 있었다.

마님이 이따금 나리에게 느끼는 한심한 감정을 감추지 못해 표정에 그대로 드러내는 반면, 가비는 나리가 세상에서 둘도 없이 멋진 사내인 양 굴었다. 나리의 마음이 가비에게 넘어간 것은 어쩌면 당연한 일이었다.

마님은 애써 가비를 무시하려 했지만, 갈수록 신경이 쓰이는 건 어쩔 수 없었다. 나리가 가비에게 홀딱 빠진 것도 모자라 가비가 아들이라도 낳는다면 마님의 입지는 더욱 줄어들고 가비의 기세는 등등해질 게 불 보듯 뻔했다. 그걸 누구보다 뼈저리게 인식하는 마님은 가비가 눈엣가시같이 여겨졌다.

가비 역시 마님을 달갑게 여기지 않았다. 나리 앞에선 입안의 혀처럼 싹싹하게 구는 가비도 마님과 마주할 때는 그리 고분고분하지 않았다. 집 안 법규나 예의범절 같은 마님의 잔소리는 귓등으로 흘리기 예사였고, 때때로 반항하는 시선으로 마님을 쏘아보기도 했다.

가비에게 마님은 받들어 모셔야 할 상전이 아니라, 물리쳐야 할 경쟁자였다. 자신이 아들을 낳으면 미천한 신분에 정실부인까지 오를 수는 없다 해도 실권을 손에 쥘 수 있을 터이니 그때는 마님조차 저를 함부로 대하기 힘들 것이라 생각했다. 일찌감치 머릿속으로 그런 상황을 그려본 가비의 눈에 마님은 한낱 허울 좋은 허수아비에 불과했다.

둘 사이의 보이지 않는 힘겨루기로 안채엔 전에 없는 묘한 긴장이 감돌았다. 그래도 처음 얼마 동안은 큰 갈등이 불거지는 일은 없었다. 위태위태하게 이어지던 평화를 깨뜨린 것은 뜻밖에도 나리의 탕약이었다.

그날 오후, 마님은 할멈을 비롯해 하녀 몇을 대동하고 정원에서 따뜻한 봄 햇살을 즐기던 참이었다. 문득 멀리 측실 방 앞 안뜰에 가비의 모습이 보였다. 등을 돌린 채 쪼그리고 앉은 탓에 가비는 마님이 지켜보는 걸 눈치채지 못한 모양이었는데, 작은 화로 위에 탕약 주전자를 올려놓고 부채로 살살 부치는 모양새를 보니 아마도 나리의 탕약을 달이고 있는 것 같았다.

얼마 전 나리는 몸이 허해졌다며 값비싼 보약을 지어 왔다. 가비는 부엌에서 일하는 시녀를 다 놔두고 직접 탕약을 달이겠다고 나섰다.

탕약 달이기는 손이 많이 가는 일이었다. 나리는 자신을 위해 선뜻 고단한 일을 자청한 가비를 어여삐 여겼다. 가비는 탕약도 딱 나리의 마음에 들게 달여온 모양이었다. 마님이 그걸 알게 된 건 어느 날 나리가 마님의 시중을 받으며 밥을 들다가 반찬 투정을 했을 때였다.

그날 나리는 즐겨 먹던 가지누르미가 영 마음에 들지 않았던 모양이었다. 양념갈비처럼 얇게 잘라 밀가루를 입혀 노릇하게 구운 가지 위에 밀가루를 풀어 끓인 물, 간장과 참기름으로 양념을 한 누르미를 끼얹은 가지누르미는 나리가 손에 꼽는 음식이었다. 그런데 그날따라 주방에서 요리하는 하녀가 무엇에 정신이 팔렸는지 가지누르미는 노릇노릇하다기보다는 눅눅했고, 함께 밥상에 오른 옥돔도 간이 너무 쨌다. 젓가락으로 이리저리 반찬을 헤집던 나리는 심기가 불편한지 밥상을 물렀다.

"음식이 입에 맞지 않으신지요?"

"부엌에서 일하는 자들이 주인 음식 만드는 데 이렇게 허술하다니, 이건 부인의 관리가 소홀해서 그런 것 아니오?"

마님은 나리가 어린애처럼 밥투정을 하는 것도 모자라, 자신을 책망하기까지 하자 눈이 샐쭉해졌다.

"음식을 만들다 보면 때로는 소소하게 실수를 할 때도 있지요. 사내대장부가 이렇게 소소한 일에 마음을 쓰셔야 되겠습니까."

마님의 입에서 말이 곱게 나오지 않았다. 음식도 음식이지만, 내려다보듯 훈계하는 마님의 태도에 나리는 더더욱 기분이 상했다.

"하나를 보면 열을 안다고, 다 정성의 문제가 아니겠소. 가비는 탕약 하나를 달여도 물이 너무 많거나 적지 않게 언제나 딱 안성맞춤으로 달여오는데……. 이 집안에서 내 마음을 제대로 알아주는 건 가비 하나밖에 없구려."

나리가 가비까지 들먹이자 마님의 얼굴엔 불편한 기색이 역력하게 드러났다. 그제야 나리도 괜한 소리를 했다 싶었는지 얼른 입을 다물었다.

더 이상의 마찰은 생기지 않았지만, 마님은 나리의 말을 내내 가슴에 담아두고 있었던 모양이었다. 대체 가비가 어떻게 탕약 물을 늘

일정하게 조절할 수 있는지 그 비결이 궁금했던 마님은 먼발치서 가비를 유심히 지켜보았다.

가비는 약이 다 끓자 사발에 약을 붓고 분량을 측정하더니 땅바닥에 약을 조금 쏟아버렸다.

"저렇게 귀한 약을……."

마님 옆에 있던 할멈은 —당시엔 할멈이 아니었지만—저도 모르게 중얼거렸다. 바닥에 약을 쏟아버린 가비는 또다시 물의 양을 눈대중하는가 싶더니 이번엔 사발에 물을 조금 들이부었다.

이런, 이런. 할멈은 눈살을 찌푸리며 중얼거렸다.

가비가 언제나 탕약을 딱 먹기 좋을 만큼만 달여올 수 있던 비결은 알고 보니 대단한 게 아니었다. 그저 조금의 수완과 대담함만 있다면, 누구나 할 수 있는 일이었다.

가비의 가식을 지켜보던 마님은 그녀가 일을 마치고 나자 아무 말 없이 조용히 그 자리를 떴다. 그때 할멈은 마님의 얼굴에 얼핏 얼음장처럼 차가운 미소가 떠올랐다 사라지는 것을 보았다. 바람도 불지 않는데 할멈의 이마를 서늘한 무언가가 훑고 지나간 것 같은 느낌이 들었다.

'내 착각이겠지.'

할멈은 설레설레 고개를 저었다.

다음 날 마님은 가비를 처소로 불러들였다. 마님과 마주 앉은 가비는 새초롬하게 고개를 꼬고 앉아 있었다. 다소곳한 자세를 취한 것 같지만, 어딘지 모르게 도전적인 기운이 풍겨 나왔다. 마님이 엄숙한 표정을 하고 입을 열었다.

"요즘 네가 직접 나리의 약을 달여 드리고 있다지?"

"그러하옵니다."

"기특하구나. 손이 많이 갈 터인데."

"지아비를 모시는 여인네라면 응당 해야 할 일이지요."

가비의 말엔 뼈가 있었다. 마님은 이제껏 손수 나리의 약을 달인 적이 한 번도 없었다. 가비가 알고 한 말인지는 알 수 없으나, 마님이 눈썹을 살짝 치켜세우는 걸 보니 가비의 말이 마님의 심기를 건드리긴 한 모양이었다. 하지만 마님은 겉으로는 내색 없이 대화를 이어갔다.

"듣자 하니 너는 약도 아주 잘 달인다더구나. 언제나 물을 많지도, 적지도 않게 딱 맞춘다고 나리께서 칭찬이 자자하시더라."

"정성이 있으면 누구나 할 수 있는 일이지요."

가비의 음성은 변함없이 도도했다.

"그 정성이라는 게 양이 많으면 바닥에 버리고, 적으면 물을 타는 것이더냐?"

마님의 싸늘한 목소리엔 조롱기가 역력했다. 예상치 못했던 말이었는지 가비는 놀라 고개를 번쩍 들었다. 마님의 냉랭한 표정은 고양이가 쥐를 궁지로 몰아넣었을 때처럼 득의양양했다.

"내 어제 우연히 네가 약을 달이는 모습을 다 보았다."

"……."

"그 약은 나리께서 큰돈을 들여 지어오신 게다. 고작 환심이나 사려고 그런 귀한 약을 함부로 버리다니!"

"그게 뭐 그리 큰 문제입니까? 근심 걱정은 병을 만들고 웃음은 병을 낫게 한다는데, 나리께서 기뻐하시면 그게 보약을 먹는 것과 무엇이 다르단 말입니까?"

난감한 듯 입술을 잘근잘근 씹고 있던 가비가 갑자기 눈을 똑바로 뜨고 되받아쳤다.

예상치 못한 반격에 마님이 당황하는 사이, 이번엔 가비 쪽에서 먼저 도발을 걸었다.

"마님께서 이리 화를 내시는 이유가 진정 보약에 있습니까? 사실은 나리의 애정이 저에게 기우는 걸 투기하시는 게 아닙니까?"

"무엇이라 했느냐!"

그 말 한마디에 이제껏 가슴속에만 쌓아두었던 분노가 폭발했다. 마님은 얼굴이 붉으락푸르락해져서 방문을 벌컥 열어젖히고 밖에서 장작을 패고 있던 머슴을 불렀다.

"긴히 쓸 데가 있어 그러니 쓸 만한 나뭇가지를 꺾어 회초리를 만들어 오너라."

머슴은 고개를 조아리곤 어디론가 뛰어갔다.

회초리를 만들어 오는 짧은 시간 동안, 두 여인은 마치 눈싸움을 하듯 노려보고 있었다. 방안에는 팽팽한 긴장감이 흘렀다. 잠시 후, 머슴에게서 회초리를 받아들고 마님이 호통을 쳤다.

"종아리를 걷어라."

"……."

"어서 종아리를 걷지 못할꼬!"

"대체 제가 뭘 잘못했다고 이러십니까?"

가비가 억울하다는 듯 대꾸했다.

"이 집안에서는 내가 엄연한 어른이다. 너는 집안이 미천한 측실에 불과하고. 그런데 네가 내게 꼬박꼬박 말대답을 하는 것이 잘못이 아니란 말이냐? 내가 오늘 네 버르장머리를 고쳐놓을 것이다."

가비는 한참이나 마님을 쏘아보다 마지못해 종아리를 걷었다. 기다렸다는 듯 찰싹, 소리와 함께 가비의 희디흰 살결에 애처로운 빨간 줄이 생겼다.

"네가 뭘 잘못했는지 말해보아라."

"……."

"어서 말하지 못해?"

"저는 잘못한 게 없습니다."

"발칙한 년 같으니!"

찰싹찰싹, 회초리가 허공을 가르며 가비의 종아리에 닿았다가 떨어지는 소리가 조용한 방안에 울려 퍼졌다.

그날 밤 나리가 측실을 찾았을 때 가비의 새까만 두 눈엔 눈물이 그렁그렁 맺혀 있었다. 눈가가 빨갛게 부어 있는 것을 보곤 울고 있었다는 걸 직감했다. 어여삐 여기는 애첩의 눈물에 나리는 허둥지둥 어쩔 줄을 몰랐다.

"가비야, 왜 이러느냐. 울었느냐?"

"……아무것도 아닙니다."

"아무것도 아니라니, 얼굴에 이렇게 눈물 자국이 선연한데. 대체 무슨 일이 있었던 게냐. 어서 말해보아라."

몇 번이고 도리질을 치던 가비는 갑자기 아아, 하면서 종아리를 감싸쥐었다.

"어찌 그러느냐. 다리가 아픈 것이야."

나리는 가비의 속곳을 들춰 종아리를 확인하고는 눈이 휘둥그레졌다. 눈처럼 하얀 피부에 회초리가 할퀴고 간 자국과 붉게 맺힌 핏자국이 무참할 정도로 선명하게 남아 있었다.

"이럴 수가 있나! 얼마나 아팠을꼬. 이러니 네가 우는 것도 당연하지. 이 고운 피부에 흉이 지면 안 될 터인데……."

나리는 안타까워하며 가비의 종아리를 살살 어루만졌다. 그때마다 가비는 통증에 가냘픈 몸을 바르르 떨었다.

가비를 어르고 달래느라 어쩔 줄 몰라 하던 나리의 표정에 서서히 분노가 떠올랐다.

"그 사람이 이리 만들었더냐."

누구라 특별히 지칭하지 않았지만, 가비도 '그 사람'이 누구를 일 컫는 것인지 잘 알았다.

"……다 제가 모자란 탓입니다."

"네가 무엇을 잘못했다고 사람을 이리 매질하더란 말이냐. 대체 무 슨 일 때문이냐."

"아녀자들 일입니다. 나리께서 나설 일이 아닙니다."

"내 집안에서 일어난 일이다. 아녀자 일이고 아니고가 무슨 상관이 더냐. 어서 말해보아라."

나리가 다그치자 가비는 마지 못해서라는 듯 어렵게 입을 열었다.

"나리께 올리는 탕약을 달이던 중 작은 낙엽이 들어가 어쩔 수 없 이 약을 땅에다 조금 버렸습니다. 그런데 마님께서 그것을 보시고 오 해하셔서 제가 비싸디 비싼 약을 낭비했다며……."

"그까짓 약이 무엇이라고 사람을 이 지경으로 만들어 놓는단 말이 냐!"

"부주의하게 탕약의 덮개를 열어둔 제 잘못입니다. 그러니 마님을 탓하진 마십시오. 마님께서도 지아비를 생각하는 마음이 커서 저를 야단치신 게 아니겠습니까."

"야단에도 정도가 있지, 그게 무슨 그리 큰 잘못이라고!"

"아랫사람의 잘못을 꾸짖는 건 윗사람으로서 당연히 해야 할 일입 니다. 저는 아무렇지도 않습니다. 잘못을 저질렀으면 꾸지람은 열 번 이든 백 번이든 달게 받아야지요. 다만……."

가비가 살짝 말끝을 흐렸다.

"다만, 무엇이냐? 또 무슨 일이 더 있었던 게냐?"

"……."

"어서 말해보거라!"

"마님께선 제 신분이 미천하다고, 노름판을 전전하는 천한 아비를 둔 주제에 나리의 사랑을 받아 눈에 뵈는 게 없다 하셔서…… 제 신분이 미천한 건 사실이고, 아비가 노름꾼인 것도 사실이나 제게는 어디까지나 저를 낳아 준 부모님입니다. 저를 욕하고 꾸짖는 건 괜찮으나 저 때문에 제 아비까지 욕을 보는 게 너무 속이 상해……."

가비의 눈에서 또다시 눈물이 그렁그렁 솟아나 두 뺨을 타고 흘렀다. 우수에 젖은 눈동자와 눈물에 발그레한 두 뺨이 촉촉하게 젖은 모습은 나리의 마음에 무한한 애처로움을 불러일으켰다. 동시에 가슴 한편에선 본처에 대한 분노가 치솟았다.

"그렇게 안 봤는데 해도 너무 하는구나. 말끝마다 집안 타령해대는 것도 지겨운데, 지아비가 아끼는 첩을 이렇게 모질게 매질하고 그 아비까지 욕보이다니. 이건 명백히 투기가 아니더냐. 내 따끔하게 일러둘 터이니 앞으로 이런 일은 없을 것이다."

나리는 가비의 눈물 젖은 뺨을 어루만졌다.

"이제 그만 울거라. 날이 밝으면 종아리에 흉터가 남지 않도록 용한 의원에게 좋은 연고를 지어 달라고 할 것이다. 그리고 최고로 비싼 비단으로 옷을 한 벌 맞추어줄 터이니 그걸 입고 다친 마음을 풀도록 해라."

"나리…… 소첩에게는 나리밖에 없습니다."

가비가 나리의 가슴에 얼굴을 파묻었다.

회초리 소동이 있은 다음 날, 나리는 아침부터 마님의 처소를 찾았다. 마님이 채 예를 갖추기도 전에 나리가 득달같이 몰아세웠다.

"가비는 내가 아끼는 측실이오. 그런데 어떻게 그렇게 매질을 할수가 있소?"

마님의 얼굴이 대번에 샐쭉해졌다.

"그건 가비가 나리의 약을……."

"이야기는 다 들었소. 하지만 그건 단순히 가비를 혼내기 위한 구실 아니었소? 부인께서 가비를 마뜩지 않아 한다는 건 잘 알지. 그렇다고 없는 구실을 억지로 만들어내 부인보다 한참 어린 아이를 그렇게 구박하다니요!"

"하지만 가비가 감히 제게……."

"제발 그만 좀 하시오!"

나리가 마님에게 버럭 소리를 질렀다.

"귀한 집에서 부녀자 교육을 잘 받고 크신 부인이니 투기가 칠거지악의 하나라는 건 잘 아실 거요. 배웠으면 부디 배운 사람답게 아녀자의 부덕을 지키시오. 다시 이런 일이 생기면 그때는 부인이 투기를하는 것이라 보고 조치를 취하겠소."

마님은 놀라 입을 다물었다. 나리가 마님 면전에서 이렇게 단호하기는 그때가 처음이었다. 나리는 마님의 잔소리나 훈계를 귀찮아하긴 했지만, 친정의 위세 탓인지 일단 한 수 접는 자세를 취하고 봤다. 가비를 데려온 뒤로는 미안한 마음도 있었는지 은근슬쩍 눈치를 본 게 사실이었다. 그랬던 것이 지금은 완전히 돌변했다.

마님은 놀라고 당혹스러웠지만 그 정도에서 물러났다. 더 이상 그를 자극하는 게 위험하다는 사실을 본능적으로 감지한 것 같았다.

얼마 후, 나리는 약속대로 가비에게 새 옷을 지어 입혔다. 새로 지은 옷은 옅은 옥색 저고리에 연한 자색 치마였다. 그렇지 않아도 어여쁜 가비의 얼굴에 화사한 색상의 새 옷이 더해지니 그야말로 선녀가 강림한 것 같았다.

마님은 치장한 가비가 몸종 간난이를 대동하고 까르르 웃으며 안채를 거니는 모습을 분하지만 그저 바라보고 있을 수밖에 없었다.

이렇게 마님과의 첫 번째 힘겨루기 대결에서 승리는 가비에게로 돌아갔다. 하지만 승리의 기쁨은 그리 오래가지 않았다. 마님이 갑작스럽게 회임을 했기 때문이다.

마님이 태기를 느낀 건 회초리 사건이 발생한 지 얼마 지나지 않을 때였다. 처음엔 그저 달거리가 늦어지는 거라고만 여겼다. 마님은 달거리가 불규칙적인 때가 많았고, 몇 달씩 거를 때도 있었다. 그러다 보니 달거리가 나오지 않아도 당장 회임에는 생각이 미치지 않았다. 그런데 언젠가부터 헛구역질을 하고, 이제껏 입에 대지도 않던 음식이 당기기 시작했다.

출산 경험이 있는 하녀들이 조심스레 '혹시 아기씨가 들어선 건 아닐까요' 하고 여쭸다. 반신반의하다 의원을 찾은 마님은 임신이라는 말을 듣고 기뻐 날아갈 것만 같았다.

마님의 임신은 놀라운 소식이었다. 지난 몇 년간 아기를 갖지 못해서기도 했지만, 근래엔 나리가 마님의 처소에 통 발걸음을 하지 않았기 때문이다. 날짜를 미루어 보건대 아마도 아기가 들어선 건 나리가 가비를 측실로 들이기 직전인 것 같았다.

당시 나리는 스스로도 살짝 뒤가 켕겨서인지 이전보다 더 자주 마님의 처소를 찾았다. 마님의 상처 입은 마음을 달래기 위해서라기보다는, 본처의 심기를 불편하게 만들었다가 향후 애첩이 이곳에서 지내는 게 힘들어질까 염려돼 사전 작업을 한 것에 지나지 않았다. 결과적으로 그러다 뜻하지 않게 아기가 들어섰으니 참으로 얄궂은 일이었다.

가비에게 매질을 한 후로 마님을 냉랭하게 대했던 나리도 아기가 들어서자 태도를 싹 바꾸었다. 전에 없이 다정한 말을 건네고, 불편한 곳이 없는지 살폈다.

마님도 설렘과 흥분 때문인지, 나리의 애정 때문인지 한결 마음의 여유가 생겨 더없이 너그러워졌다. 집안 전체가 화목하고 생기가 돌왔다.

그런데 딱 한 사람, 마님의 임신 사실을 기뻐할 수 없는 이가 있었으니 바로 가비였다.

이제껏 가비가 마님 앞에서 주눅 들지 않았던 게 비단 나리의 애정 때문만은 아니었다. 집안의 어른들은 마님이 아이를 가질 수 없는 몸이라고 이미 포기하고 있었다. 가비도 같은 생각이었다. 자신이 먼저 아이를 낳아 집안의 후사를 잇고, 마님은 그저 뒷방 늙은이 신세로 전락하리라 생각했다.

하지만 마님이 아기를 낳는다면, 그것도 이 집안의 대를 이을 아들을 낳는다면 그야말로 큰일이다. 설사 자신이 뒤늦게 아들을 낳더라도 집 안의 대를 이을 사람은 결국 본처의 자식이니, 마님은 집안의 후계자를 생산한 안주인으로서 그 힘이 더욱 막강해질 것이다.

나리의 태도가 변한 것도 가비를 불안하게 했다. 겉으로 내색은 안 했지만, 나리 역시 내심 자손을 기대했던 모양이었다. 아기가 들어섰다는 소식 하나만으로도 저렇게 좋아하는데, 만약 마님이 아들을 낳는다면 아예 자신의 처소에 발길을 뚝 끊지 않을까 걱정스러웠다.

마님의 배가 불러올수록 가비의 불안감도 함께 커져갔다. 아기를 낳아본 하녀들은 '마님 배가 옆으로 퍼지지 않고 앞으로 평퍼짐하게 나온 걸 보니 영락없이 아들이네. 도련님이 나올 게 틀림없어'하고 속닥거렸다.

'아기를 낳게 내버려 둘 수는 없어.'

가비는 속으로 되뇌며 손가락 마디가 하얘질 정도로 두 주먹을 꽉 쥐었다.

마님에게 참변이 닥친 건 임신 7개월째 되던 깊은 밤이었다. 그날은 달도 별도 새카만 어둠 속으로 빨려 들어간 것 같았다. 먹물을 풀어놓은 것처럼 하늘은 시커멓기만 했다. 어디선가 일정한 간격을 두고 '우우' 들려 오는 불길한 부엉이 소리만이 고요한 적막을 깨뜨렸다.

아으으으, 옆방에서 들리는 마님의 신음소리에 깊은 밤 노곤한 잠에 취해 있던 할멈은 놀라 잠을 깼다. 한달음에 달려와 보니 마님은 온몸이 땀에 젖어 숨을 헐떡거리고 있었다.

"아이고, 마님. 이게 어찌 된 일입니까!"

할멈은 서둘러 축 늘어진 마님의 몸을 일으켰다.

"……배가, 배가 끊어질 것처럼 아파. 아아악!"

더듬더듬 말을 이어가던 마님이 갑자기 외마디 비명을 질렀다. 할멈이 놀라 이불을 젖혀보니 새하얀 요는 새빨간 피에 흠뻑 젖어 번들번들 붉게 빛나고 있었다. 마님의 치맛자락에서 새어 나온 피가 요를 적신 모양이었다.

"마님, 마님! 정신 차리고 잠시만 기다리십시오. 산파를 불러오겠습니다."

할멈은 마님을 진정시킨 뒤, 하인들에게 달려가 나리께 기별을 넣고 산파를 부르라고 전했다. 또 하녀들을 깨워 뜨거운 물을 끓이고 깨끗한 천을 준비하도록 했다. 혹시나 아기씨가 빨리 나올 경우를 대비하기 위해서였다.

산파가 오는 동안, 할멈은 연신 가쁜 숨을 몰아쉬는 마님의 입술을 젖은 수건으로 축이고, 이마에 밴 땀을 닦아 드리고 있었다. 마님의 안색은 백지장처럼 창백했다.

얼마 후 도착한 산파는 곧 출산 준비에 들어갔다.

아아아…… 아악!

방에서 새어 나오는 자지러지는 비명소리를 들으며, 할멈은 초조하게 양손을 비벼댔다. 예정일보다 두어 달이나 빠른 데다, 요를 흠뻑 적신 피와 이상할 정도로 창백한 마님의 낯빛이 계속 떠올라 불안한 마음을 떨칠 수가 없었다. 마지막으로 마님이 단말마 같은 비명을 내질렀다. 하지만 뒤이어 우렁차게 울려 퍼져야 할 아기 울음소리는 들리지 않았다.

조용한 적막이 불길하게 주위를 에워쌌다. 이윽고 산파가 포대기에 싼 아기를 들고 방에서 나왔다. 어두운 그늘이 깔린 산파의 표정에선 기쁨이나 흥분을 전혀 찾아볼 수 없었다. 산파는 할멈과 눈이 마주치자 조용히 고개를 흔들었다.

"사산하셨소."

"……."

"탯줄이 아기씨 목을 감싸고 있어 손을 쓸 수가 없었소. 하마터면 산모마저 위험할 뻔했소. 마님 몸과 마음이 많이 축나셨을 터이니 잘 보살펴 드리시오."

할멈은 자신도 모르게 다리에 힘이 풀려 털썩 주저앉았다.

"아이고, 이런 변괴가 있나. 이 일을 어찌할꼬."

한참을 넋 놓고 있던 할멈은 문득 고개를 들어 산파를 바라봤다.

"아들이오, 딸이오?"

"……아들이오. 하지만 지금 와서 그게 무슨 소용이 있겠소."

산파가 씁쓸하게 말했다.

그때 방 안에서 흑흑, 낮게 흐느끼는 소리가 새어 나왔다. 마님이었다. 그토록 고대하던 아기를 이리 허무하게 보냈으니 그 심정은 이루 말로 표현할 수 없을 터였다. 안타까운 마음에 모두들 고개를 떨궜다.

우우, 부엉이 울음소리가 다시 밤공기를 갈랐다. 칠흑 같은 어둠이 서서히 걷히며 먼 데서 동이 트기 시작했다.

마님은 한동안 제정신이 아니었다. 차라리 계속 울기라도 하면 다행이련만, 이상할 정도로 가라앉아 온종일 입을 다물고 지냈다. 눈을 뜨고 있어도 무언가를 보고 있는 것 같지가 않았다. 그야말로 혼이 빠져나가고 껍데기만 남은 사람 같았다. 음식도 일절 입에 대려 하지 않았다. 할멈이 억지로 수저를 마님의 입까지 가지고 가면 겨우 입술을 옴지락거려 음식물을 삼키는 정도였다.

나리도 자식의 죽음을 크게 슬퍼했다. 상심에 빠진 마님을 위로하고 함께 자식을 떠나보낸 아픔을 나누기 위해 자주 마님 처소를 찾아왔고, 몸에 좋다는 음식을 한가득 보내주기도 했다. 하지만 마님이 넋을 놓는 시간이 길어지자, 나리도 점차 인내심을 잃어갔다.

슬픔을 극복하지 못한 마님의 모습은 계속 아들의 죽음을 떠올리게 했다. 나리의 발길이 점차 뜸해지는가 싶더니 결국 예전처럼 딱 끊기고 말았다. 대신 나리가 가비의 처소를 들르는 횟수가 늘어나기 시작했다. 나리는 가비의 젊음과 미모를 통해 자신의 아픔을 달래려 했던 것인지도 모른다.

희한하게도 마님은 별로 개의치 않는 눈치였다. 당시 마님은 사람 꼴만 갖춘 목각 인형 같은 상태여서 어떤 자극에도 심드렁하기만 했다. 이따금 미리 지어놓았던 아기 옷을 어루만지며 눈가가 촉촉해질 때를 제외하고는 마님에게선 감정이 느껴지지 않았다.

그러던 차에 가비의 임신 소식이 들려왔다. 마님이 이를 어떤 심정으로 받아들였을지, 할멈은 짐작조차 할 수 없었다. 어린 하녀가 주춤주춤 소식을 알렸을 때도 그저 덤덤하게 '그러냐'고 중얼거렸을 뿐이다. 가비가 부푼 배를 안고 안뜰을 거닐 때도 마님은 표정을 읽을 수 없는 눈길로 멍하니 바라보기만 했다. 마님은 가비를 향한 전의(戰意)를 완전히 상실해 버린 것 같았다. 얼마 후, 섬뜩한 그 물건을 발견하기 전까지는.

며칠간 쏟아지던 폭우가 마침내 잠잠해지고 간만에 햇살이 화창하게 내리쬐던 날이었다. 물기를 머금은 꽃나무가 오랜만에 비치는 햇빛을 받아 청명하게 반짝거렸다. 새들이 지저귀는 소리도 정원에 울려 퍼졌다.

할멈은 햇볕이 좋다는 걸 핑계 삼아 그날도 방 안에만 틀어박힌 마님을 억지로 꾀어내 잠시 산책을 나왔다. 그런데 미처 따스한 햇살을 즐기기도 전에 수상한 걸 발견하고 말았다. 마님의 처소 초입에 빗물에 땅이 패어 흙바닥이 드러난 곳이 보였다.

"애, 저것이 무엇이냐?"

만사에 관심이 없던 마님이 그때는 이상스레 눈을 빛내며 바닥을 가리켰다. 할멈은 가까이 다가가 쪼그려 앉아 유심히 들여다보았다. 땅속에 묻혀 있던 게 빗물로 흙이 떠내려가며 조금 형체를 드러낸 것 같았다.

할멈은 살살 무른 흙을 파헤쳤다. 빗물이 스며들어 땅이 눅눅해진 덕분에 흙바닥을 파헤치는 일이 어렵지 않았다. 마침내 흙 속에 묻혀 있던 게 온전히 모습을 드러냈을 때, 할멈은 '에그머니나!' 외마디 소리를 지르며 뒤로 엉덩방아를 찧고 말았다.

땅에 묻혀 있던 것은 짚으로 만든 인형이었다. 인형은 비단 조각을 정교하게 잘라 만든 다홍 저고리와 남색 치마를 입고 있었다. 마님이 즐겨 입는 옷도 다홍 저고리와 남색 치마였다. 인형의 배에는 알 수 없는 글자가 잔뜩 적힌 기분 나쁜 부적이 붙어 있고, 그걸 날카로운 송곳이 찍어 누르고 있어 인형의 배 위에 송곳이 박혀 있는 모양새였다.

짚 인형은 그것 하나만이 아니었다. 옆에 또 다른 짚 인형은 아기를 형상화한 듯 크기가 자그만 했다. 역시 기분 나쁜 부적이 배 위에 붙어 있었고, 몸에 아무것도 걸치지 않았지만, 유독 목 부분에 빨간 실 같은 것이 칭칭 감겨 있었다.

'탯줄에 목이 감겨 죽은 아기씨랑 똑같지 않은가!'

순간 할멈의 등줄기가 서늘해졌다. 우연일 수도 있지만, 저주의 내용이 현실과 너무나 꼭 닮은 탓에 할멈은 진저리를 쳤다.

인형의 모양이나 묻힌 위치로 미뤄볼 때 마님을 저주하기 위해 만든 물건이 분명했다. 이 집안에서 마님에게 이런 저주를 내리려는 사람은 단 한 명밖에 없었다. 그러고 보니 마님이 임신하고 얼마 지나지 않아 가비의 몸종 간난이가 이 근방에 쪼그리고 앉아 있는 걸 본 적이 있었다. 무얼 하냐고 채근했더니 작은마님 심부름으로 지나다 이 근처에서 물건을 흘린 것 같아 찾고 있었다고 얼버무리더니 후다닥 자리를 떴다.

그 변명이 너무 허술해서 미심쩍다는 느낌을 지울 수가 없었는데, 어쩌면 그때 간난이는 이런 불길한 물건을 땅에다 파묻고 있었던 것인지도 몰랐다.

'진작에 간난이 년을 더 조사해 볼 것을……'

밀려드는 후회로 할멈이 입술을 자근자근 씹고 있는데, 어느새 곁으로 다가온 마님이 할멈의 손에 들린 물건을 확 낚아챘다.

"마님……."

할멈은 어찌할 바를 모른 채 마님만 쳐다보았다. 이 물건이 무엇을 의미하는지, 누가 이런 짓을 했는지는 마님도 바로 짐작할 터였다. 마님은 그 자리에 얼어붙기라도 한 것처럼 꼼짝않고 한동안 인형을 보았다. 빨간 실이 칭칭 감긴 아기 짚 인형을 바라보는 마님의 두 눈은 속이 빈 컴컴한 동굴 같아 아무런 감정을 읽을 수가 없었다. 한참을 그러고 있다가 마님이 마침내 인형에게서 시선을 거두었다.

"마님, 틀림없이 가비가 간난이를 시켜 꾸민 일입니다요. 이런 간사한 짓을 한 것들을 잡아 족치시지요."

할멈은 제 일이 아닌데도 치솟는 분노를 억누를 수가 없었다. 하지만 마님의 대답은 할멈의 예상과 전혀 달랐다.

"오늘 본 걸 절대 누구에게도 발설하지 말거라. 입이라도 뻥긋하면 절대 너를 용서하지 않을 것이다."

"하지만 마님……."

"내 말 명심하거라."

마님의 목소리는 잘 벼린 칼처럼 날카롭게 날이 서 있었다. 그 기세에 놀라 할멈은 저도 모르게 입을 다물었다. 마님은 '내 말 명심하렷다!' 하며 다시 한번 단단히 못을 박고 인형을 가만히 품에 넣었다.

마님의 온몸에서 서늘한 귀기(鬼氣)가 뿜어져 나오는 것 같아 할멈은 따뜻한 햇살에도 불구하고 으스스 몸이 떨리는 것 같았다.

얼마 후 가비가 아기를 낳았다. 아들이었다. 가비는 물론이고, 나리 역시 기쁨에 겨워 어쩔 줄을 몰랐다. 가비를 그리 탐탁지 않게 여기는 하인들조차 주인어른이 고대하던 아기씨의 출산에 흥분한 듯했다. 오직 마님의 거처에만 우울한 기운이 감돌았다.

가비가 출산한 직후, 나리 문중의 어른이 돌아가셨다는 기별이 왔다. 계시던 곳이 조금 떨어진 경기도였던 터라 문상을 갔다 오면 며칠이 소요될 것이었다.

나리는 갓 낳은 아기와 가비가 염려돼 발걸음이 떨어지지 않았지만, 그렇다고 후손 된 도리를 다하지 않을 수도 없어 어쩔 수 없이 여장을 꾸렸다. 몸조리 잘하고 있으라 당부하며, 돌아오면 아들에게 이름을 지어주겠노라 약조하는 것도 잊지 않았다.

나리가 길을 떠나고 나자, 그때까지 꼼짝 않던 마님은 연기처럼 스르르, 몸을 일으켜 가비의 방으로 향했다. 할멈은 마님이 대체 무슨 생각으로 저러는지 의아해하며 뒤를 따랐다.

둘은 가비 방 앞에서 산모에게 먹일 미역국을 내오던 간난이와 딱 맞닥뜨렸다.

"상은 내가 가져가마."

마님이 간난이를 향해 말했다.

"아니, 어찌 마님께서 직접……."

간난이가 우물쭈물하자, 마님의 목소리에 날이 섰다.

"나리의 아들을 출산한 자다. 불편함이 없도록 돌보는 게 이 집 안주인으로서 의무가 아니겠느냐. 혹시 내가 네 주인을 어찌하기라도 할까 봐 겁이 나는 게냐."

그제야 간난이가 머리를 조아리고 물러났다.

마님은 상을 받아든 뒤 할멈 쪽을 힐끗 돌아보았다.

"산모와 둘이서 조용히 할 얘기가 있으니 너도 여기서 기다리고 있
거라. 때가 되면 부를 터이니."

할멈은 고개를 조아리고 물러났다. 얼마나 시간이 흘렀을까. 좀처
럼 밖으로 나올 기미가 보이지 않는 마님을 기다리다 지쳐 할멈은 마
루에 앉은 채 설핏 잠이 들었다. 그러다 별안간 방 안에서 자지러지
는 아기 울음소리가 들려와 잠을 깼다.

"애앵애앵!"

불에 덴 것처럼 높고 다급한 소리였다. 배가 고프거나 졸릴 때 내
는 소리와는 달랐다.

"애애애앵!"

아기는 금방이라도 숨이 넘어갈 것 같았다. 할멈은 정신이 번쩍 들
었다. 하지만 이상하게도 방 안에선 아기를 안고, 어르는 기척이 들리
지 않았다. 조금 뒤 울음소리는 점차 희미해지더니 마침내 방안에는
기분 나쁠 정도로 고요한 적막만이 감돌았다. 할멈의 가슴이 이상하
게 두근두근 방망이질 쳤다.

"마님⋯⋯?"

할멈은 조심스레 방문을 열어젖혔다. 할멈의 눈에 제일 먼저 들어온
건 갓 태어난 아기 얼굴을 베개로 꽉 누르고 있는 마님이었다. 베개 밑
으로 삐져나온 아기의 작은 고사리손은 힘없이 축 늘어져 있었다.

"아이고, 어찌 이런 일이!"

혼비백산한 할멈은 신발을 벗는 것도 잊은 채 방 안으로 달려 들어와 마님을 옆으로 밀쳐내고 아기 얼굴에서 베개를 떼어냈다. 밀랍처럼 새하얀 아기 얼굴은 한눈에 보아도 산 사람의 얼굴 같지 않았다. 아직 뺨에는 따스한 온기가 남아 있었지만, 코나 입에서 새어나오는 숨결이 없었다. 의원도 아닌 할멈이 보기에도 아기의 숨이 끊겼음은 자명했다.

할멈의 시선이 반사적으로 가비에게로 향했다. 부자연스러운 자세로 누워 있는 가비는 커다란 두 눈을 뜬 채 시선에는 전혀 초점이 없었다. 생명력이 전혀 느껴지지 않는 눈은 뜨고 있다기보다는 벌어져 있는 것처럼 보였다.

말을 하려다 숨이 막혔는지 입을 살짝 벌리고 있었는데, 오른쪽 뺨에 팬 보조개가 선연하게 눈에 들어왔다. 입에서 흘러나온 피가 입가와 앞섶을 적시고 있었다.

할멈은 온몸이 와들와들 떨리는 것을 느꼈다. 등에선 차가운 식은땀이 흘러나와 옷이 축축해졌다.

'마님이 한 일일까?'

그렇지 않고선 가비의 갑작스럽고 부자연스러운 죽음을 설명할 길이 없었다. 두려운 나머지 할멈은 마님 쪽으로 고개도 돌리지 못한 채 그 자리에 얼어붙고 말았다.

"몰래 품에 넣어 온 쥐약을 먹였다. 국에 풀어서. 멍청하게도 전혀 의심을 하지 않더구나."

마님의 목소리가 담담하게 들렸다. 마치 날씨 이야기라도 하듯 일상적인 말투였다. 할멈은 뭐라고 대구해야 할지 몰라 숨죽여 듣고만 있었다.

"가비의 숨이 끊어진 걸 확인한 뒤 아기 얼굴을 베개로 눌렀다. 그건 너도 아까 보았을 테지."

아기를 제 손으로 죽였다는 말을 아무렇지도 않게 했다. 어쩐지 그게 더 무서워서 할멈은 온몸이 오그라드는 것 같았다.

"……어째서, 어째서 이런 일을 하셨습니까?"

간신히 감정을 추스린 할멈이 처음으로 입을 열었다.

"저 아이, 가비가 내 자식을 죽였다. 그리고 나도 거의 죽을 뻔했지. 그러니 나도 저 아이와 자식의 목숨을 거둔 게다."

여전히 소름 끼치도록 차분한 목소리였다. 양심의 가책도, 마음의 갈등도 배어 있지 않은.

마님이 새카만 동굴 같은 두 눈으로, 넋을 놓고 가비 모자의 시신을 바라보는 할멈을 쳐다봤다.

"그런데도 나를 탓할 게냐?"

여기까지 말한 뒤, 할멈은 갈증이 나는 듯 옥이가 곁에 놓아둔 물로 목을 축였다.

"마님이 너무 했어요! 아무리 화가 난다고 첩과 아기를 모두 죽여

버리다니⋯⋯."

복이가 진저리가 난다는 듯 몸을 떨었다.

"가비는 그렇다 쳐도 아기는 아무 죄도 없잖아요. 아기가 불쌍해요."

겁에 질린 표정으로 옥이가 중얼거렸고, 그 옆에서 주모도 '정말 지독한 분이네요' 하고 한 마디 거들었다. 할멈은 씁쓸한 표정으로 고개를 끄덕거렸다.

"마님이 가비를 과소평가했듯이 가비도 마님을 과소평가했소. 마님은 가비처럼 세상 물정에 밝고 처세술이 좋은 건 아니었지만, 귀한 집에서 자란 사람 특유의 오만함이 몸에 배어 있었다오. 자신에게 걸리적거리는 존재는 땅 위의 풀을 뽑는 것보다 쉽게 제거해버리지. 결국 마님의 눈엔 출신이 미천한 가비의 목숨 따위는 아무것도 아니었소. 하지만 그런 걸 짐작조차 할 수 없었던 가비는 자신이 이겼다는 승리감에 도취돼 아무런 의심 없이 마님이 떠먹여 주는 미역국을 들었던 거요."

두 사람의 시신을 앞에 두고 할멈이 넋을 놓고 있는 사이, 어느새 가비의 방으로 돌아온 간난이가 '꺄아' 하고 비명을 질렀다. 멍하니 벽을 응시하던 마님이 스르르 몸을 일으키더니 간난이를 노려보았다. '입 닥치고 방문 닫고 따라오거라' 하는 말이 죽음을 선고하는 저승사자의 목소리처럼 서늘했다.

마님의 목소리가 너무나 위압적이라 간난이는 조용히 가비의 방문을 닫아걸고 뒤를 쫓아갔다.

처소에 도착한 마님은 꿇어앉은 간난이 앞에 무언가를 툭 던졌다. 어쩐지 눈에 익은 물건이다 싶었는데, 가만 보니 몇 달 전 발견한 저주 인형이었다.

"이걸 파묻어놓은 건 틀림없이 너렷다?"

마님이 간난이를 매섭게 쏘아보았다. 간난이는 사시나무 떨듯 온몸을 바르르 떨었다.

"마님⋯⋯."

"본 사람도 있으니 발뺌할 생각하지 말거라. 지금이라도 이실직고하면 용서해줄 테지만, 행여라도 거짓말을 하려 하면 살려두지 않을 것이다."

눈앞에 드러난 명명백백한 증거 앞에서 거짓말을 해 봐야 별수 없다고 생각했는지 간난이는 눈물을 훌쩍이고 말을 더듬거리며 작은마님이 시켜서 한 짓이라고 실토했다.

관가에선 주인에게 해를 끼친 종을 사형에 처했다. 마님이 관가에 알리지 않고 간난이를 때려죽이더라도 간난이가 주인을 해하려 했다는 사실이 밝혀지면 크게 문제 될 것이 없었다. 목숨만은 살려달라고 애걸하는 간난이를 지긋이 내려다보던 마님은 뜻밖의 말을 꺼냈다.

"지금 당장 쥐도 새도 모르게 짐을 싸서 이 집을 나가거라. 대신 네가 보고 들은 것을 절대 아무에게도 이야기해선 안 된다. 그게 내가 너를 살려두는 대가다. 이 인형을 보관하고 있을 테니 만약 네가 입이라도 뻥긋하는 날엔 목숨을 부지하기 어려울 것이다."

간난이는 황망해하며 몇 차례나 고개를 숙이고 서둘러 짐을 꾸려 집을 떠났다. 간난이가 사라지는 걸 확인한 뒤 마님은 이번엔 하인을 시켜 의원을 불렀다.

노련한 의원은 한눈에 가비와 아기의 죽음이 자연스러운 게 아니라는 사실을 간파했다. 그런 의원 앞에 마님은 돈 꾸러미를 가득 담은 상자를 들이밀었다.

"이미 죽은 사람이오. 이러쿵저러쿵 사인(死因)을 조사해봤자, 죽은 사람이 살아서 돌아오는 건 아니지 않소. 섭섭지 않게 넣었으니 나중에 나리께서 물어보시면 적당히 잘 말씀드려 주시오."

상자를 열어본 의원의 눈이 교활하게 반짝거렸다. 실력이 출중한 그가 남달리 돈을 밝힌다는 건 인근에 있는 사람이라면 누구나 다 아는 사실이었다.

며칠 후, 갓 태어난 아기를 볼 생각에 부리나케 집으로 돌아온 나리는 애첩과 아들의 충격적인 죽음 앞에 할 말을 잃었다.

마님이 미리 입막음을 시켜 놓은 의원은 아기와 산모가 갑자기 사망했노라고 고했다. 실제로 멀쩡히 몸을 잘 푼 산모가 갑자기 상태가 나빠져 세상을 뜨거나, 갓 태어난 어린아이가 뚜렷한 이유 없이 목숨을 잃는 게 드문 일은 아니었다.

나리는 당연히 슬퍼했지만, 마님에 대해서는 일말의 의심도 품지 않았다. 가비와 마찬가지로 나리는 마님을, 마님의 적의를 과소평가하고 있었다.

몇 달이 흘렀다. 줄초상을 치르느라 경황이 없던 나리 댁도 어느새 서서히 일상을 되찾아가고 있었다. 예전과 달라진 점이 있다면, 가비가 머물던 처소가 텅 비어버린 것과 나리가 가비의 방을 찾는 대신 홀로 울적하게 술 마시는 일이 늘었다는 것 정도였다.

마님도 서서히 생기를 되찾았다. 이제는 끈이 풀린 꼭두각시 인형처럼 축 늘어져 있거나, 방 안에 틀어박힌 채 허송세월하지 않았다. 가비가 죽은 이후, 마님은 차츰 콧대 높고 자존심 강한 과거의 도도한 자태를 되찾아갔다.

사람들은 그런 마님의 회복을 반겼지만, 할멈은 무작정 기뻐할 수만은 없었다. 사실 할멈은 마님이 두려웠다. 마님이 제 손으로 두 명의 목숨을 앗아갔다는 사실도 소름 끼쳤지만, 그보다 더 무서운 건 오랫동안 가비와 아기를 죽일 계획을 짜고 있었을지 모른다는 사실이었다. 그렇지 않고선 다른 이들에게는 비밀로 한 채 저주 인형을 줄곧 보관하고 있었던 것이나, 미리 생각해둔 것처럼 순조롭게 가비의 사후 처리를 한 것을 설명할 방법이 없었다.

나리가 절묘하게 때를 맞춰 문상을 간 것까지는 미리 계획할 수 없었겠지만, 마님은 호시탐탐 가비와 아이를 없앨 기회를 노리고 있었던 게 틀림없었다.

그래서였을까. 마님이 저주 인형을 발견한 것과 깊은 시름을 떨치고 정상적인 생활을 하기 시작한 시기는 묘하게 맞물렸다. 그때는 단순히 시간이 꽤 지났으니 기운을 추스르고 회복했겠거니 생각했는데 지금에 와서 보니 마님을 다시 일으켜 세운 것은 불타는 복수심이었다.

때로는 증오와 복수심이 나락으로 떨어진 사람을 움직이게 하는 연료가 되기도 한다는 사실을 할멈은 그제야 깨달았다. 비록 그 활활 타오르는 복수심이 종국엔 자기 자신까지 태워버릴 위험을 지니고 있다 하더라도 말이다.

마님은 할멈이 가비의 죽음을 목격한 이래, 두번 다시 그 일을 입에 올리지 않았다. 이따금 할멈은 마님을 제외하면 자신이 이 집안에서 가비 죽음의 진상을 알고 있는 유일한 사람이라는 사실을 떠올리고 밤잠을 설치곤 했다. 마님이 가비를 조용히 제거한 것처럼 어느 날 자신도 그렇게 입막음하지 않을까 두려웠다.

하지만 마님은 전혀 할멈을 의식하지 않는 듯했다. 자신이 댕기 머리 꼬마였을 때부터 수발을 들어주던 할멈이 비밀을 폭로할 거라고는 조금도 생각하지 않는 것 같았다. 그걸 '신뢰'라고도 부를 수 있겠지만, 실상은 '무시'에 더 가까운 감정이었다는 걸 할멈은 오랜 세월이 흐른 뒤에야 깨달았다. 마님에게 할멈은 주인의 뒤를 졸졸 따르는 강아지 같은 존재였다. 강아지는 주인의 실수를 보고 지적하지 않고, 주인의 발뒤꿈치를 물지도 않는다. 그저 주인의 행동을 비판 없이 받아들일 뿐이다. 이 사실을 깨달았을 때, 할멈은 다시 한번 등골에 서늘한 냉기가 흐르는 것을 느꼈다.

　세월이 흘러 다시 봄이 왔다. 반가운 꽃소식과 더불어 나리네 댁에도 기쁜 소식이 찾아왔으니, 바로 마님의 태기였다. 나리는 말할 것도 없고, 하인들조차 남녀노소할 것 없이 이번엔 건강한 도련님이 태어나길 한마음으로 기원했다. 이전에 사산한 아픔 때문에 마님은 유난스럽게 몸조심을 했다. 몸을 놀리는 걸 될 수 있는 대로 자제하고, 최대한 좋은 것만 먹고, 보고, 들으려 했다. 그렇게 살얼음판 같은 열 달을 채운 뒤 이번에는 무사히 품에 아기를 안았다. 결과는 '절반의 성공'이었다. 태어난 아기는 더없이 건강했지만, 딸이었다. 밤마다 정화수를 떠놓고 이번에야말로 아들이 태어나길 간절히 기원했던 마님은 산파가 건네는 포대기에 안긴 아기를 밀쳐냈다.

　나리는 반대로 기뻐서 어쩔 줄을 몰랐다. '시집 보내버리면 그만인 계집아이를 낳고 왜 저리 좋아하누' 하고 수군대는 사람들도 있었지만, 앞서 아들 둘을 잃어버리고 가슴앓이를 했을 나리를 생각하니 할멈은 마음이 짠했다. 나리는 딸에게 '연희(娟姬)'라는 이름을 지어주었다. '예쁜 여자아이'라는 뜻이었다. 이름 그대로 연희는 보기 드물게 어여쁜 아기였다. 아기답지 않게 이목구비만 뚜렷한 것이 아니라, 잠투정도 없었고, 낯도 가리지 않았다. 특히나 나리 품에 안길 때마다 눈을 맞추며 방긋방긋 웃는 모습이 어찌나 예쁘던지 나리는 딸만 보면 좋아서 정신을 차리질 못했다.

연희가 태어난 이후, 나리는 자주 다니던 밤마실도, 기방 나들이도 딱 끊었다. 마님이 싫은 소리를 할 때는 들은 척도 하지 않더니 이제는 딸아이 재롱 보는 재미에 밤놀이도 뒷전이 됐다. 나리에게 연희는 그야말로 '눈에 넣어도 아프지 않을' 자식이었다.

하지만 마님은 시간이 흘러도 연희에게 좀처럼 정을 붙이지 못했다. 할멈은 전에도 아들이 귀한 집에서 오매불망 아들만 원하던 산모가 막상 딸을 낳고 난 뒤 아기를 냉대하는 것을 더러 본 적이 있었다. 하지만 마님은 경우가 조금 다른 것 같았다. 자존심과 위신이 더없이 중요한 마님에게 연희는 '실패작'이었다.

그래도 할멈은 시간이 지나면 마님이 연희에게 마음을 열 것이라 생각했다. 세상 모든 어머니들은 그런 법이니까. 그러나 마님과 연희의 모녀 관계는 할멈의 바람대로 흘러가지 않았다.

마님이 몸을 추스르는 동안, 유모가 들어왔다. 아기 낳은 지 얼마 안 돼 아직도 몸에 젖이 도는 동네 여자였다. 평생 감기 한번 안 걸려봤을 것처럼 튼튼해 보이는 유모는 튼실한 두 팔로 연희를 받아들고 젖을 먹이다 감탄사를 내뱉었다.

"이렇게 예쁘게 생긴 아기씨는 태어나 처음 보네요. 벌써부터 생김새가 또렷또렷한 데다, 세상에, 한쪽 뺨에 보조개까지 있네."

그 말에 누워 있던 마님이 벌떡 일어나 유모에게서 연희를 빼앗다시피 받아 안았다. 이제껏 어째서 눈치채지 못했는지 몰라도 아기가 웃을 때면 정말 오른쪽 뺨에 뚜렷하게 보조개가 패었다. 가비의 오른쪽 뺨에 팼던 보조개가 불현듯 할멈의 머리를 스치고 지나갔다. 마님 역시 이맛살을 찌푸리고 연희의 얼굴을 들여다보고 있는 걸 보니 아마도 같은 생각을 하는 것 같았다.

"보조개가 있으면 바람기가 있다는 말 때문에 그러시나요? 아이, 그런 건 다 미신이에요, 미신."

마님의 표정이 어두워진 걸 알아채고 유모가 재빨리 말을 돌렸다. 하지만 할멈의 머리 속에선 눈을 부릅뜨고 죽어 있던 가비의 처참한 모습과 쓰러진 그녀의 오른쪽 뺨에 옴폭 패어 있던 보조개가 쉽사리 사라지지 않았다.

"으, 어쩐지 기분 나빠."

복이가 소름이 돋는지 두 팔을 문질렀다.

"마치 연희한테 가비의 혼령이 씌인 것 같잖아요."

할멈은 잠시 생각에 잠겼다.

"그건 가비의 혼령이었을까……. 글쎄다, 그 후로 수십 년이 흐른 지금까지도 진실이 무엇인지는 알 수가 없구나. 어쩌면 태어난 아기는 가비의 혼령이 씌인 게 아니라 진짜로 가비였을지도 모르지."

"그럼 가비가 환생을 한 건가요? 하지만 자신을 죽인 사람의 딸로 다시 태어나 좋을 게 뭐가 있다고요?"

옥이가 제법 똑똑한 체를 했다. 할멈은 웃으며 옥이의 머리를 쓰다 듬었다.

"그래, 네 말대로 행복해지려고 자신을 죽인 사람의 자식으로 태어 나지는 않겠지. 아마도 다른 꿍꿍이가 있었을 게다."

연희는 별다른 병치레도 없이 무럭무럭 자랐다. 또래보다 조숙한 아이였다. 유난히 빨리 걷고, 말을 배우는 속도도 빨랐다. 나리는 '누굴 닮아 이렇게 총명한지 모르겠군' 하고 팔불출 같은 소리를 해대며 연희를 기특해 마지 않았다.

연희는 자랄수록 점점 더 예뻐졌다. 뽀얀 피부에 흑진주처럼 반짝 거리는 까만 두 눈, 앵두 같은 입술 그리고 오른쪽 뺨에만 살짝 패는 보조개. 마님도, 나리도 둘 다 미남미녀와는 거리가 멀었던지라 연희를 처음 본 사람들은 다들 대놓고 말은 못 해도 '대체 아기가 누굴 닮아 이렇게 예쁠까?' 하고 내심 의아해했다. 평범한 외모를 가진 부모 밑에서 천하절색이 태어났다는 이야기는 들어본 적이 없었다.

더욱이 연희의 얼굴은 어디선가 많이 본 듯한, 낯익은 얼굴과 쏙 빼닮아 있었다. 하늘에서 내려온 선녀처럼 고왔던, 이제는 땅속 깊이 묻혀 고이 잠들어 있을 그 사람. 도대체 어찌 된 영문이기에 마님이 그렇게도 미워했던 연적과 똑같이 생긴 딸을 낳게 됐는지 할멈은 아무리 머리를 굴려도 알 수 없었다.

할멈이 이렇게 느낄진대 마님이 아무 눈치를 채지 못할 리가 없었다. 마님은 연희가 울거나 보챌 때마다 끔찍한 걸 보기라도 한 것처럼 고개를 돌려버렸다. 어쩌다 마님이 큰맘 먹고 연희를 품에 안기라도 하면 평소엔 순하기 그지없던 아이가 마치 불에라도 덴 것처럼 큰 소리로 울어 젖혔다. 마님은 그 울음소리를 들을 때마다 화들짝 놀라 두 손으로 귀를 막았다. 아이의 울음소리가 무언가 잊고 싶은 기억을 들춰내기라도 한 듯이.

결국 할멈이나 다른 이가 와서 울고 있는 연희를 마님의 손에서 떼어내야 했다. 그러면 연희는 그제야 안심한 듯 울음을 그쳤다. 이래 가지고야 처음부터 삐걱거렸던 모녀 관계가 좀처럼 좋아질 리 없었다.

그러거나 말거나 나리의 애정은 나날이 깊어졌다. 나리는 연희가 죽은 자신의 애첩과 꼭 빼닮았다는 사실을 신기하게 생각할지언정 마님처럼 언짢게 여기지는 않았다. 하긴 가비가 죽은 내막을 속속들이 알지 못했으니, 그럴 만도 했다. 나리도 연희가 죽은 가비의 환생일지 모른다고 남몰래 생각해 본 적이 있을까. 할멈은 어쩌다 한번씩 그게 궁금했다. 만일 그런 생각을 한 적이 있다 하더라도 나리는 가비가 자신을 잊지 못해 딸로 태어났을 거라고 여겼을 게 틀림없었다. 매사를 자기 좋을 대로 해석하는 게 남정네의 사고방식이니까. 하지만 마님의 생각은 달랐다. 마님은 가비가 자신에게 복수를 하기 위해 연희가 되었을 거라 여겼던 것이다.

세월이 흘러 연희가 열 살이 될 때까지 마님과 연희 사이의 서먹한 관계는 계속되었다. 예쁘고 명랑한 연희는 누구에게나 사랑받는 아이였다. 짓궂은 장난을 쳐도 연희의 햇살처럼 밝은 웃음을 본 사람들은 손쉽게 용서하고 말았다. 특히나 나리는 연희라면 그저 끔뻑 죽었다. 만지면 터질세라 불면 날아갈세라 애지중지했다.

연희를 마뜩잖게 여기는 건 마님밖에 없었다. 사람들이 날이 갈수록 물이 오르는 연희의 외모를 칭찬할 때조차 마님은 무언가 불쾌한 이야기라도 들은 듯 이맛살을 찌푸렸다. 어쩌다 연희가 누군가를 떠올리게 하는 도전적인 눈빛으로 자신을 쳐다볼 때면 관자놀이 언저리에서 시작된 찌릿한 두통으로 머리를 감싸쥐어야 했다.

가비와 쏙 빼닮았다는 것 말고도 마님의 눈에 연희는 부족한 게 많은 여식이었다. 연희는 바느질과 자수처럼 양반 가문 아녀자가 꼭 익혀야 할 기술이 서툴렀다. 더욱이 계집아이가 돼서 몸가짐이 조신하지 못하고 말괄량이처럼 집 안을 팔랑팔랑 뛰어다녔다. 다른 사람들은 그저 철없는 어린아이의 귀여운 장난 정도로 여겼지만, 마님은 그걸 방정맞고 천박한 짓이라고 지적했다. 자기가 아는 그 여자와 꼭 닮은.

한번은 연희가 아버지가 아끼는 벼루를 가지고 놀다가 깨뜨려 박살을 낸 적이 있었다.

"몸가짐을 조심하라고 그만큼 일렀건만 넌 어째서 그렇게도 고삐 풀린 망아지처럼 구는 게냐! 그 벼루가 나리께서 얼마나 아끼시는 것인데."

마님은 대뜸 언성을 높였다. 그러자 연희가 고개를 들고 마님을 똑바로 올려다보았다. 아이의 커다란 검은 눈은 적의로 가득 차 있었다.

"무얼 잘했다고 그렇게 눈을 부릅뜨는 게냐. 어서 잘못했다고 용서를 빌지 못하겠니!"

하지만 연희는 눈을 내리깔지 않고 또박또박 대꾸했다.

"대체 제가 무얼 그리 잘못했다는 건가요?"

"뭐라고?"

마님은 어린 딸의 말대답에 당황해 잠시 할 말을 찾지 못했다.

"벼루를 깨뜨렸다고 야단치시는 건 그저 핑계가 아닌가요? 어머니는 언제나 저를 괴롭힐 구실을 찾고 계시잖아요."

연희가 어머니를 쏘아보았다.

아, 저 눈빛. 할멈은 저도 모르게 숨을 들이켰다. 연희의 반항기 서린 눈빛은 언젠가 마님의 꾸지람을 들었을 때 가비의 눈빛과 똑같았다.

마님은 분노가 치밀어 오르는지 한 손으로 관자놀이를 누른 채 하인에게 회초리를 대령하라고 일렀다. 비록 연희가 잘못을 저질렀다고는 하나, 그날 연희의 종아리를 찰싹찰싹 때리는 마님의 회초리질에는 과하게 감정이 실려 있었다. 하녀들이 마당에서 숨을 죽이고, 보다 못한 할멈이 나서 마님을 말려야만 했다. 연희는 울음을 참느라 새빨개진 얼굴을 하고도 고집스레 다문 입을 열 줄 몰랐다.

그날 밤, 연희는 '아버지' 하고 외치며 자신을 보러 온 나리 품에 안겼다. 금지옥엽 외동딸 얼굴이 눈물로 얼룩진 걸 본 나리는 깜짝 놀라 이유를 캐묻다가 연희의 종아리에 새빨간 회초리 자국이 나 있는 걸 보고 노발대발했다.

"그까짓 벼루가 무엇이라고 어린아이에게 이렇게 매질을 한단 말이오!"

마님에게 한바탕 호통을 친 나리는 마음이 상한 연희를 어르고 달랜 뒤 딸아이에게 어여쁜 새 옷을 지어 입혔다. 연희가 지은 새 옷은 하필이면 어린아이답지 않은 옥색 저고리에 자색 치마였다.

나리는 전혀 눈치채지 못한 것 같았지만, 그 옷은 언젠가 가비가 지어 입은 옷과 크기만 다를 뿐 색상과 모양이 흡사했다. 새 옷을 지어 입은 연희는 기뻐서 '까르르' 웃으며 안뜰을 뛰어다녔다. 예전에 어디선가 저 비슷한 웃음소리를 들었는데, 하고 고개를 갸우뚱하던 할멈은 그것이 가비의 웃음소리였다는 사실을 깨닫고 온몸에 소름이 돋았다. 어쩐지 과거의 일이 계속 기묘한 형태로 되풀이되고 있는 것 같았다. 그렇다면, 그 다음은…….

'설마…… 그렇진 않겠지.'

할멈은 마님이 가비를 죽였던 날의 불길한 기억을 떨쳐버리려 머리를 연신 휘저었다.

며칠 후, 할멈이 마님의 잠자리를 준비한 뒤 방을 나오려 할 때였다.

"어미가 자기가 낳은 자식을 끔찍이도 미워하는 게 가능하다고 생각하나?"

마님이 중얼거리는 소리가 들렸다. 흠칫 놀라 돌아보니 마님은 마치 혼잣말을 하듯 벽을 향해 중얼거리고 있었다. 몸에서 영혼이 빠져나가 껍데기만 남은 사람 같았다. 할멈은 자신에게 말을 거는 게 맞는지, 그렇다면 뭐라고 대답해야 할지 몰라 잠자코 발끝만 내려다보고 있었다.

"이따금 내 딸이 내 딸이 아닌 다른 사람처럼 느껴질 때가 있네."

"……."

"그 사람은 생각하고 싶지 않은, 내 손으로 죽……."

"마님, 피곤하신 것 같은데 어서 주무시지요. 내일 아침에 문안드리러 오겠습니다."

예의가 아닌 것은 알지만 할멈은 서둘러 마님의 말을 끊고 물러났다. 계속 그 방에 남아 마님의 끔찍한 고백을 듣고 싶지 않아서였다.

불이 꺼진 어두운 방 안에 오도카니 앉아 있는 마님의 쓸쓸한 모습 위로 예전에 아기를 잃고 나서 넋이 나가 있던 마님의 모습이 겹쳐 보였다.

"오래전 일인데도 다시 떠올리니 목이 타는구나."

할멈이 갑자기 갈증이 나는 듯 목을 축였다. 주모가 절레절레 고개를 흔들었다.

"자기가 죽인 첩과 꼭 빼닮았다 하더라도 자기 속으로 낳은 자식을 끔찍하게 미워하다니……. 도무지 이해가 안 가네요."

할멈이 쓸쓸하게 말했다.

"연희 아씨를 향한 마님의 마음이 순수한 증오만은 아니었을 게요. 당연히 어미로서 자식에 대한 애정도 얼마간은 존재했겠지. 그러니 마님도 그렇게 갈등한 게 아니겠소. 가비를 향한 증오심은 비뚤어진 방식으로나마 마님의 삶에 활력이 됐지만, 연희 아씨는 마냥 증오할 수만은 없었소. 증오했다가, 그런 자신을 자책했다가 하면서 마님의 마음은 점차 지쳐갔던 거지."

그러다 마침내 그날이 왔다. 할멈의 꿈에 몇 년 동안이나 악몽이 돼서 나타났던 그날이.

늦가을에 접어든 을씨년스러운 날씨였다. 추적추적 비까지 내리자 앙상한 나뭇가지에 남은 몇 안 되는 잎사귀도 바닥으로 떨어져 눅진 눅진한 낙엽이 되어 뒹굴었다. 잔뜩 구름 낀 잿빛 하늘을 향해 뻗은 헐벗은 나뭇가지가 음산한 느낌을 더하고 있었다.

그날 나리는 아침부터 볼일이 있어 외출을 하고, 안채에선 마님이 연희를 앉히고 바느질을 가르쳤다. 연희가 또 무슨 실수를 했는지 마님의 눈썹이 신경질적으로 곤두섰다. 곧장 목소리를 높여 질책하려던 마님은 무슨 생각에선지 잠깐 숨을 고르고는 부드러운 어조로 실수를 지적했다.

연희는 의외라는 듯 어머니를 한번 흘깃 쳐다본 뒤 잘못 기운 곳의 실을 풀었다. 마님이 어렵게 입을 열었다.

"연희야, 그동안 내가 네게 너무 엄하게 굴었던 것 같구나. 아직 어린데 말이다. 그렇게까지 다그칠 필요는 없었어. 마음이 많이 상했지?"

마님의 말에도 연희는 고개를 꼰 채 아무런 대답이 없었다.

"전에 네가 나한테 말했었지. 내가 너를 꾸지람할 핑곗거리만 찾고 있다고. 그래, 어쩌면 그건 틀린 말은 아닐지도 모른다."

"……."

"사실 나는 너를 조금 두려워하고 있었다. 네 모습이 내가 한때 아주 싫어했던 사람과 꼭 닮아 있어서."

"……."

"그래, 알아. 바보 같은 얘기지. 단지 그 사람과 닮았다는 이유로 너를 멀리해서는 안 되는 것이었는데, 너는 누가 뭐래도 내 배 아파서 낳은 내 자식인데……. 미안하구나. 하지만 가슴에 꼭꼭 묻어 놓은 해묵은 증오라는 게 그리 쉽사리 사라지는 게 아니더구나."

휘이이잉, 한 줄기 바람이 불어와 앙상한 나뭇가지를 흔들었다. 동시에 연희가 마님 쪽으로 스르르 고개를 돌렸다. 연희의 얼굴은 가면을 씌운 것처럼 무표정했다.

연희가 오른쪽 뺨에 또렷하게 보조개가 팬 채로 느릿느릿 말했다. 쇳소리가 섞인 카랑카랑한 그 목소리는 열 살짜리 계집아이가 아니라 성숙한 여인의 음성이었다.

"그래서, 마님께선, 저와 제 아들을 죽이신 겁니까?"

마님이 '악' 하고 외마디 비명을 질렀다. 휘청거리다 간신히 몸을 일으킨 마님은 어린 딸에게서 멀어지려는 듯 몇 발짝 뒷걸음질 쳤다. 마님의 두 눈엔 공포가 가득 어려 있었다. 눈앞의 존재가 귀신이라도 되는 것처럼. 연희가 바느질감을 바닥에 내려놓고 천천히 마님 쪽으로 발걸음을 옮겼다.

"으으으, 저리 가, 저리 가, 가까이 오지 마!"

마님이 두 팔을 휘휘 저어 연희를 쫓아버리려 했다. 하지만 연희는 무언가에 씌기라도 한 것처럼 표정 없는 얼굴로 천천히 마님을 향해 다가갔다. 연희가 다가올수록 마님의 눈앞엔 오랫동안 잊고 있던 장면이 섬광처럼 스치고 지나갔다.

핏기 없는 새하얀 얼굴과 천장을 향한 초점 없는 시선.

자신이 죽게 된다는 걸 알았을 때 새카만 눈동자에 번뜩이던 분노.

벌어진 입에서 흘러나와 앞섶을 물들이던 검붉은 피.

"으으으, 저리 가란 말이야!"

마님은 고개를 휘휘 저었다. 눈이 휘둥그레져서 이 광경을 지켜보던 할멈과 하녀들이 어쩔 줄 모르고 발만 동동 굴렀다. 그사이 연희가 어머니를 향해 다시 한 발 다가갔다.

응애, 응애, 응애…….

마님의 귓가에 섬뜩한 아기 울음소리가 들려왔다. 베개 밑에서 맹렬하게 버둥대던 아기의 작고 말랑한 육체가 점차 힘을 잃고 축 늘어졌을 때 감촉이 되살아나는 듯했다. 두통이 일어 찌릿한 통증이 정수리까지 치솟았다.

연희가 겁에 질린 마님을 보더니 앵두 같은 입술을 벌려 피식 웃었다.

"왜 그러시나요, 마님?"

미처 말릴 사이도 없이 마님이 장식장 위에 올려 둔 무거운 화병을 들어 연희의 머리를 찍었다. 퍽, 하는 둔탁한 소리가 들리며 연희가 바닥에 힘없이 쓰러졌다. 깨진 머리에서 흐르는 새빨간 선혈이 연희의 얼굴과 옷을 적셨다.

할멈과 하녀들은 놀란 나머지 발이 땅에 붙어버리는 것 같았다. 마님은 다시 한번 화병을 들어 연희의 머리를 내리쳤다. 한 번, 두 번, 세 번……. 연희의 몸에서 뿜어져 나온 피가 마님의 얼굴과 흰색 한복 깃에 이리저리 튀어 새빨간 얼룩을 남겼다.

마님이 다시 한번 화병을 높이 쳐들었을 때, 할멈이 달려들어 마님의 팔을 부여잡았다. 뒤이어 다른 하녀들도 마님을 부여잡고 연희에게서 마님을 떼놓았다.

머리가 깨질 것 같은 격렬한 두통도, 귓전에 울려 퍼지던 울음소리도 어느새 사라지고 없었다. 마님은 그제야 정신을 차린 듯 넋을 놓고 스르르 무너졌다.

심상찮은 일이 벌어지고 있다는 걸 눈치채고 달려온 하인들이 눈앞에 펼쳐진 참상 앞에 할 말을 잃었다. 여기저기서 '까아' 하는 비명 소리와 훌쩍거리는 울음소리가 들렸다. 바닥에 쓰러진 채 숨이 끊어진 연희는 머리가 완전히 함몰돼 그 고왔던 얼굴을 아예 알아볼 수가 없었다. 온몸에 딸의 피를 흠뻑 뒤집어쓴 마님은 물에 젖은 종이 인형처럼 축 늘어져서 벽에 몸을 기대고 망연자실해 있을 뿐이었다.

집에 돌아온 나리는 금이야 옥이야 하던 딸이 처참한 시신으로 변한 것을 보고 체면도 잊고서 한참을 목놓아 울었다. 연희를 그 지경으로 만든 것이 다름 아닌 마님이라는 사실을 알고서는 머리를 부여잡고 괴성을 질러댔다. 그러다 눈이 돌아가서는 낫을 집어들어 마님의 처소로 득달같이 달려갔다. 문을 와락 열고 낫을 휘두를 기세였지만, 그는 말문이 막힌 채 더는 움직일 수 없었다. 마님은 넋이 나가 이 세상 사람이 아닌 것만 같았다. 이미 죽은 사람처럼 마님은 나리를 알아보지도 못했다. 낫을 떨군 채 나리는 다시 돌아와 연희의 시신을 조용한 곳으로 옮겼다.

그날 새벽, 마님은 자신의 방에서 스스로 목을 맸다.

"그 일이 있고 나서 한동안 나리네 댁은 아수라장도 그런 아수라장이 없었단다. 지체 높은 가문 출신의 어머니가 자신의 손으로 친딸을 처참하게 죽였으니 당연히 큰 소동이 벌어졌지. 하지만 마님 친정이 손을 쓴 덕분인지, 나리네 재산 덕분인지 몰라도 그 일 때문에 관아의 문책을 받진 않았어. 하긴 살인을 한 자가 이미 목숨을 끊었으니 처벌할 사람도 남아 있지 않았지만."

할멈이 질린 얼굴을 하고 있는 복이와 옥이를 향해 말했다.

소동이 어느 정도 일단락되자, 나리는 할멈을 불러들였다. 마님의 일과 관련해 불호령이 떨어지는 게 아닌가 불안에 떠는 할멈에게 나리는 넌지시 질문을 던졌다.

"대체 연희와 그 어미 사이에 무슨 일이 있었던 건가?"

"……."

"어째서 이런 일이 생겼는지 아무리 생각해봐도 알 수가 없네. 모녀 사이가 원만하지 않다는 건 알고 있었지만, 설마하니 이런 일이 벌어질 줄이야……. 자네는 그 사람 시중을 들었으니 무언가 알고 있지 않은가?"

하지만 마님이 연희를 살아 돌아온 가비로 오인해 발작을 일으켰다는 사실을 차마 말할 수 없었다. 할멈이 직접 본 것을 모조리 이야기했다가는 할멈까지 머리가 이상해졌다는 오해를 받기 딱 좋았다. 게다가 마님이 가비와 그 소생을 제 손으로 죽였다는 사실만큼은 절대로 나리에게 털어놓을 수 없었다. 그런 면에서 마님의 판단은 옳았다. 할멈은 마님의 충실한 충복이었다.

잠자코 방바닥만 쳐다보는 할멈을 지긋이 보며 나리는 한숨을 쉬었다.

"그럴 줄 알았네. 뭔가 내게 이야기할 수 없는 깊은 사연이 있을 테지."

나리와 할멈은 한동안 둘 다 침묵을 지켰다. 나리가 다시 입을 뗐다.

"내가 잘못한 건가, 스스로 자책도 많이 했네. 그 사람이 이상해진 건 아마도 가비가 측실로 들어왔을 때부터였지. 나 때문에 그 사람이 정신이 이상해진 것인가? 내가 그 사람을 그렇게 몰아세운 것인가? 그래서…… 결과적으로, 연회까지…….”

말을 다 끝맺기도 전에 나리가 감정에 북받친 듯 목이 막혔다. 할멈은 조용히 고개를 흔들었다.

“분명 작은마님이 이 집안에 들어오신 게 마님께 안 좋은 영향을 끼치긴 했습니다. 하지만 자기 자신을 극단으로 내몬 건 마님이셨습니다. 마님은…… 멈추는 법을 모르셨습니다.”

나리도 사실은 희생자시죠. 서로를 태워버린 두 여자의 해묵은 증오 때문에 첩도, 아내도, 마지막엔 자식까지 잃어버린. 할멈은 차마 입 밖으로 꺼내지 못한 말을 속으로 되뇌었다.

할멈이 한 말을 이해했는지 어떤지 나리는 오랫동안 눈을 감고 생각에 잠겨 있었다. 마침내 나리가 서랍장을 뒤적이더니 할멈의 노비 문서를 찾아내 할멈이 보는 앞에서 갈가리 찢어 버렸다.

“이제는 자네가 모셔야 할 주인도 이 세상에 없네. 그러니 이 집을 나가 자유롭게 살도록 하게.”

“나리…….”

할멈은 뜻밖의 전개에 당황해 뭐라고 반응을 해야 할지 알 수가 없었다.

“내게 감사할 필요는 없네. 자네를 보면 자꾸만 잊고 싶은 기억이 떠오르니까. 오랜 세월 마님을 모시느라 수고했으니 밖에서 정착할 수 있는 돈은 넉넉히 대 주겠네. 대신 이 집에서 보고 들은 것은 다른 이들에게 말하지 말아주게나.”

할멈은 그렇게 나리의 집을 나왔다. 나리가 준 돈으로 장사 기술을 익히고, 밑천을 만들어 보따리 장사를 시작했다. 이따금 나리네 집에서 겪었던 일들이 악몽처럼 떠오르긴 했지만, 시간이 흐르면서 차차 희미해져 갔다. 세월은 느리지만, 꾸준히 착실하게 흘렀다.

“정신을 차리고 보니 어느새 검은 머리가 전부 흰 머리로 바뀌었지 뭐냐.”

이야기를 마친 할멈이 후후 웃었다.

“그런데 나리께서 그 집에서 보고, 들은 일을 비밀로 하라고 당부하셨다는데…… 이렇게 털어 놓으셔도 괜찮은 건가요?”

복이가 걱정스레 물었다.

“이젠 나리네 집안도, 마님네 친정도 몰락했단다. 지켜야 할 가문의 명예가 사라진 셈이지. 더욱이 나리는 벌써 돌아가신 지 오래됐으니 지금쯤이면 이 얘기를 해도 될 것 같다는 생각이 들더구나.”

잠시 말을 멈췄던 할멈이 ‘그리고 나도 이 비밀을 너무 오랫동안 혼자 가슴에 묻어 두고 있자니, 갑갑해서 말이다’라고 덧붙였다.

“연희 아씨는 정말로 가비 마님의 환생이었을까요?”

옥이가 여전히 그 부분이 궁금한 모양이었다.

“글쎄다. 만약 그렇다면 가비가 복수를 하기 위해 다시 태어났다는 마님의 생각도 일리가 있는 것 같구나. 마님이 가비와 그 아들을 죽였듯이 연희로 태어난 가비도 마님과 마님의 딸을 죽도록 만들었으니 말이다."

"스스로를 희생시켜서 말이죠."

복이가 흠칫 몸을 떨었다.

"아까 말하지 않았니. 증오와 복수심은 자칫하다가는 상대뿐 아니라 자기 자신마저 태워버린다고 말이다."

"애초에 첩을 들인 나리가 잘못이에요. 사내들은 여자에게만 일방적으로 투기를 하지 말라고 강요하는데, 그게 어디 말처럼 쉬운 일인가요. 한 공간에서 한 남자의 애정만 바라고 사는 여자들이 투기를 하지 않는 게 더 이상한 일이지요."

잠자코 있던 주모도 한마디 했다.

"내 생각도 그렇다오. 하지만 그런 상황에 처한 여자들이 모두 마님과 가비처럼 행동하진 않지. 둘 다 어느 선에서 멈췄어야 하는데, 자존심 강하고 지기 싫어하는 두 사람은 먼저 그만두지 못하고 서로를 자극해 극단까지 치달은 거요."

할멈은 다시 쓸쓸하게 말했다.

"오래 살다 보니 남을 죽도록 미워하는 게 결국은 제 살 깎아 먹기란 생각이 듭디다. 증오가 증오를 낳고, 자신이 낳은 증오가 결국은 자신에게 돌아오게 되니 말이오. 그런데 그 둘은 이걸 몰랐던 거요."

할멈은 자리를 털고 일어났다.

"주모도 바쁠 텐데 내가 너무 오래 수다를 떨었구려. 늙으면 왜 이렇게 말이 많아지는지. 국밥은 맛있게 잘 얻어먹었소. 그리고 복아, 옥아, 자매끼리 너무 다투지 말고 사이좋게 지내거라."

커다란 보퉁이를 머리에 이고 주막 문을 나선 할멈이 점점 작아져 안 보이게 될 때까지, 옥이는 말없이 할멈의 뒷모습을 바라보고 있었다.

땅에서 먹이를 쪼고 있던 작은 참새 떼가 할멈의 발소리를 듣고 일제히 포르르, 나뭇가지 위로 날아갔다.

머리에 보퉁이를 이고 오래 걸어서 어깨와 목이 뻐근해진 할멈은 잠시 발걸음을 멈추고 새들이 날아가 앉은 나뭇가지를 올려다보았다. 아른거리는 햇살에 눈이 부셔 할멈이 눈을 가느스름하게 떴다. 세월 탓에 흰자위가 탁해진 할멈의 두 눈에 하얀 목련이 막 탐스러운 꽃봉오리를 터뜨리려 하는 게 보였다.

'봄이로군.'

할멈은 숨을 돌릴 겸 보퉁이를 땅바닥에 내려 놓고 목덜미에 밴 땀을 닦았다. 한 해, 한 해가 갈수록 체력이 예전 같지 않았다. 앞으로 몇 번이나 더 봄꽃이 피는 걸 볼 수 있을까, 싶어 할멈은 조금 우울한 기분이 들었다.

스스로 나이가 들었다는 사실을 잘 의식하지 않는 편이지만, 자고 일어나면 몰라볼 정도로 날마다 쑥쑥 크는 어린아이들을 볼 때면 그만큼 자신이 노쇠했음을 뼈저리게 느끼곤 했다. 아까 주막에서 오랜만에 주모의 두 딸들을 만났을 때처럼.

복이와 옥이의 해맑은 모습을 떠올리자, 할멈의 입가에 흐뭇한 미소가 걸렸다.

'내게 자식이 있었다면 지금쯤 그 나이 또래 손주도 있겠지.'

불현듯 가슴이 저릿해졌다. 할멈은 고개를 휘휘 저어 부질없는 생각을 떨쳐버렸다.

'어차피 죄 많은 인생인 것을……'

마치 자신에게 타이르듯 할멈은 속으로 조용히 되뇌었다.

아까 할멈이 주막에서 딱 하나 터놓지 못한 이야기가 있었다. 이제껏 가슴 속에 꼭꼭 묻어둔, 조만간 무덤까지 가져갈 비밀이었다.

대감 마님 댁을 나온 할멈이 새로 살 집을 찾아보고 다닐 무렵이었다. 홍제원 인근 어느 색주가(色酒家)가 부동산 중개를 해주는 집주릅 일까지 겸한다고 해서 찾아간 적이 있었다. 술과 함께 여자도 파는 색주가를 운영하는 이는 쉰이 넘은 퇴기(退妓)였는데, 술자리에서 오간 정보를 기둥서방에게 전해 몇 차례 손님 집 사고파는 일을 도와주다 아예 그 일까지 겸하게 됐다고 했다.

퇴기에게 이런저런 조건과 자금 상황을 전한 뒤 막 대문을 나서려 할 때, 측간과 접한 문간방에서 콜록콜록 잔기침 소리가 들렸다. 한여름에 고뿔이 걸린 것도 아닐 텐데 밭은 기침 소리는 멈추지 않았다.

점점 심해지던 기침은 우웩우웩, 구토로 이어졌다. 못마땅하다는 듯 미간에 잔주름을 짓고 있던 퇴기가 마침내 벌컥 문을 열고 소리쳤다.

"그만 좀 못 하겠니! 너 때문에 손님이란 손님은 다 떨어져 나가겠다."

방 안에서 수척한 여자가 한 손으로 방바닥을 짚고서 간신히 윗몸을 일으켜 세우더니 가냘픈 목소리로 죄송해요, 하고 웅얼거렸다. 눈이 퀭하고 핏기가 하나도 없는 두 뺨이 움푹 팬 것이 한눈에 봐도 병색이 완연했다. 초점 없는 눈빛과 새파란 입술을 보니 살날이 얼마 남지 않은 것 같았다.

여자 얼굴이 어딘가 눈에 익었다고 생각한 순간, 할멈은 헉, 숨을 들이켰다. 간난이였다! 마님 댁에서 부랴부랴 짐을 싸 쫓겨난 간난이가 뒷골목 허름한 색주가 골방에서 죽어가고 있었다니.

간난이의 초점 없는 시선이 할멈에게 딱 꽂힌 채 움직이지 않는 걸 보니 간난이도 할멈을 알아본 모양이었다.

"아는 사이시오?"

눈치가 백 단인 퇴기는 그 짧은 순간 시선을 나눈 것만으로도 두 사람이 안면이 있다는 걸 알아차린 듯했다.

"아, 예전에 있던 대감마님 댁에서 잠깐 같이 일한 적이 있소."

할멈이 짤막하게 대답했다.

"그러셨군요. 저 아이는 십 년 동안 내가 데리고 있었는데, 나이를 먹어 이젠 찾는 손님도 없고 병까지 들어 골칫거리가 됐소. 저러다 앞으로 송장 치를 일만 남았는데…….”

퇴기가 쯧쯧, 혀를 찼다. 친분이 깊다면 당장 데려가라고 하고 싶었는데, 할멈의 무뚝뚝한 태도로 미루어 보아 그건 어렵겠다 생각했는지 목소리에 아쉬운 기색이 배어 있었다.

“어쨌든 아는 사이라니 잠깐 이야기라도 나누다 가시구려. 지금 보는 게 마지막이 될지도 모르는데.”

퇴기는 환자 앞에서 그런 말을 아무렇지도 않게 내뱉으며 휑하니 자기 처소로 돌아갔다.

할멈은 어찌할까 망설이다 간난이 방 안으로 발을 들였다. 딱한 마음이 든 것은 아니었으나, 어떻게 하다 이 지경까지 됐는지 궁금증이 일었다.

할멈과 간난이는 오랜만에 만나고도 잠시 서로를 마주 보기만 했다. 둘 다 무슨 말부터 꺼내야 할지 알 수가 없었다.

“어쩌다 이런 곳에 오게 됐느냐.”

한참 후 먼저 입을 연 쪽은 할멈이었다. 간난이가 씁쓸한 목소리로 대답했다.

“주인집에서 쫓겨난 여종이 할 수 있는 일이 뭐가 있겠습니까. 십 년간 술과 웃음을 팔다 보니 몸에 죽을병이 들었더군요.”

할멈은 달리 할 말이 없어 그저 고개만 끄덕였다. 괜히 앉았나 보다 생각이 들 즈음이었다. 몸조리나 잘하라고 하며 일어서려는데, 간난이가 갑자기 정색을 하고는 할멈의 옷깃을 잡았다. 그러고는 진지

한 어조로 물었다.

"마님은 잘 지내십니까?"

자신을 쫓아낸 사람 안부가 뭐가 그리 궁금할까 싶었지만 할멈은 사실대로 대답했다.

"……돌아가셨다."

간난이의 파리한 두 뺨에 갑자기 혈색이 도는 듯 보였다. 간난이는 한 손으로 방바닥을 짚고 엉덩이를 끌면서 할멈에게 바짝 다가왔다. 할멈이 저도 모르게 상체를 뒤로 물렸다. 간난이의 생기 어린 두 눈동자가 무섭게 반짝거렸다.

"돌아가시다니, 어떻게요?"

"……집안에 변고가 있었다. 결국 목을 매고 자결하셨지."

순간, 죽음이 드리워진 간난이의 얼굴이 환하게 밝아졌다. 메마른 입가에도 웃음이 번졌다. 간난이는 뼈만 남은 손으로 자신의 가슴을 어루만졌다.

"아아, 다행이네요. 이제는 정말 제가 죽어도 여한이 없습니다."

가슴이 철렁 내려앉는 할멈은 간난이를 매섭게 쏘아봤다. 간난이 처지를 생각하면 자신을 쫓아낸 마님에게 앙심을 품는 게 이해가 안되는 바는 아니지만, 애초에 잘못을 저지른 건 간난이였다. 게다가 한때 모셨던 상전이 스스로 목숨을 끊었다는데 저렇게 모진 말을 할순 없었다.

"너무 심한 것 아닌가. 돌아가신 분께 어찌 그런 식으로 말을 하는가."

할멈의 언성이 높아지자 간난이는 살짝 몸을 움츠리고 '기분이 상하셨다면 죄송합니다' 하고 말했다.

"하지만 제게는 그럴 만한 사연이 있습니다."

"사연이라니, 그건 또 무슨 말인가?"

간난이는 한참 동안 먼 곳에 시선을 두다가 마침내 할멈을 돌아보았다.

"제 아비는 원래 마님의 친정에서 일하던 노비였습니다. 마님은 고분고분하지 못하고 무뚝뚝한 제 아비가 마음에 들지 않았던 것 같습니다. 아버지인 대감마님께 제 아비가 자신을 음흉하게 훑어보고, 밤엔 처소까지 기웃거린다고 거짓말을 늘어놓았습니다. 대감마님은 노발대발해서 제 아비에게 곤장을 치라 했지요. 50대 넘게 곤장을 맞은 아비는 장독이 올라 일주일간 시름시름 앓다 세상을 떠났습니다."

오래 전 기억이 되살아났다. 당시 사건은 하인들 사이에서도 큰 화제가 됐었다.

아가씨를 농락한 죄로 한 노비가 맞아죽고, 그 아내도 당장에 내쫓겼더랬다. 하지만 그에게 딸이 있었고, 그게 간난이였을 줄이야…….

"아비가 죽은 뒤, 어머니는 마님의 친정 댁에서 쫓겨났고, 얼마 지나지 않아 돌아가셨습니다. 어린 시절 몸이 약해 친척집에 맡겨져 컸던 저는 졸지에 고아가 되어 버렸죠. 그러다 어찌어찌 연이 닿아 부유한 양반 댁 노비로 들어가게 되었습니다. 그런데 얼마 뒤 생각지도 않게 마님이 그 집으로 시집오신 걸 알게 됐습니다."

마님을 본 순간, 간난이의 가슴은 세게 두방망이질 쳤다. 내 아비를 죽인 여자다. 남편을 잃고 마음고생을 하다 화병으로 세상을 떠난 어머니 역시 저 여자만 아니었으면 지금도 계속 살아 있을 거다. 내 부모의 원수! 간난이는 속으로 이를 갈고 칼을 갈았다.

마님은 간난이 아버지의 죽음 따위는 까맣게 잊은 듯 했다. 원래부터 그런 미천한 존재는 안중에도 없었을 것이다. 저 여자에게 하인은 기르는 가축만큼이나 보잘 것 없는 이들이니까. 그런 생각을 하니 가슴속 분노가 한층 더 끓어올랐다.

간난이가 가비의 수발을 들게 된 건 하늘의 도우심이었다. 마침 마님과 가비가 서로 아웅다웅하고 있으니 그걸 이용하기만 하면 될 것 같았다. 마님과 아기를 저주하는 짚 인형을 만들어 마님의 처소 앞에 파묻었다. 마님과 아기가 잘못되길 바라는 마음에서였다. 사달이 날 경우, 가비에게 잘못을 뒤집어 씌우기 위해 일부러 할멈이 지켜보는 걸 모른 척했다. 가비가 시켜서 한 일이라고 하면 누구도 의심하지 않을 터였다. 게다가 마님이 이것 때문에 아기를 가진 가비에게 분풀이를 한다면, 그래서 만약 가비가 유산이라도 한다면 대감마님은 결코 마님을 용서치 않을 것이었다. 어쩌면 이번에야말로 마님을 집에서 내쫓을지도 몰랐다.

"어찌 그런……. 아직도 네가 무슨 짓을 한 줄 모르느냐!"

이야기를 듣는 할멈의 손이 부들부들 떨렸다. 너무나 어이가 없고 기가 차서 견딜 수가 없었다.

"너 때문에 죄도 없는 가비와 갓 태어난 아기까지 죽었다. 마님을 향한 네 복수심이 죄 없는 목숨을 둘이나 앗아간 게다!"

간난이의 얼굴에 그늘이 드리워졌다.

"일이 그렇게 커질 거라고는 저도 생각 못 했습니다. 하지만……."

간난이가 고개를 바짝 쳐들고 당돌한 눈초리로 할멈을 쏘아봤다.

"그것도 다 운명이고, 타고난 팔자 아니겠습니까?"

순간 할멈의 머리끝까지 분노가 치달렸다. 새하얗게 질린 얼굴로 입가에 피를 흘리고 있던 가비의 모습이 떠올랐다. 베개 밑으로 삐져나온 아기의 작은 고사리 같은 손도. 와들와들 떨리는 할멈의 손은 자신도 모르게 곁에 있는 베개를 그러쥐고 있었다.

겁에 질린 간난이가 저도 모르게 슬금슬금 뒤로 물러났다. 하지만 할멈은 간난이의 어깨를 싸잡아 요 위에 쓰러뜨리고는 베개로 얼굴을 눌렀다.

간난이가 맹렬하게 몸부림치며 할멈을 뿌리치려 했다. 하지만 이미 수척할 대로 수척해진 간난이는 할멈의 상대가 되지 못했다. 켁켁켁, 베개 밑에서 기침 소리인지 목이 막히는 소리인지 모를 소리가 들렸다. 할멈은 잠시 주저했지만 결국 베개를 누른 손에 온 힘을 주었다.

할멈의 눈과 귀엔 잊고 싶었던 장면들이 되살아났다.

퍽, 퍽, 퍽.

마님이 화병으로 연희의 머리를 내리칠 때 들렸던 둔탁한 소리.

연희의 몸에서 흘러나온 핏자국이 추적추적 내리던 빗물과 섞여 안마당을 붉게 물들이던 일.

스스로 목을 맨 마님의 새하얀 얼굴.

베개 밑에서 켁켁거리는 소리가 어느새 헐떡이는 숨소리로 바뀌어 있었다.

'너 때문에, 너 때문에······.'

베개를 누르고 있는 할멈의 눈에 눈물이 번지기 시작했다.

그때 짚인형을 파묻는 간난이를 보지 못했더라면. 아니, 보고 나서라도 바로 대감마님에게 사실을 고했으면 그렇게 많은 사람들이 죽지 않을 수도 있었는데.

자신의 어처구니없는 실수가 무고한 사람들의 생명을 앗아갔다고 생각하니 참을 수 없었다.

'너만 아니었더라면······.'

할멈이 베개에 마지막 힘을 실었다. 간난이를 도저히 용서할 수 없었다. 곧 죽을 목숨이라 하더라도 자신의 손으로 이 못된 년의 숨구멍을 끊어놔야 속이 후련해질 것 같았다.

얼마나 시간이 흘렀을까. 베개 밑에서 버둥대던 간난이가 움직임을 멈췄다. 아마도 숨이 끊어진 모양이었다. 가만히 베개를 떼 보니 예전에 가비가 그랬던 것처럼 천정을 향해 흰자위를 홉뜨고 있었다.

할멈은 한동안 멍하니 간난이의 시신을 바라보다 조심조심 방 밖으로 나왔다. 죽어가는 더부살이 작부 따위에게 아무도 주의를 기울이지 않았다.

그렇게 할멈은 자신의 복수를 완성했다.

간난이의 죽음은 병사로 판정 났고, 할멈은 아무 일 없었다는 듯 짐을 얻고 장사를 시작했다.

겉으론 평범한 일상의 연속이었다. 하지만 간난이의 흡뜬 흰 눈은 지금까지도 할멈의 꿈자리를 사납게 했다.

'복수는 제 살을 깎아먹는 것이라 했거늘……'

조금 전 옥이에게 한 말이 생각나 할멈은 한숨을 푹 쉬었다.

한참을 그러고 있던 할멈은 다시 끙 힘을 주어 바닥에 내려놓은 보통이를 머리에 짊어졌다. 날은 밝고 아직도 가야 할 길은 멀었다.

그날 밤 삼개주막에는 드디어 평화가 찾아왔다. 주모는 두 딸이 손을 꼭 잡은 채 잠든 걸 보고 '드디어 화해했구나'하고 가슴을 쓸어내렸다. 예상대로 이튿날부터 자매는 아옹다옹하지 않고 싹싹한 모습으로 부엌에서 주모를 거들었다.

'할멈의 얘기가 효력을 발휘했나 보군.'

주모는 고집불통인 두 딸을 화해시킨 할멈에게 속으로 감사의 인사를 올렸다.

그렇게 주모네 가족은 다시 평온한 일상을 되찾았다. 다만 하나 달라진 게 있다면, 옥이가 그토록 끔찍하게 아끼던 풀각시인형을 더 이상은 찾지 않게 됐다는 점이었다. 왜냐고 이유를 물을 때마다 옥이는 한결같이 이렇게 말했다.

"인형을 보고 있으면 어쩐지 기분이 나빠요."

3

유괴된 아이

그날도 주막 안은 시끌벅적 활기가 돌았다. 술 한잔 걸친 손님들이 제각각 떠들어 왁자지껄한 게 주막의 여상한 풍경이라지만, 오늘은 특별한 점이 하나 있었다. 삼삼오오 모인 사람들이 단 하나의 화제거리로 열을 올리고 있었다는 것이다. 바로 몇 년 전 사라졌다 돌아온 막쇠의 외동아들 귀돌이었다.

나루터에서 뱃사공으로 일하는 막쇠는 살림은 가난했지만 내외 금슬이 유난히 좋았다. 부부 사이엔 귀돌이라는 일곱 살짜리 아들이 있는데, 좀처럼 아이가 생기지 않아 근심이 깊어가던 와중 어렵게 낳은 터라 말 그대로 '눈에 넣어도 아프지 않을' 자식이었다.

힘들게 노를 젓고 돌아온 막쇠가 나루터에서 기다리던 어린 아들을 업고 막사로 향하는 모습을 이웃들은 흐뭇하게 바라보곤 했다.

그런데 3년 전 귀돌이가 흔적도 없이 사라졌다. 여느 날과 다름없는 평범한 날이었다. 동네 꼬마들과 어울려 놀겠다며 집을 나선 아들이 땅거미가 질 무렵까지 돌아오지 않자, 엄마는 귀돌이가 노는 데 정신이 팔려도 단단히 팔렸나 보다 생각했다. 사공댁이라 불리는 귀돌의 엄마는 아이가 돌아오면 단단히 혼쭐을 내야겠다고 별렀다. 그러나 귀돌이는 밤이 이슥하도록 돌아오지 않았다. 막쇠와 사공댁은 정신이 반쯤 나가 골목을 쏘다니며 아이 이름을 목놓아 불러댔다. 이웃들도 하나씩 횃불을 들고 나와 함께 귀돌이를 찾는 데 손을 보탰다.

"그 나이 또래 사내아이들은 곧잘 이런 사고를 치곤 한다네. 늦게까지 놀다가 집에 가면 혼날까 봐 걱정돼서 어딘가에 꼭꼭 숨어 있는 게지. 시간이 지나 배가 고파지면 아마 멀쩡한 모습으로 집에 돌아올 거야."

나이가 지긋한 동네 아낙들은 금방이라도 정신을 놓아버릴 것 같은 사공댁 손을 잡고 이렇게 위로했다.

하지만 귀돌이는 돌아오지 않았다. 그날 함께 놀던 꼬마들은 '다 같이 구슬치기를 하다가 먼저 집으로 돌아가고 귀돌이만 혼자 남아 있었어요'라고 했다. 공터에서 혼자 놀고 있는 귀돌이를 봤다는 사람도 더러 있었다. 하지만 대낮에 인적도 드물지 않은 공터라 위험할 거라는 생각은 하지 않았다고 했다. 만약 누군가 귀돌이를 데려갔다면 한두 명쯤 보았다는 사람도 나올 법한데, 희한하게도 아무도 본 사람이 없었다. 귀돌이는 그러니까 연기처럼 사라져버렸다.

귀돌이가 사라지고 열흘쯤 지났을 때 사공댁은 거의 폐인이 됐다. 곡기도 끊고, 자리에 드러누워 종일 울기만 했다. 그러다가도 행여 집 밖에서 나뭇잎 바스락거리는 소리라도 들리면, 귀돌이가 돌아온 줄 알고 버선발로 뛰어나가곤 했다.

아이를 잃은 슬픔으로 정신이 나간 건 막쇠도 마찬가지였다. 종일 술을 들이켜고, 이따금 아들의 이름을 부르며 통곡을 하기도 했다.

부부 사이가 나빠진 것도 이 무렵이었다. 막쇠는 아들을 잘 간수하지 못한 사공댁을 탓했고, 사공댁은 남편의 말에 상처 입고, 마음의 문을 닫았다. 같은 아픔을 안고 있으니 서로의 마음을 가장 잘 이해할 수 있을 것 같았지만, 시간이 갈수록 둘 사이는 껄끄러워지기만 했다. 서로가 아들의 빈 자리를 끊임없이 상기시키는 탓에 얼굴 보는 것도 힘겨웠으리라.

동네 사람들은 막쇠 내외를 동정했다. 하지만 타인의 비극은 시간이 지나면 쉽게 잊혀지는 법이다. 세월이 흐르면서 귀돌이 일은 점차 사람들의 뇌리에서 사라졌다. 오로지 부모만이 하루도 빠짐없이 귀돌이를 그리워하고 가슴 아파하며 지냈다.

그렇게 3년이 흐른 얼마 전 귀돌이가 돌아왔다.

그날 아침, 밥을 지으려고 부엌으로 향하던 사공댁은 싸리문 앞에 사내아이 하나가 오도카니 서 있는 걸 발견했다. 그 아이가 귀돌이라는 걸 깨닫기까지는 시간이 얼마 걸리지 않았다.

"귀돌아, 귀돌아! 그동안 어디 가 있었니. 너 때문에 내가 속이 다 문드러져 죽는 줄 알았다."

허겁지겁 달려온 사공댁은 아이의 가냘픈 몸이 부서질까 걱정될 정도로 꽉 끌어안았다. 조금이라도 힘을 풀면 아이가 다시 사라지기라도 할 것처럼 꼭 껴안고 있던 사공댁은 미친 듯이 쿵쾅거리는 가슴이 조금 가라앉고 나자, 아들의 얼굴을 어루만지며 흐느끼기 시작했다.

"내 새끼, 내 새끼가 틀림없구나. 이 못된 녀석. 어미를 이렇게나 힘들게 하고……."

이른 아침부터 아내가 목놓아 우는 소리에 깬 막쇠는 짜증스럽게 방문을 열었다가, 눈이 휘둥그레졌다. 귀신이라도 본 것처럼 비틀거리며 마당에 내려선 막쇠는 얼떨떨한 표정으로 귀돌이를 확인하자 모래성이 허물어지듯 넘어지며 울음을 터뜨렸다.

3년 만에 돌아온 귀돌이는 비쩍 여위어 있었다. 두 뺨이 홀쭉하게 패고, 팔다리가 나뭇가지처럼 앙상했다. 한창 쑥쑥 클 나이였지만, 키가 한 뼘도 자라지 않았다. 그동안 몹시 굶주리며 지낸 게 틀림없었다. 옷도 꾀죄죄하게 때가 묻은 것이 오랫동안 갈아입지 못한 것처럼 보였다. 따뜻한 밥상을 차려오자 걸신들린 듯 허겁지겁 입에 밥을 밀어 넣는 아들을 보며 사공댁은 다시 울음을 삼켰다.

"동굴 속에 갇혀 있었어요."

어느 정도 배를 채우고 난 뒤에야 귀돌이가 입을 열었다.

"동무들이 다 떠난 줄도 모르고 혼자서 노는 데 정신이 팔려 있었어요. 그랬는데 어떤 아저씨 하나가 엿을 사 줄 테니 따라오지 않겠냐고 했어요. 신이 나서 따라갔는데……."

그 아저씨의 생김새는 아무리 해도 머리에 잘 떠오르지 않는다고 했다. 시간이 흐르면서 기억이 희미해진 탓도 있으나, 애초에 인상이 희미한 사람이었던 모양이었다. 어디서나 볼 수 있는, 특별히 잘 나지도, 특별히 못나지도 않은 평범한 남자. 사람들 시선을 끌지 않고 귀돌이를 데려갈 수 있었던 데는 그 평범함이 큰 역할을 했을 것이다.

하지만 한참을 걸어도 엿장수는 나타나지 않았다. 날은 이미 어두워졌는데, 눈앞에 인적이 끊긴 으슥한 산길이 나타나자 귀돌이는 불안해졌다.

"저…… 엿 안 먹을래요. 집에 가고 싶어요."

그러자 조금 전까지 푸근해 보이던 아저씨가 입가를 일그러뜨리며 귀돌이의 목에 무언가를 들이댔다. 차가운 감촉에 흠칫 놀라 돌아보니 날카로운 단도였다.

"잔소리 말고 따라오기나 해. 허튼짓하면 어떻게 되는지 알지?"

겁에 질린 귀돌이는 '엄마!' 소리를 지르고 울기 시작했다. 남자가 귀돌이의 목에 들이댄 칼끝에 힘을 주자 칼날이 여린 살갗을 파고들어 피가 흐르기 시작했다.

"내가 말했잖니. 난리 치면 어떻게 되는지. 네가 암만 울어본들 여긴 도와줄 사람이 아무도 없어. 그러니 울음 뚝 그쳐라. 그렇지 않으면 두 번 다시 아버지, 어머니 얼굴을 못 볼 거다."

귀돌이는 아버지, 어머니를 다시는 못 볼 거라는 말에 울음을 그치고 남자를 따라 걷기 시작했다. 그래도 눈물이 뺨을 타고 줄줄 흐르는 것까지는 어찌할 수 없었다. 둘은 언덕과 비탈을 넘어 깊숙한 산길로 들어갔다.

얼마나 걸었을까, 남자가 어두컴컴한 바위 동굴 앞에 서더니 귀돌이 등 뒤에 칼을 들이대며 '들어가라' 일렀다. 이미 눈물도 다 말라버린 귀돌이가 쭈뼛쭈뼛 안으로 들어가자, 남자는 그 앞을 커다란 돌로 막아버렸다.

"내보내 주세요, 내보내 주세요!"

화들짝 놀란 귀돌이는 손이 아픈 줄도 모르고 돌문을 두드렸다. 거친 바위에 긁혀 손이 금세 피투성이가 되었다. 하지만 밖에선 아무런 기척도 들리지 않았다. 귀돌이가 몸으로 돌문을 밀어보려 했지만, 어린아이 힘으로는 역부족이었다.

빛이 하나도 들어오지 않는 동굴 속은 칠흑같이 어두웠다. 혹시 나가는 통로가 있을지 찾아보려 해도 너무 캄캄해 발밑조차 볼 수가 없었다. 추위가 옷 속으로 파고들었다.

"도와주세요, 아무도 없어요?"

혹시나 지나가던 사람이라도 있을까 싶어 귀돌이는 동굴 앞에서 밤새 소리를 질렀다. 목이 다 쉬도록 소리를 질렀지만 아무 일도 일어나지 않았다. 모르긴 몰라도 여긴 산짐승도 오가지 않는 외진 곳 같았다. 걱정하고 있을 엄마 얼굴이 머리를 스치고 지나갔다. 어린 시절 곧잘 목마를 태워주곤 했던 인자한 아버지 얼굴도 떠올랐다.

"어머니, 아버지…… 잘못했어요, 내보내 주세요. 다시는 늦게까지 놀지 않을게요. 낯선 사람 따라가지 않을게요."

귀돌이는 누구에게랄 것 없이 용서를 빌며 무릎 사이에 얼굴을 파
묻고 엉엉 울기 시작했다.

시간이 흘렀다. 캄캄한 어둠 속에 홀로 있으니 날짜가 어떻게 가는
지 몰랐다. 공포와 추위, 배고픔에 기진맥진한 귀돌이 잠에서 깨어나
보니 곁에는 누가 가져다 뒀는지 모르는 따끈한 죽 한 사발이 놓여
있었다.

며칠을 굶은 귀돌이는 이것저것 생각할 겨를도 없이 눈 깜짝할 사
이에 죽 한 그릇을 깨끗이 비웠다. 배가 든든해지니 갑자기 다시금
졸음이 몰려왔다.

동굴 속에서의 생활은 그런 일들의 반복이었다. 배가 고파 죽을 정
도가 되면 누군가 죽 한 사발을 귀돌이 곁에 놓아 두었다. 기온이 내
려가 얼어 죽기 십상인 날씨엔 어디선가 풀을 엮어 만든 허술한 이불
이 나왔다. 빛도, 인기척도 없는 그곳에서 귀돌이는 하루 온종일 잠
만 자며 보냈다.

처음엔 어떻게든 그곳에서 빠져 나가보려 했지만, 시간이 갈수록
점점 더 무기력해졌다. 먹은 게 없으니 도망은커녕 일어설 힘도 나지
않았다. 그렇게 귀돌이는 시간의 흐름을 잊어버렸다.

얼마나 지났을까, 어느 날 귀돌이는 어디선가 한 줄기 빛이 들어오

는 걸 알아챘다. 오랫동안 빛을 보지 못했던 귀돌이는 가늘디 가는 광선에도 눈을 뜰 수 없어 두 눈을 질끈 감고 고개를 돌려버렸다.

"이게 어찌 된 일이야. 이런 곳에 어린아이가 있다니!"

처음 듣는 남자 목소리가 들렸다.

남자는 뿜어져 나오는 악취에 코부터 꽉 움켜쥐었다. 동굴 안으로 고개를 들이밀었다가 뼈가 가죽에 붙을 듯 빼빼 마르고 꾀죄죄한 귀돌이를 발견했다. 귀신 같은 행색을 한 아이와 널린 오물들을 보며 남자는 경악했다.

나중에야 알게 되었지만, 그는 철광을 캐기 위해 굴을 파다가 우연히 귀돌이가 갇힌 바위 동굴을 발견하게 된 것이다. 남자는 고맙게도 며칠간 귀돌이를 제 집에서 몸조리시킨 후, 아이가 살던 동네까지 데려다주었다.

아직 몸이 온전히 회복되지 않은 탓에 있었던 일을 들려주는 귀돌이는 자주 말문이 막혔고, 이야기엔 두서가 없었다. 자초지종을 다 알아들을 수 있게 이야기하기까지는 적잖은 시간이 걸렸다.

귀돌이가 겪은 일을 들으며, 사공댁은 연신 옷고름으로 눈물을 찍었다. 막쇠는 귀돌이가 당한 학대를 들으며 분노를 참을 수 없어 꼭 쥔 두 주먹을 부르르 떨었다.

그래도 중요한 건 귀돌이가 돌아왔다는 사실이었다. 귀돌이가 이야기를 마치자, 가족은 다시 한번 서로 얼싸안고 눈물을 흘리며 재회의 기쁨을 만끽했다.

"거참, 희한한 얘기지."

귀돌이 소문에 열을 올리던 주막 단골 이씨가 술잔을 기울이며 중얼거렸다. 이씨는 이제까지 '희한하다'는 말을 열 번쯤 입에 올린 듯싶었다.

"귀돌이를 데려간 사람은 대체 무슨 속셈이었을까? 아이 유괴범은 보통은 부모한테 몸값을 뜯지 않나."

"에이, 이 사람아. 막쇠네한테 무슨 돈이 있다고!"

"돈 뜯을 목적으로 아이를 데려갔다가 부모 처지를 보고 그냥 산속에 가둘 수도 있지."

"그러면 아이를 다시 돌려주거나 죽여버리면 될 일이지 뭣 한다고 산에 가둬놓고 몇 년간 끼니를 챙겨 먹였겠나."

"더러 자녀가 없는 자가 제 자식 삼으려고 아이들을 납치해 갔다는 얘기는 들어봤어도 이런 경우는 난생처음일세."

"막쇠한테 무슨 원한 가진 자의 소행인가?"

"이 사람아, 우리가 막쇠를 모르나. 그 사람이 남한테 원한 같은 걸 살 만한 사람인가 말이야."

"도통 이해가 되지 않으니 그러지. 설마 요괴가 저지른 짓도 아닐 터이고……."

주막에 둘러앉은 사람들이 저마다 한 마디씩 거들어댔다.

그때 아까부터 잔뜩 골이 난 표정으로 듣고 있던 주모가 내뱉듯이 말했다.

"무슨 생각으로 귀돌이를 데려갔는지는 모르지만, 아무 잘못도 없는 어린애한테 그런 짓을 한 인간 같지도 않은 놈은 찢어 죽여도 시원찮아요!"

어지간해서는 손님들 대화에 먼저 끼어드는 법이 없는데, 주모의 반응이 의외였다. 평상시답지 않게 흥분한 모습이기도 했다. 주모의 일갈에 남의 집 불행을 흥미진진하게 떠들어댄 게 머쓱해졌던지 취객들은 한꺼번에 입을 닫았다.

주모는 어수선한 분위기에 찬물을 끼얹었다는 것도 아랑곳하지 않고 재빠르게 빈자리를 정리하곤 밥상을 들고 부엌으로 향했다.

'천벌을 받을 놈!'

설거지를 하면서도 그녀의 입에선 간간이 욕설이 나왔다.

3년 전, 귀돌이가 실종됐을 때 주모는 그게 남의 일처럼 느껴지지 않았다. 그때도 귀돌이의 실종이 술안주로 오르면 하나같이 '나도 자식 키우는 입장에서 막쇠 내외의 찢어지는 심정을 안다'며 한마디씩 했다. 그저 순수한 동정의 발로였지만 주모는 그 말에 다소 반감을 느꼈다. 자식을 키운다고 그 마음을 다 이해할 수 있는 건 아니다. 오직 자식을 잃어본 사람만이 그 절절한 아픔을 위로해줄 수 있다.

아는 사람이 거의 없지만, 주모도 사실 자식을 잃은 적이 있었다. 주모의 첫째 아들이다. 태어나면서부터 몸이 부실하더니 백날도 채

안 돼 어미 품에 안겨서 고요히 하늘나라로 갔다. 주모는 아기의 작은 몸에서 생명이 완전히 떠나갔다는 걸 알면서도 아들을 품에서 놓지 못했다. 오랜 세월이 지났지만, 아직도 아들의 따뜻한 온기와 부드러운 숨결은 주모의 가슴속에 생생하게 살아있었다. 주모는 '자식은 마음에 묻는다'는 말의 의미를 그때 비로소 깨달았다.

별스런 친분은 없었지만, 귀돌이를 잃어버리고 몸져누운 사공댁을 위해 주모가 고기 한 근을 끊어다 준 것도 그런 마음에서였다. 제 뱃속으로 낳은 자식을 잃은 어미의 애타는 마음이 손에 잡힐 듯이 와닿아서 어쩐지 그렇게라도 해야 할 것만 같았다.

그랬으니 귀돌이가 돌아왔다는 소식에 주모는 기쁨을 감추지 못했다. 한편으로 걱정도 기쁨의 그림자처럼 들러붙어 주모를 애태웠다. 어린아이가 감당하기 힘겨운 충격에서 얼마나 오래 걸려야 회복될 수 있을까. 모르긴 몰라도 평생 아이의 인생에 그늘을 드리울 것이다.

부모의 고통도 마찬가지 아닐까. 아이가 살아 돌아와 감사하겠지만, 귀돌이의 깊은 상처를 보면서 앞으로 또 다른 지옥을 겪어야 할지도 몰랐다. 그렇게 생각하니 강렬한 분노가 치솟아 억누를 수가 없었다. 귀돌이를 그렇게 만든 놈은 누구일까.

이날 주막 아래채 객실에 머문 손님은 비교적 단출했다. 한눈에도 행색이 장사치임을 알 수 있는 남자 셋. 상인은 아닌 것 같고 그렇다고 가난한 선비처럼 보이지도 않는, 초로의 남자까지 네 명이었다.

저녁을 물린 뒤 이들은 좁은 방 안으로 들어가 여장을 풀었다.

온돌 바닥엔 볏짚으로 만든 돗자리가 깔려 있었고, 등잔걸이에 놓인 촛대에선 몸통이 뭉뚝해진 짧은 초가 제 몸을 태워 방에 빛을 밝히고 있었다. 여느 여염집처럼 천장엔 메주가 매달려 방안은 텁텁한 냄새가 났다. 이불은 보이지 않고 목침만 몇 개 나뒹굴고 있을 뿐이지만, 온돌 때문에 방바닥이 후끈후끈해서 굳이 이불을 덮을 필요도 없을 것 같았다.

"아따, 방이 참으로 덥네."

손님 하나가 손으로 부채질을 하며 말했다.

"밥 짓느라 계속 아궁이에 불을 지펴서 그런 게지. 그래도 추워서 덜덜 떠는 것보단 백배 낫지."

다른 투숙객이 말을 받았다.

"그렇긴 하지만 이래서야 잠도 안 오겠소. 한여름 같으면 차라리 밖에다 자리를 깔고 노숙을 하겠소만 지금은 그럴 수도 없고……."

방이 덥다고 부채질하던 남자가 투덜거렸다.

"더워서 잠이 안 온다면 그냥 앉아서 얘기나 합시다. 이렇게 한방에 묵게 된 것도 인연일 텐데, 아직 시간도 이르고 하니."

둘이 주거니 받거니 말하는 걸 지켜보다가 또 다른 남자가 입을 열었다. 딱히 그러자고 나서는 사람은 없지만, 싫다는 사람도 없어 대충 의견 일치를 본 것 같았다. 환담을 나누자고 제안했던 남자가 먼저 입을 열었다.

"나는 건어물 장수 갑생이오. 형씨들은 무슨 일을 하시오?"

부채질하던 남자가 '나는 새우젓 장수 삼돌이오' 했다.

"나는 보부상 웅칠이라 하오."

상인들이 각자 통성명을 마치자, 갑생이 방 한구석 초로의 남자에게 말을 붙였다.

"보아하니 우리 같은 장사꾼 같지는 않은데, 무슨 일을 하시오?"

"전기수(傳奇叟) 박삼수라고 하오."

상인들이 동시에 박삼수라는 남자를 돌아보았다.

"전기수?"

"그게 뭐요?"

초로의 남자가 대답했다.

"소설을 읽어주는 사람이오. 사람들이 많이 모이는 곳에 가서 소설을 낭독하고 돈을 받지."

세 남자가 '호오' 감탄사를 내뱉었다.

"소설이라 하면, 무슨 소설을 읽는 게요?"

"다 아는 언문 소설이오. 이를테면 '숙향전', '심청전,' 같은 거지."

다시 '오호' 하는 감탄사가 새어 나왔다.

"그걸로 돈벌이가 된단 말이오?"

"근근이 먹고 살 정도는 되오. 날짜를 바꿔서 하루는 종각에, 하루는 교동에, 하루는 제일교(第一橋) 아래, 이런 식으로 장소를 옮겨 다니는데, 내가 오는 날을 손꼽아 기다리는 사람들도 제법 있소."

상인들은 신기해하며 새삼스레 전기수를 찬찬히 뜯어보았다. 작고 여윈 체구에, 숱이 적은 머리는 희끗희끗했다. 나이는 오십이 좀 넘었을까 싶은데, 낭독을 업(業)으로 해서인지 목소리는 나이보다 젊고 카랑카랑했다.

"참으로 쉽게 돈 버시는구먼. 우리 같은 사람들은 하루 종일 몸을 움직여야 먹고 사는데, 형씨는 편하게 앉아 책만 읽어 밥벌이를 하신다고 하니."

삼돌이가 감탄과 질투가 반반 섞인 목소리로 말했다.

"편하다니, 당치도 않지! 온종일 소리 내 글을 읽는 게 얼마나 힘든 일인 줄 아시오? 게다가 사람들이 듣고 감탄하게 하려면, 감정을 싣고, 강약을 조절하고, 중요한 대목에서 잠시 끊기도 하고 나름대로 기술도 필요하오."

전기수가 발끈하자, 상인들은 입을 다물었다. 수긍했는지 아닌지는 알 수 없지만, 최소한 더는 반박하지 않았다.

"그런데 전기수 양반께서 무엇 때문에 주막에서 머무시는 게요? 설마하니 우리처럼 장을 돌아다니는 건 아닐 텐데."

"고향에 계신 어머니가 위중하다고 해서 가는 길이오. 이미 연세가 일흔도 넘겼으니, 지금 돌아가셔도 호상(好喪)이지."

듣던 이들이 심각한 얼굴로 고개를 끄덕거렸다. 갑자기 어두워진 분위기를 바꾸고 싶어서인지 갑생이가 화제를 돌렸다.

"그런데 전기수라 하면, 재미나는 이야기들 많이 아시겠소?"

"그야 업이니까."

"그러면 우리한테도 하나 들려줄 순 없겠소? 밤은 길고, 다들 달리 할 일도 없는데."

전기수는 주저했다. '이거 귀찮게 됐는걸' 망설이는 눈치였다.

"그러지 말고 하나 해주시오. 아까 뭐랬냐, 향숙이 얘기건 누구 얘기건 재미만 있다면 다 좋지."

전기수의 태도가 떨떠름한 걸 보고 응칠이 밀어붙였다. 전기수는 세 남자가 눈을 빛내며 바짝 다가앉자 어쩔 수 없다는 듯 한숨을 후, 쉬었다.

"아까 귀돌이라는 아이 얘길 듣고 불현듯 생각이 났는데……."

"유괴되었다가 돌아왔다는 그 아이? 안 그래도 들으면서 참으로 희한한 일이라 생각했소."

갑생이가 끼어들었다.

"소설에 있는 이야기는 아니지만, 예전에 귀돌이 같은 아이를 실제로 본 적이 있소."

뜻밖의 말에 세 청중의 눈이 휘둥그레졌다. '아니, 그런 사례가 하나도 아니고 더 있다고?' 이렇게 생각하는 것 같았다.

"괜찮으면 그 이야기 들어보시려오?"

반대가 있을 리 없었다. 전기수는 흠흠, 목소리를 가다듬더니 이야기를 시작했다.

"내가 귀돌이만 할 때 일어난 일이었지. 우리 시골 동네에서 아홉 살짜리 꼬마 하나가 사라졌소. 당연히 온 동네가 발칵 뒤집혔고. 사라진 일남이라는 꼬마는 부유한 포목상 아들이었소. 그래서 누가 돈을 노리고 납치한 게 아니냐는 추측이 나돌았소."

하지만 시간이 지나도 돈을 요구하는 사람은 나타나지 않았다. 누가 데려가 감춰두고 있는 게 아니라면 그토록 샅샅이 뒤졌는데도 아이를 발견하지 못할 리 없어 마을 사람들은 혼란스러워했다.

일남이 어머니는 충격에 드러누웠고, 밥벌이 때문에 어쩔 수 없이 가게에 나온 일남 아버지의 얼굴엔 항상 어두운 그늘이 드리워져 있었다.

박삼수도 그 일로 충격을 받았다. 일남이는 삼수와 자주 어울려 놀던 친구였다. 삼수는 일남이 집을 지나칠 때마다 동그스름한 귀여운 얼굴에 장난기가 많았던 친구를 떠올리고 마음이 울적해졌다. 삼수 어머니는 '일남이 얘기 들었지? 너는 절대 함부로 낯선 사람 따라가면 안 된다' 하고 주의를 주고 또 줬다. 한동안 동네엔 밖에서 뛰노는 아이들 모습을 찾아볼 수 없게 됐다. 불안한 부모들이 아이를 집 밖으로 내보내지 않은 탓이었다.

시간이 흘러 사람들 뇌리에서 일남의 존재가 희미해져 갈 무렵, 어느 날 갑자기 일남이가 집으로 돌아왔다.

일남이가 사라진 지 2년쯤 지났을 무렵, 동네 사람들은 어디서 나타났는지 모를 꼬마 하나가 포목점을 향해 가는 걸 목격했다. 아이 얼굴이 낯이 익다 했는데, 누가 '저 아이 일남이 아냐?' 하고 말했다. 몇몇이 설마, 하면서 뒤따라갔다. 삼수도 그중 하나였다. 틀림없이 일남이었다. 동글납작한 얼굴, 통통한 두 뺨에 내려앉은 주근깨까지 일남이 아니고선 저렇게 똑같이 생길 수가 없었다.

'일남아!' 하고 달려가 뒤에서 어깨동무를 하려는 순간, 일남과 눈이 마주친 삼수는 발걸음을 딱 멈췄다. 일남이 눈이 좀 이상했다. 비어 있는 것 같았다. 그게 정확하게 어떤 건지 표현할 길은 없었다. 그냥 비어 있는데, 굳이 말해보려면 어두운 동굴 같았다. 눈이 어둡고 텅 빈 동굴 같이 느껴지니 등골이 서늘해졌다.

'저건 일남이가 아니야!'

왜 그런지 몰라도 삼수는 확신했다. 일남이를 닮은 아이지 일남이가 아니었다. 왜 아니냐고 하면 그것도 삼수는 근거를 댈 수 없었다.

'일남이가 아니라면, 저 아이는 대체 뭐지? 어떻게 저렇게 일남이와 똑같은 얼굴을 할 수 있는 거지?'

삼수는 어지럼증이 날 정도였는데, 어느새 일남이 닮은 아이는 포목점 앞에서 정확하게 발걸음을 딱 멈추었다. 앉아서 졸던 일남 아버지, 장대는 인기척에 잠이 깨 고개를 들었다가 눈앞에 서 있는 아이를 보고 놀라 벌떡 일어났다.

"아이고! 일남아, 돌아왔구나! 돌아왔어! 그러면 그렇지, 네가 돌아올 줄 알았다!"

허겁지겁 일남을 끌어안은 아버지가 몇 번이나 그 말을 되뇌었다.

흥분한 마을 사람들도 몰려와 아이 몸이 멀쩡한지 살펴보고, 한마디씩 축하를 건넸다.

삼수만 불안한 눈길로 먼 발치에서 그 광경을 지켜보고 있었다.

돌아온 일남이는 그동안 자신에게 일어난 일을 아무것도 기억하지 못했다.

"그냥 한참 잠이 들었다가 깬 것 같아요."

부모가 캐물을 때마다 일남이는 어리둥절해하며 이렇게 말했다.

일남이 말에 따르면, 어느 날 눈을 떠 보니 처음 와보는 숲속이라고 했다. 어쩌다 거기까지 가게 됐는지, 누가 그리로 데려갔는지는 전혀 기억에 없었다. 심지어 2년이나 시간이 지난 것도 몰랐다. '어떻게 알고 집까지 찾아왔느냐' 물어도 '모르겠어요, 그냥 계속 걷다 보니 우리 동네가 나왔어요'라고만 대답했다.

알 수 없는 것투성이였지만, 무사히 돌아왔으니 부모는 그걸로 한시름을 놓았다.

아이는 사라졌을 당시 그대로 통통하게 볼살이 올라 있었고, 옷도 깨끗해 고생을 한 것 같지 않았다. 일남이가 돌아오자마자 자리를 털고 일어난 엄마는 고깃국을 끓인다, 녹두전을 부친다, 부산을 떨었다.

한동안 눈만 마주치면 '참 희한한 일이 다 있지' 하고 일남이 얘기를 하던 동네 사람들도 시간이 흐르자 관심이 시들해졌다. 다들 아이가 무사히 돌아왔으니 그걸로 된 거라 생각했다. 일남이네는 평온했던 일상으로 돌아갈 수 있었을 것이다. 얼마 후 일남이가 이상한 말을 하기 시작하지만 않았다면.

일남이가 돌아온 지 일주일째 되던 날이었다. 아침상을 받고 국을 뜨려던 일남이 갑자기 숟가락을 '탁' 내려놓았다.

"네 이노옴!"

옆에서 밥을 뜨던 아버지, 장대는 갑작스러운 아들의 호통에 놀라 음식이 목에 걸려 켁켁거렸다.

"이 녀석아, 이게 무슨 짓이냐! 머리가 어떻게 된 거야!"

장대가 황당한 표정을 지우지 못하는데도 일남이는 다시 불호령을 내렸다.

"덕칠이, 네 이놈! 이런 불효막심한 놈! 자식이 되어서 아비를 이리도 소홀히 대할 수 있는 게냐, 이놈아!"

고함에 놀라 달려온 일남이 어머니, 순길까지 눈이 휘둥그레졌다.

"저 아이가 갑자기 왜 저러는 거예요?"

"난들 알겠소. 밥을 먹다가 갑자기 무언가에 씌인 것처럼 저러는구려."

별다른 생각 없이 '무언가에 씌었다'는 말을 입에 올린 순간, 장대는 머리털이 쭈뼛했다.

떨리는 가슴을 진정하고, 고개를 들어 아들 얼굴을 찬찬히 뜯어봤다. 평소의 귀여운 인상은 온데간데없이, 표정을 험악하게 일그러뜨리고, 입이 오른쪽으로 돌아가 있었다.

'덕칠이 아버님이다!'

이웃에서 농사를 짓는 덕칠이 아버지는 작년 이맘때 돌아가셨다. 원래부터 성격이 괴팍했던 양반인데, 중풍에 걸려 몸져눕게 되면서 까다로운 성격은 더 뾰족해졌다. 풍이 올 때 그렇게 됐는지 입은 항상 오른쪽으로 돌아가 있었다.

온몸에 소름이 쫙 끼쳤다. 눈앞에는 일남이 앉아 있는데 영락없는 덕칠이 아버님이었다. 어떻게 이럴 수가 있지? 일남이 육신을 하고 있지만, 그 안에는 덕칠이 아버님이란 말인가? 머리가 혼란스러워졌다.

"덕칠이 네 놈 때문에 내가 다리를 뻗고 잠을 잘 수가 없다. 네 놈이 자식 된 도리라는 걸 안다면 당장 쥐 좀 쫓아내거라!"

일남이는, 아니 일남의 몸에 들어앉은 누군가는 한쪽으로 돌아간 입으로 용케도 불만을 토해냈다. 목소리도 변성기가 오기 전 사내아이의 또랑또랑한 목소리가 아니었다. 논바닥처럼 쩍쩍 갈라진 노인의 음성이었다. 눈까지 부라리고 있는 게 진짜 무언가에 씌인 게 아니라면 고작 열 살 남짓한 어린애가 저렇게 연기를 하려 해도 할 수가 없을 것 같았다.

"덕칠이 아버님? 덕칠이 아버님, 고정하십시오. 제가 덕칠이에게 잘 일러둘 터이니 이만 화를 풀고 돌아가십시오."

장대가 바닥에 넙죽 엎드렸다.

순길은 기가 막혀 입이 딱 벌어진 채로 아들과 남편을 번갈아 쳐다보았다. 갑자기 일남이가 눈자위를 하얗게 뒤집더니 몸이 밥상 위로 푹 고꾸라졌다.

순길이 '에그머니나!' 소리치며 허겁지겁 아들의 몸을 일으켜 세웠다.

"일남아, 이게 어찌 된 일이냐? 정신 좀 차리거라!"

순길은 아들의 몸을 마구 흔들어댔다.

조금 뒤 일남은 눈을 스르르 떴다. 안색이 밀가루 반죽처럼 새하얗게 질려 있었다. 장대는 '덕칠 아버님?' 하다가, 아내의 잡아먹을 것 같은 시선에 눌려 얼른 입을 닫았다.

일남은 걱정스레 자신을 내려다보는 부모님을 어리둥절한 눈으로 바라봤다.

"왜 그러세요? 무슨 일이 있었던 건가요?"

천진스럽게 되묻는 말에 부모는 할 말을 잃어버렸다.

장대가 이 얘기를 전했을 때, 덕칠은 그저 픽 웃어넘겼다.

"그게 무슨 말 같지 않은 소리야. 자네 머리가 어떻게 된 거 아닌가."

"내 눈으로 똑똑히 봤어. 자네 아버님이 일남이에게 내려와 불호령하시는 걸."

"우리 아버지라면 돌아가셔서도 그럴 만하지."

덕칠이 짐짓 심각한 표정을 지었다. 장대가 '그렇지?' 하려는데, 덕칠이 핀잔을 주었다.

"자네 그 말을 진짜로 믿나? 일남이를 의원에 데려가 봐야 하는 거 아닌가 말이야. 지난 일을 기억 못 하는 것도 그렇고, 그런 헛소리를 하는 것도 그렇고. 충격을 받아 정신이 온전하지 않은 것 같은데……."

둘의 대화는 이렇게 끝났다. 그게 이틀 전이었다. 그런데 이날 덕칠이가 헐떡거리며 포목점까지 뛰어왔다.

"자네 말이 맞았네, 맞았어!"

"뭐가?"

"우리 아버지가 일남이에게 내려오신 게 맞았다고! 자네가 한 말이 영 찝찝해 오늘 아버지 산소에 가봤거든. 그랬더니 들짐승이 파 놓았는지 무덤 아랫부분에 커다란 구멍이 나 있는 거야. 그 사이로 쥐가 제 집을 틀어 오락가락하고, 안에다 쥐똥을 엄청나게 갈겨 놓았더라고. '아버님, 잘못했습니다, 제가 소홀했습니다' 빌면서 쥐를 싹 몰아내고 구멍을 흙으로 다 메웠네. 자네 아니었다면 그런 줄도 모르고 아버님이 계속 고생하셨을 거야. 이거 어떻게 감사 인사를 해야 할지!"

장대는 정신이 아득해지는 기분이었다. 일남이 머리가 이상해진 건 아니라 다행이지만, 신기(神氣)가 생겼다는 것도 결코 반길 만한 일이 아니었다.

'이 일을 어찌한다…….'

장대는 이맛살을 찌푸리고 고민에 빠졌다.

'어쩌다 한번 생긴 일일 게야. 시간이 지나면 사라질지도 몰라.'

고개를 흔들며 애써 불안한 마음을 떨치려 했다. 하지만, 일남의 신기가 발동한 건 그때만이 아니었다.

닷새쯤 지났을까, 장대가 저녁상을 물리고 나서 마당에 있는 누렁이에게 밥을 주려는데, 갑자기 일남이가 훌쩍훌쩍 울기 시작했다.

"아이고, 억울해라. 이 억울함을 누가 들어줄꼬."

처량한 노파의 음성이었다. 몸을 둥글게 말고 앉아 연신 옷고름으로 눈물을 훔쳐내고 있는 일남이 꼴 역시 영락없는 노파였다. 일남 아버지는 가슴이 철렁 내려앉았다.

"눈이 멀어 평생 고생한 것만 생각해도 억장이 무너지는데, 죽을 때도 이렇게 한을 품고 가는구나. 아이고, 내 팔자야. 살아서도 죽어서도 불쌍한 내 팔자야."

울음소리는 어느새 구슬픈 곡조로 변해 있었다. 순길의 낯빛이 새하얗게 변했다.

"쟤가 또 왜 저러는 거예요?"

"모르겠소. 저번처럼 귀신이 씌었나……. 목소리나 태도를 보니 이번엔 노파인 것 같은데……."

순길이 아이고, 탄식하며 마당에 털썩 주저앉았다.

"이 일을 어찌합니까? 의원이라도 불러야 합니까?"

"귀신이 씌었는데 의원을 부른다고 무슨 소용이 있겠소. 저번처럼 빨리 물러가기만 바라야지."

순길은 어쩔 줄 몰라 하며 발을 동동 구르다 아예 아들 옆에서 통곡하기 시작했다. 노파의 음성으로 훌쩍거리는 일남이와 땅을 치며 엉엉 우는 아내를 보고 있자니, 장대는 자신도 속시원히 울고 싶은 심정이 됐다.

"그렇게 덩달아 울고만 있으면 어떻게 하오. 빨리 일남이가 제정신으로 돌아오도록 해야지."

"어떻게 해야 되는데요? 어째야 제정신으로 돌아온답니까?"

그 말에 장대도 말문이 막혔다. 한동안 머리를 긁적이던 그가 갑자기 생각났는지 아, 하고 눈을 반짝 떴다.

"전에 덕칠 아버지가 나타나셨을 때, 덕칠이에게 말을 전해 주겠다고 하니 떠나셨소. 이번에도 저 노파가 원하는 걸 들어주면 되지 않겠소?"

순길이 눈물 젖은 눈을 들어 미심쩍다는 듯 남편 얼굴을 바라봤다. 딱히 믿음이 가는 건 아니나, 그저 손을 놓고 있는 것보다는 나을 것 같아 물었다.

"그런데 일남이에게 씌인 저 노파는 대체 누군데요?"

장대가 어린 아들 앞으로 다가가 허리를 숙였다.

"할머님, 억울한 일이 있으시다고요? 그런데 저희가 할머님이 누구

신지 알 수가 없으니 도와드릴 수가 없습니다. 어디에 사는 누구십니까?"

일남이, 아니 노파가 스르르 고개를 들었다. 장대를 바라보는 눈동자가 멍하니 초점이 없는 것이, 보고 있어도 앞이 보이지 않는 것 같았다.

"나를 아들 집에 데려다 주시오. 부탁이오!"

"아드님 댁이 대체 어딘데요?"

불안하게 둘을 쳐다보던 순길도 가세했다.

"옆 동네서 유기전을 하는 만수네 집이오. 마을 초입 개암나무 아래 우물 있는 곳에 집이 있으니 쉽게 찾을 수 있을 거요."

그 말에 장대가 바지를 털고 일어섰다.

"이 시간에 어딜 가시려고요?"

"어디긴, 만수네 집이지. 지금 출발하면 다녀와도 너무 늦지 않게 돌아올 수 있을 거요."

"하지만……."

"만수네 집에 가지 않는 한, 저 할머니는 계속 일남이에게 붙어 있을 거요. 그걸 원하시오?"

그 말에 순길은 입을 딱 다물었다. 싸립문을 나간 부자가 저 멀리 사라져 보이지 않을 때까지 순길은 눈을 떼지 못했다.

만수라는 사람 집에 도착했을 때, 장대의 몸에선 땀이 주룩주룩 흘렀다. 멀지 않은 길이었지만, 연세 많은 노파와 오는 것처럼 시간이 걸렸다. 걸음도 더뎠고, 눈이 보이지 않는 탓인지 걸핏하면 돌부리에 걸려 쓰러지기 일쑤였다. 급기야 다리가 아프다고 칭얼대 결국엔 아들을 들쳐업고 달려야 했다. 마침내 개암나무 아래 우물을 발견하고서야 장대는 휴우, 한숨을 몰아쉬었다.

"주인장 계시오?"

장대가 문밖에서 기척을 했다. 잠시 후, 방문이 열리더니 머리가 크고 몸집이 굵은 남자 하나가 얼굴을 내밀었다.

"뉘시오?"

남자 목소리를 듣자, 아까까지 축 늘어져 있던 일남이가 벌떡 일어나 소리가 들린 곳으로 들입다 달려갔다.

"아이고, 만수야. 만수야!"

남자는 제 이름을 부르며 달려오는 사내아이를 보고 질겁을 했다.

"얘가 왜 이러는 거야. 이보시오, 당신 아들 좀 말려봐요!"

그러거나 말거나 일남이는 남자의 손을 붙잡고 닭똥 같은 눈물을 뚝뚝 흘렸다.

"만수야, 내가 너를 못 보고 간 게 얼마나 한이 됐는데…….'

'당신들, 내 이름은 어떻게 알고서' 하며 핏대를 올리려던 남자는 갑작스럽게 울음보를 터뜨린 일남을 보고 당혹감을 감추지 못했다. 생긴 꼴은 사내아이지만, 목소리나 하는 행동이 영락없는 노파였다.

"혹시, 어…… 어머니?"

그 말에 일남은 또다시 눈물을 펑펑 쏟았다.

　"그래, 이제야 알겠느냐. 네 어미다. 네 어미가 왔다고."

　남자는 눈앞에 펼쳐진 광경을 믿어야 할지 말아야 할지 몰라 갈팡질팡했다.

　"이, 이게 어떻게 된 일이오? "

　당혹스러운 표정으로 쳐다보는 남자에게 장대가 대답했다.

　"아무래도 당신 어머니가 우리 아들한테 씌인 것 같소. 당신 이름이랑 집 위치를 가르쳐주면서 아들을 만나러 가야 한다고 막무가내로 우기셨소."

　그 말에 남자가 입을 딱 벌렸다. 일남 아버지가 거듭 확인하듯 물었다.

　"혹시 당신 어머님이 눈이 안 보이셨소?"

　"그건 또 어떻게 아셨소?"

　"우리 아들 입을 빌려 그렇게 말씀하시더이다. 눈이 안 보여서 평생토록 고생했다고."

　"그렇다면 진짜 우리 어머니가 맞으시네. 아이고, 어머니!"

　이번엔 남자가 옷소매로 눈시울을 훔쳤다.

　"두 달 전에 돌아가신 울 어머니가 무어 그리 맺힌 게 많으셨길래, 저한테 얼마나 섭섭하셨길래 이렇게 오셨소?"

　일남의 몸을 빌린 노파가 웅얼웅얼 말했다.

　"아들 얼굴도 못 보고 갔으니 얼마나 가슴에 한이 남았겠니? 죽어서도 눈에 밟혀 저승 가는 발길이 떨어지지 않더라."

남자는 코를 훌쩍이며 장대를 쳐다봤다.

"어머니 말이 맞습니다. 제가 물건을 납품하러 한양에 가느라 보름 동안 집을 비운 사이에 어머니가 세상을 떠나셨습니다. 그동안 아내 에게 어머니를 잘 돌봐드리라고 했는데, 돌아와 보니 제가 도착하기 이틀 전 갑자기 고뿔이 심해져 세상을 떠나셨다더군요."

별안간 일남이 남자의 손을 뿌리치며 홍, 하고 돌아앉았다.

"그 고약한 년이 아직도 그런 새빨간 거짓말을 늘어놓고 있구나. 괘씸한 년!"

남자는 어안이 벙벙해졌다.

"그게 무슨 말씀이십니까? 새빨간 거짓말이라니요?"

"그년은 네가 집을 비운 뒤 나를 광에 가두고 먹을 걸 주지 않아 굶 겨 죽였다. 나는 네가 돌아오기만 기다리며 피눈물 흘리고 버텼는데, 결국 그 전에 숨을 거뒀으니 이렇게 분할 데가 어디 있단 말이냐. 억 울하고, 또 억울해서 이렇게 남의 몸을 빌려서 나타났다."

뜻밖의 말에 남자뿐 아니라 곁에서 지켜보던 장대까지 눈이 휘둥 그레졌다.

"그게 무슨 귀신 씨나락 까먹는 소리야! 꼬마가 어디서 그런 되지 도 않는 말을 주워듣고 와서 떠들어대고 있어!"

어느새 눈꼬리가 매섭게 올라간 여자가 나타나 소리를 질렀다. 남 자의 아내인 것 같았다.

"여보, 지금 이 아이 말을 믿는 건 아니겠죠? 저 아이와 그 아비는 사기꾼이 틀림없어요. 어디서 말도 안 되는 이야기를 듣고 와 우리를 홀리려 하는 거라고요."

남자가 혼란스러운 눈길로 아내와 일남을 번갈아 보았다.

"하지만 저 말투며, 목소리는 영락없는 우리 어머니 아니오!"

노파의 단호한 음성이 부부의 대화를 뚝 끊었다.

"만수 네가 정 못 믿겠다면 내가 증거를 보여주마. 광으로 가보거라."

남자가 어리둥절한 채 자리에서 일어나 광으로 향했다.

"문을 열어보거라."

남자가 주춤거리며 문을 열자, 옆에서 여자가 새된 목소리로 말했다.

"광에 놋그릇 있다 그러려고? 어디서 우리가 유기전 한다는 걸 들었나 본데, 그릇 장수 집에 그릇 있는 게 당연한 거 아니겠니?"

남자가 한 손을 들어 여자의 말을 저지했다. 일남의 입에서 낮지만, 싸늘한 노파의 음성이 흘러나왔다.

"광의 문 안짝을 보면 네 무릎 언저리쯤 되는 곳에 손톱으로 할퀸 자국이 나 있고, 오른손 검지 손톱 하나가 박혀 있을 거다. 내가 광에서 내보내 달라고 애원하며 긁다가 빠진 손톱이다. 그걸 보면 내가 하는 말이 거짓말이 아니라는 걸 알 수 있을 게다."

남자가 덜덜 몸을 떨며 문을 살펴보았다. 여자가 몸을 던져 막으려

달려들었지만, 남자는 그녀를 세차게 밀쳐냈다.

일남의 말대로였다. 누구의 눈길도 닿지 않는 어두침침한 광의 문 안쪽 구석엔 이리저리 손톱으로 할퀸 자국이 나 있고 그 자국 안쪽에 피가 배인 사람의 손톱 하나가 박혀 있었다.

"아, 아……. 어떻게 이런 일이."

남자가 털썩 주저앉아 오열하기 시작했다. 여자는 얼굴이 하얗게 질린 채 몸을 바들바들 떨었다.

"이제야 내가 마음 편히 갈 수 있겠구나."

노파의 조용한 목소리가 들리는가 싶더니, 일남이 갑자기 눈자위를 뒤집고 스르르 무너져 내렸다.

만수라는 남자의 아내는 예전부터 심성이 고약하기로 동네에 소문이 자자했다. 늦장가를 들어 아내 치마폭에 싸인 만수만 그 사실을 몰랐다.

만수에게는 어린 시절 병을 앓아 눈이 먼 노모가 있었는데, 만수 처는 남편이 보지 않을 때마다 은근히 시어머니를 구박했다. 그러다 만수가 오래 집을 비울 기회가 생기자, 손뼉을 치며 당장 시어머니를 광에 가뒀다.

눈이 불편한 노파는 원래 바깥에 나다니지 않던 터라, 안 보이는 걸 이상하게 여기는 사람은 없었다. 노파는 굶주리며 시름시름 앓다 죽어갔다.

남편이 돌아왔을 때, 처는 '어머니께서 편찮으시다 갑자기 세상을 떠났다'고 거짓말을 했다. 만수는 어머니의 죽음을 비통해했지만, 아내를 의심할 생각은 꿈에도 하지 못했다.

그녀는 감쪽같이 성가신 시어머니를 제거했다고 생각했다. 어느 날 자신이 만수 어머니라고 주장하는 사내아이 하나가 찾아와 있는 줄도 몰랐던 증거를 찾아내기 전까지는.

일남의 말이 연달아 맞아 떨어지자, 부모의 불안은 나날이 커져갔다. 이러다 외동아들이 박수 무당이라도 되는 게 아닌가 싶어 밤에 잠도 잘 오지 않았다.

소문을 듣고 옆 동네 사람들까지 '신기 있는 이 집 아이에게 점을 보고 싶다'며 찾아왔다. 그럴 때마다 순길은 역정을 내며 쫓아내곤 소금까지 뿌렸다.

그 뒤에도 일남은 종종 누군가에게 씌었다가 얼마 후 증세가 사라지곤 했다. 일남에게 씌었던 사람 중에는 시집 못 가고 죽은 처녀도 있었고, 길에서 비명횡사한 사람도 있었다.

보다 못한 장대는 먼 곳까지 용하다는 무당을 찾아갔다. 무당은 이마가 좁고 턱선이 가파른 여자였다. 활처럼 휜 가는 눈썹을 미묵(眉墨)으로 짙게 칠하고 입술엔 홍화꽃 연지를 붉게 발라 요염하게 꾸민 모습이었다. 하지만 사람 속을 꿰뚫어 보는 듯한 날카로운 눈매에 서늘한 귀기(鬼氣)가 어린 탓인지 기생 같은 색기(色氣)를 느끼기는 어려웠다. 말을 다 들은 무당은 흐흐, 웃었다.

"아이가 신내림을 받아야겠구먼."

장대는 펄쩍 뛰었다.

"신내림이라니요! 그럴 순 없습니다. 제 외동아들입니다. 모진 일을 겪고도 간신히 살아남은 아이인데, 그런 아이를 무당으로 만들 순 없습니다."

무당은 그렇지 않아도 옆으로 길게 찢어진 눈을 더욱 가늘게 떴다.

"신내림을 받는 게 싫다면, 아이에게 붙은 귀신을 쫓아내는 수밖에. 그러려면 돈이 아주 많이 드네."

"돈이야 얼마든지 드리겠습니다. 아들만 원래대로 돌려주신다면 그까짓 것 아무것도 아깝지 않습니다."

장대는 연신 무당 앞에 머리를 조아렸다.

무당이 왼손으로 중앙에 아기 동자가 그려진 부채를 차르륵 펼치더니 착 가라앉은 목소리로 중얼중얼 읊조리기 시작했다.

"영험하신 신령님께 여쭈나이다. 이 사내의 자손에게 잡귀가 붙었는데, 귀신을 물리칠 힘을 주실 수 있나이까……."

앉아 있는 무당의 상반신이 비바람에 흔들리는 나뭇가지처럼 이리저리 흔들렸다. 그러자 무당은 이번엔 오른손으로 방울을 잡고 딸랑딸랑 흔들어댔다. 마주 앉은 장대가 몸 둘 바를 몰라 하던 그때였다.

달그락달그락.

불상과 탱화가 차려진 신당에서 나무 위패가 갑자기 저절로 앞뒤로 흔들리며 소리를 내기 시작했다. 소름이 끼쳐 눈을 질끈 감아버린 장대와 반대로, 혼이 나간 듯 몸을 흔들던 무당은 그 소리에 번쩍 눈을 떴다.

"되었네. 신령님께서 힘을 빌려주시겠다고 약속하셨으니, 날을 정해 굿판을 벌여 자네 아이에게 붙은 귀신을 쫓아낼 것일세."

장대가 기쁨에 겨워 넙죽넙죽 절을 했다.

"신령님께선 자네 정성을 보실 것이니 돈과 제사 음식은 귀신이 섭섭지 않도록 준비하게. 마을 사람들도 전부 불러 모아야겠네."

"여부가 있겠습니까."

장대는 무당에게 사례금을 두둑이 내고 자리에서 물러났다.

굿판이 벌어진 날은 구름 한 점 없이 맑았다. 청명한 푸른 하늘에서 초여름 강렬한 햇살이 내리쬐었다. 며칠 전 단비를 맞고 푸릇푸릇 물이 오른 나뭇잎이 햇살을 받아 반짝거렸다.

동네 사람들은 좀처럼 보기 힘든 진귀한 구경거리를 보려고 굿판으로 모여들었다. 마을 공터에 마련된 열 자(尺)나 되는 제사상 위에는 과일, 고기 같은 음식이 푸짐하게 차려졌다.

덩더쿵덩더쿵.

장구 소리가 신명 나게 울려퍼졌다.

징징징징.

귀를 찢는 징소리도 어우러졌다.

무당이 선홍색 호구치마에 허리엔 주름이 잡히고 양 소매 끝단에 한 척 정도 되는 하얀 천을 덧댄 남색 철릭을 받쳐 입고 등장했다.

전에 봤을 때처럼 눈썹을 새카맣게 칠하고, 입술엔 붉은 연지를 발랐다. 한 손에 방울을 들고 나타난 무당은 땅에 엎드려 연신 손바닥을 비비는 일남이 부모와 눈이 마주치자 눈짓으로 일남이를 가리켰다.

"저 아이냐."

일남이는 자세를 꼿꼿하게 세우고, 아까부터 무당을 매섭게 노려보고 있었다. 일남과 눈이 마주친 무당의 눈에 순간적으로 놀라는 기색이 스쳤다. 하지만 곧 '그럴 리가' 하는 표정으로 고개를 저었다.

"그렇습니다. 제발 신령님의 영험함으로 저 아이에게 붙은 귀신을 떼주십시오."

순길의 애원에 무당은 흐응, 코웃음을 쳤다.

"보아하니 귀신이 붙어도 아주 단단히 붙었네. 떼어 내려면 힘들겠어."

"아이고, 제발 도와주십시오."

순길이 고개를 숙이고 흐느꼈다.

"자네들 정성이 갸륵하니 내가 한번 힘을 써보도록 하지."

무당이 요란하게 방울을 딸랑대며 경문을 외기 시작했다.

"천지신명 일월성신 두둥실 좋을시고. 불법 중생 제자더라 춤도 추고 노래 부르면서 신명전에서 십이영신은 천지신명이 분명하니 천지

신명이 분명커든 삼불부처 기운 받아 소원 성취를 하려만은……."

노랫가락처럼 경문을 읊조리던 무당이 가면을 쓴 것처럼 표정이 싹 사라졌다. 다른 혼령이 들어온 것 같았다. 갑자기 눈동자가 뒤집히면서 흰자위가 선명하게 드러났다. 지켜보던 구경꾼들이 소름 돋은 듯 부르르 몸을 떨었다.

"객귀가 들렸다는 게 너냐?"

무당이 입술을 옴지락거려 말했다. 아까처럼 쩡한 여자 음성이 아니라 아직 여물지 않은 어린아이의 목소리였다. 일남은 무섭지도 않은지 입을 앙다물고 무당을 쏘아봤다.

"어디 객귀 따위가 신령님 앞에서 눈을 부라리는 것이냐! 혼쭐이 나야 정신을 차리겠구나."

무당이 조수로 보이는 자에게 고갯짓하자, 그가 시퍼렇게 날이 선 칼 두 자루를 건넸다.

그러고는 힐끗 일남의 얼굴을 쳐다보았다. 순간, 그의 얼굴에서 하얗게 핏기가 가셨다. 믿기지 않는지 고개를 설레설레 흔들던 조수는 도망치듯 서둘러 자리를 피했다.

칼을 받아든 무당은 햇빛에 번쩍거리는 칼날을 쩽쩽 소리 나게 맞부딪치며 공중으로 풀쩍풀쩍 뛰어올랐다.

"굶어 죽은 귀신, 객사한 귀신도, 물에 빠진 귀신, 모두 모두 물러가렸다!"

한참 푸닥거리를 하던 무당이 날카로운 칼을 쳐들어 일남 머리 위

허공을 갈랐다.

스윽.

칼날이 허공을 베는 소리에 사람들이 흠칫 몸을 떨었다. 마주 선 일남과 무당의 시선이 날카로운 칼날이 격돌하듯 맞부딪쳤다. 누구 하나 먼저 시선을 돌리지 않았다.

무당은 지지 않고 받아치는 일남을 쏘아보다 시선을 거뒀다. 그러고는 누군가를 쫓아내듯 일남의 머리 위로 휘휘 칼을 휘둘렀다.

"훠이 물렀거라! 차려진 음식을 먹고 이 집 자손에게서 떨어져 나가거라!"

일남 부모가 하얗게 질린 얼굴로 열심히 손을 비비며 바닥에 머리를 조아렸다. 하지만 일남이는 가소롭다는 듯 무당의 일거수일투족을 빤히 지켜보고만 있었다.

"허허, 이 귀신이 아직도 정신을 못 차렸구나. 정말 고집이 센 귀신이로고. 네가 고이 못 물러가겠으면 쫓아 보내야겠다."

무당이 바닥에 칼을 털썩 내려놓았다. 그게 신호라도 되는 것처럼 아까 칼을 건넨 조수가 이번엔 어른 팔뚝 정도 굵기에 길이가 한 자 정도 되는 죽통(竹筒)을 들고 왔다.

"네가 이래도 도망가지 않겠느냐!"

무당이 무시무시한 무기라도 되는 양, 죽통을 일남이에게 들이밀었다.

일남의 안색이 한순간에 흙빛으로 변했다. 일남이 죽통을 빼앗으려 무당과 몸싸움을 벌이자 죽통에서 시뻘건 피가 튀어나와 일남의 얼굴에 흩뿌려졌다. 여자들이 비명을 질렀다.

얼굴에 피를 뒤집어쓴 일남이 무당을 향해 입꼬리를 올리곤 히죽 웃었다. 새빨간 피와 대비되는 하얀 이가 날카롭게 번뜩인 순간, 일남이 갑자기 입에 거품을 물고 미친개처럼 무당을 향해 달려들었다.

"이런 못된 것이!"

일남의 공격에 뒤로 벌렁 쓰러진 무당의 입에서 무시무시한 욕설이 흘러나왔다.

일남은 무당이 그러거나 말거나 그녀의 손목을 붙들어 물어뜯었다. 팔목에서 피가 철철 흘러나왔다.

무당이 으악, 비명을 지르며 손목을 감싸 쥐자, 손에서 죽통이 떨어져 데굴데굴 구르다 음식이 즐비하게 차려진 제사상 다리에 세게 부딪친 뒤 쩍, 하고 안이 벌어졌다.

순간 안에서 검은 연기가 솟아올라 순식간에 안개처럼 일남의 몸을 감쌌다.

일남은 주춤주춤 뒷걸음질 치더니 아악, 외치고선 그대로 자리에 풀썩 쓰러졌다. 일남을 덮친 연기는 눈을 두세 번 깜빡거릴 만큼 짧은 시간이 흐른 뒤, 일남을 덮쳤을 때처럼 순식간에 사라졌다. 굿판엔 서늘한 정적이 흘렀다.

얼마 후 정신을 차린 사람들이 떨면서 머뭇머뭇 일남이 있던 곳으로 다가왔다. 꺄아악, 비명이 터져 나왔다. 일남이 쓰러진 자리엔 앙상한 나뭇가지처럼 마를 대로 말라 비틀어진 사람의 시신이 태아처럼 동그랗게 몸을 말고 누워 있었다.

키를 보니 열 살 정도 먹은 아이인 것 같았다. 하지만 바짝 마른 체구는 다섯 살짜리보다 가늘었다. 피부가 고목처럼 말라 해골에 들러붙은 아이는 놀란 듯이 입을 크게 벌리고 있었다. 소리를 지르려다 숨이 끊어진 것 같았다. 눈알이 있어야 할 자리는 텅 비어 있었다.

순길이 그대로 정신을 잃고 쓰러졌다. 장대는 아이의 시신과 기절한 아내 옆에서 망연자실해 있었다.

"으아아아!"

어디선가 괴기스런 소리가 들렸다. 무당의 조수였다. 아까부터 안절부절못하던 그는 귀신을 본 것처럼 안색이 하얗게 질려 허겁지겁 달아나려 했다.

무당도 슬금슬금 물건을 챙겨 조수를 뒤따르려던 참이었다. 그제야 정신이 번쩍 든 마을 사람들이 도망가려는 무당과 조수를 붙잡아 관가에 넘겼다.

전기수, 삼수가 이야기를 마치자, 방안에는 정적이 흘렀다.

"대체 어찌 된 일이오?"

마침내 응칠이가 입을 열었다.

"염매(厭魅)였소."

"염매?"

마치 앵무새가 된 것처럼 세 상인이 동시에 삼수를 따라했다.

"아이를 굶겨 죽인 다음, 그 영혼을 수족처럼 부리는 거요. 죽은 아이 귀신은 어지간한 귀신보다 훨씬 힘이 세다 하더군."

관가에 끌려간 무당과 조수는 바들바들 떨면서 죄목을 실토했다. 일남을 유괴한 자는 무당의 조수였다. 무당의 기둥서방인 조수는 염매를 만들기 위해 지방을 돌면서 어린아이들을 십여 명씩 유괴해 각각 인적이 닿지 않는 산속에 가뒀다고 했다.

산속에 가둔 아이는 쫄쫄 굶기다가 굶어 죽기 직전에야 간신히 허기를 채울 수 있을 만큼만 음식을 던져줬다. 이런 일이 반복되면 아이는 몸이 앙상하게 마르고, 음식이라면 사족을 못 쓰게 된다. 그러다 어느 날 아이의 빼빼 마른 몸이 간신히 들어갈 정도로 좁은 나무 궤짝에 온갖 좋은 반찬을 집어넣어 놓고 아이가 제 발로 궤짝 안으로 들어가게 유혹했다.

맛난 음식을 보고 눈이 뒤집힌 아이는 백이면 백 어떻게든 그걸 먹기 위해 발버둥 치면서 바짝 곯은 몸을 궤짝 안으로 쑤셔 넣었다. 그러면 궤짝의 뚜껑을 꼭 덮어서 아이가 옴짝달싹하지 못하게 했다. 궤짝에 갇힌 아이는 좁은 궤짝에서 몸부림치면서 서서히 죽어갔다.

"대, 대체 왜 그런 끔찍한 일을 하는 거요?"

삼돌이는 질린 표정이었다.

"고독(蠱毒)이란 걸 아시오?"

삼수가 묻자 다들 조용히 고개를 저었다.

"예로부터 전해져 왔다던 저주를 거는 방법이오. 항아리 속에 독사나 독충을 잔뜩 넣어놓고 뚜껑을 닫으면 서로를 잡아먹다가 결국 마지막 한 마리만 남지. 그게 바로 고독이오. 수많은 독이 농축돼 만들어진 거지. 그러니 고독으로 거는 저주가 얼마나 지독하겠소."

"그거랑 염매가 무슨 상관이 있단 말이오?"

삼돌이가 고개를 갸웃했다.

"염매도 한없는 원한이 쌓여서 만들어진 거요. 생각해보시오, 어둠 속에서 굶주리며 죽어갔을 아이가 얼마나 무섭고 괴로웠을지. 얼마나 부모가 보고 싶었을지. 아이의 맑은 영혼에 지독한 원한이 더해졌으니 어지간한 귀신은 그걸 이길 수 없는 거요."

세 남자가 입을 딱 벌렸다.

"아이의 목숨이 끊어진 뒤엔 혼을 빼내기 위해 긴 칼로 궤짝을 마구 찔러 죽통에 흐르는 피를 받아냈다고 하더군. 뚜껑을 열었다간 아이의 혼이 빠져나갈 수 있으니까."

무당이 아이의 원혼이 서린 피를 뿌리고 다니면, 한 맺힌 아이의 영혼이 통 속에서 빠져나와 사람들에게 온갖 질병과 저주를 퍼뜨린다고 했다. 사람들이 무당에게 병을 낫게 해 달라고 빌면 무당은 돈을 받고 아이의 영혼을 조종해 퍼뜨린 질병을 거둬들인 다음, 다시 영혼을 죽통 안으로 불러들인다는 것이다.

무당과 조수가 2년 전 일남이를 굶겨 죽인 이유도 이런 사특한 일을 벌이기 위해서였다. 그들의 간특한 범죄 행각은 어찌 된 영문인지 죽은 일남이와 똑같이 생긴 아이가 일남의 집으로 들어오면서 발각됐다.

"굿판 소동이 벌어진 뒤, 사람들은 저마다 의견을 늘어놓느라 바빴소. 무당 일행 말대로라면, 죽은 일남이가 살아 돌아와 한동안 부모랑 같이 살았다는 건데 어떻게 그런 일이 가능하겠소."

세 상인이 고개를 끄덕거렸다.

"진짜 일남이 영혼이 사람의 모습으로 나타난 거라면, 자신이 겪었던 끔찍한 실상을 알리고 싶어했을 거라 생각하오. 자신을 해친 무당과 대면하기 위해 구천을 떠도는 수많은 원혼을 불러들여 신기가 있는 것처럼 행세한 것이고."

"거참…… 섬뜩하면서도 가슴 아픈 이야기구려."

갑생은 떫은 것을 씹은 듯한 표정이었다.

"혹시 귀돌이도 그럴 목적으로 유괴당한 거라 생각하시오?"

삼돌이 질문에 삼수는 잠시 생각에 빠졌다.

"그건 모르겠소. 하지만 위력이 워낙 강력하다 보니, 염매를 만들려는 사람들이 적지 않다고들 하더군."

"이런 쳐죽일 것들!"

갑생이 혀를 찼다.

방안엔 무거운 침묵이 가라앉았다. 인간은 대체 얼마만큼 잔인해질 수 있을까. 자신의 알량한 이익을 위해 남의 목숨을 도구처럼 사용했던 무당 일행을 떠올리곤 다들 가슴이 답답한 것 같았다.

"나라가 어지러우면 제일 먼저 희생되는 게 약자라고 하더이다. 염매로 목숨을 잃는 아이들이 많다는 건, 세상이 그만큼 어지럽다는 뜻 아니겠소."

삼수가 씁쓸하게 말했다. 돈을 벌기 위해 염매처럼 끔찍한 방법도 마다하지 않는 사람들. 그런 추악한 세상에서 순진한 아이들은 무방비 상태다. 그러니 가장 먼저 추악함의 제물이 된다.

이처럼 어른의 사리사욕 때문에 허망하게 스러져간 연약한 목숨은 죽은 뒤에도 편히 쉬지 못하는 것이다. 억울하게 죽임을 당한 것도 모자라 의도와 무관하게 남을 해하고, 저주하는 데 사용된다니. 자신도 모르는 사이, 세상에 악(惡)을 더하고 마는 것이다. 염매에 사용된 어린 영혼은 이것이 가장 억울하고 원통하지 않을까.

"그런데 굿판 때 발견된 시신은 진짜 일남이가 맞소?"

갑생의 말에 삼수가 조용히 고개를 흔들었다.

"그건 모르오. 이미 해골이 된 데다 입은 옷도 다 해져서 부모조차 그게 일남인지 확신할 수 없었소. 그래도 억울하게 죽은 아이니 일남이라 생각하고 고이 묻어줬지."

"그 후에 일남이 부모는 어떻게 되었소?"

"일남이 어머니는 그 일 이후, 아예 넋이 나간 채 지내다 2년 뒤 아들 뒤를 따라갔소. 일남 아버지는 몇 년 뒤 재혼해서 다시 아들을 낳왔고. 겉보기엔 정상으로 돌아온 것 같았지만, 그래도 그 상처가 쉽게 가시기야 했겠소."

삼돌이 설레설레 고개를 흔들었다.

"나도 아들이 있어서인지 남 일 같지 않구려. 부모가 자식이 살해된 걸 알면 살아있어도 그게 어디 사는 거라 할 수 있겠소."

"그렇지. 아이를 유괴해 죽이는 자는 한 사람 목숨만 앗아가는 게 아니오. 부모 목숨까지 다 함께 거둬가는 거지."

조금 전까지 이야기를 해달라고 조르던 남자들 얼굴에 짙은 그림자가 드리워졌다. 침묵이 낮게 깔린 방 안에선 뭉툭해진 초만이 타닥타닥 소리를 내며 타고 있었다.

다음 날 아침, 아래채에 머물던 손님들이 모두 길을 떠난 뒤 다시 부엌으로 가 일을 보려던 주모는 목재상 최씨가 어두운 표정으로 주막 안으로 들어서는 것을 보았다. 이상하게 불길한 예감이 들었다.

"주모, 그 얘기 들었소? 귀돌이가 죽었다오."

"네?"

주모가 화들짝 놀랐다.

"어젯밤에 세상을 떴다 하오. 하긴, 그런 꼴을 몇 년간 당했으니 오래 살 수는 없을 거라 생각했지만, 이렇게나 빨리……. 막쇠랑 사공댁은 아이가 돌아왔다고 좋아했을 텐데 이젠 제 손으로 자식을 묻어야 하니 이 일을 어쩌면 좋겠소."

최씨가 후, 한숨을 내쉬었다. 주모는 뭐라 할 말이 없어 멍하니 하늘만 쳐다봤다. 분명 구름 한 점 없는 맑은 날씨인데, 이상하게 눈앞이 뿌옇게 흐려졌다.

한참을 멍하니 있던 주모는 이윽고 정신을 차리고 두 눈을 깜빡여 눈앞에 부옇게 낀 안개를 지워버렸다.

'귀돌이는 제 아버지, 어머니 얼굴 한 번 더 보고 가려고 돌아온 걸 거야, 틀림없이.'

그렇게 중얼거리며 주모는 귀돌이가 좋은 곳에 가서 맛있는 음식을 마음껏 먹고 편하게 쉬기를 마음속으로 조용히 기원했다.

집을 떠난 지 얼마나 됐을까. 일남이가 간신히 무거운 눈꺼풀을 들어 올렸다. 빛 한줄기 들어오지 않는 동굴 속은 다 타고 남은 숯처럼 시커멨다.

몸을 일으키려다 털썩 쓰러졌다. 머리가 몽롱한 것이 주위가 빙글빙글 돌았다. 온몸에 힘이 하나도 없었다.

꼬르륵.

벌써 며칠째 먹을 것을 구경하지 못한 배가 연약한 울림소리를 냈다. 시간 감각이 없으니 어쩌면 며칠이 아니라 일주일쯤 지난 건지도 모른다. 얼마 전까지는 조용한 동굴에 울릴 정도로 꾸르륵거림이 심했는데, 이젠 기력이 딸려서인지 그마저도 큰 소리가 나지 않는다. 온몸의 관절이 욱신욱신 쑤셨다.

끼이이익.

갑자기 덜컥 바위 문이 열리더니 환한 빛이 쏟아져 들어왔다. 눈이 부셔 일남이는 고개를 돌렸다.

"일남아! 아이고, 내 새끼야!"

"불쌍한 것, 몰골이 이게 뭐냐!"

귀에 익은 목소리가 들렸다. 축 늘어져 있던 일남이 눈을 번쩍 떴다. 아버지, 어머니였다. 꿈에도 그리던 부모님이 두 눈에 눈물이 그렁그렁한 채로 일남을 내려다보고 있었다. 일남을 얼싸안은 어머니의 몸이 가늘게 떨렸다.

"어머니…… 아버지…….”

마음 같아선 소리를 지르며 와락 안기고 싶었지만, 힘이 없어 목소리조차 제대로 나오지 않았다. 아버지가 일남의 몸을 어루만졌다.

"더는 말하지 않아도 된다. 그동안 힘들어서 어떻게 버텼니? 어서 집에 가자꾸나."

아버지는 넓은 등에 금방이라도 부서질 것 같은 일남을 들쳐 업었다. 어머니가 어린 아기에게 하듯 일남의 부스스한 머리를 가만가만 쓰다듬었다.

"집에 가면 네가 좋아하는 흰쌀밥 얼마든지 해주마."

끼이익.

돌문이 소리를 내면서 열렸다. 반짝이는 햇빛이 일제히 일남의 온몸에 내리쬐었다.

지지배배, 새 지저귀는 소리도 사방에서 울려퍼졌다.

동굴 속 습하고 축축한 공기 대신 신선한 산속 공기와 풀내음, 꽃향기가 일제히 코끝을 간지럽혔다. 아, 드디어 지옥 같던 생활이 끝났다!

"아버지, 어머니……. 보고…… 싶었어요."

아버지 등에서 따스한 온기를 느끼며 일남이 스르르 눈을 감았다.

이젠 무섭지 않아. 집으로 돌아갈 거야.

벅찬 안도감에 흘러나온 두 줄기 눈물이 바짝 마른 일남의 두 뺨에 흘러내렸다. 어느새 입가에 잔잔한 미소가 떠올랐다.

"이를 어째, 애가 죽은 모양이네."

조수가 싸늘하게 식은 일남의 몸을 발로 툭툭 찼다. 난감한 얼굴엔 당황한 기색이 역력했다.

"그러게 먹을 걸 적당히 줘 가면서 굶기랬잖아. 가둘 새도 없이 벌써 혼이 다 빠져나갔네."

무당이 사나운 눈을 매섭게 치켜떴다.

"이렇게 금방 죽을 줄 누가 알았나."

조수가 난감하다는 듯 뒤통수를 긁적였다.

"저래서야 염매에 쓸 수도 없잖아. 다른 애를 다시 데려와."

무당의 목소리는 뾰족하게 날이 서 있었다.

"그럼 쟤는 어떻게 하고?"

"어떻게 하긴. 산에 대충 묻어야지. 아니면 거하게 장사라도 치러

주려 그랬어?"

"아, 성가시게 됐네."

조수가 끌끌 혀를 차며 뼈만 남은 일남을 등에 업었다. 깃털처럼 가벼운 몸이었다.

원래 생김새를 알아보기 힘들 만큼 피골이 접한 아이의 메마른 피부엔 눈물 자국이 점점이 번져 있었다.

하지만 아이의 입가엔 잔잔한 미소가 걸려 있었다. 무언가 좋은 꿈을 꾸고 있는 것처럼.

동굴에 갇혀 굶주리다 구출돼 돌아온 아이 이야기는 『어우야담』에 실린 김위의 아들에서 모티브를 가져왔다.

염매는 동양에서 자주 사용된 주술로, 『조선왕조실록』에도 염매를 금지하는 내용이 자주 등장한다.

4

과거 보러 가는 길

화롯불 앞에서 비웃(청어)을 굽고 있는 선노미는 전에 없이 심각한 얼굴이었다. 미인도 그림처럼 고운 눈썹이 살짝 찌푸려진 걸 보니 골똘히 생각에 잠긴 모양이었다.

　"이 녀석, 정신을 어디다 팔고 있는 거냐? 그러다 생선 다 태우겠다."

　곁을 지나던 손님의 핀잔에 화들짝 놀란 선노미는 그제야 허둥지둥 불을 껐다. 하지만 생선 옆구리는 이미 시꺼멓게 타서 손님상에 내놓긴 어려워 보였다.

　"마음에 둔 계집애 생각이라도 했느냐?"

　단골손님 하나가 농을 걸자, 자리에서 왁자지껄 웃음이 터져 나왔다. 선노미는 얼굴이 귓불까지 빨개졌다. 아닌 게 아니라, 여자 생각에 머릿속이 복잡한 건 맞았기 때문이다.

　그날 아침상을 막 물리자마자 이웃 사는 만득이가 찾아왔다. 일손이 바빠 자리를 뜰 수 없는 아버지를 대신해서 탁주 한 병 받으러 온 것이다.

만득이는 인근 목재소 하는 최 씨의 둘째 아들이었는데, 선노미와는 어린 시절부터 함께 놀았던 동갑내기 친구였다. 철부지 꼬마 시절을 보내고 제법 사리 분별을 할 만할 때부터 주막 일을 거들기 시작한 선노미와 마찬가지로, 만득이도 제 아버지 목재소에서 일을 배우느라 근래 둘은 코흘리개 때만큼 자주 얼굴을 보지는 못했다.

주모 김씨에게 싹싹하게 인사를 하며 탁주 값을 계산하곤 만득이는 빙글빙글 웃으며 선노미에게 다가왔다.

"잘 지냈지?"

"그냥 그렇지 뭐. 너는 그새 키가 더 자란 것 같다?"

"안 그래도 어머니가 옷 수선할 때마다 투덜거리신다. 손 많이 간다고."

만득이가 휘휘 둘러보더니 목소리를 낮췄다.

"잠깐 나 좀 볼래?"

"무슨 일인데?"

만득이는 어리둥절한 선노미를 끌고 주막을 나왔다. 사람들 눈에 잘 띄지 않는 길모퉁이로 데려가더니 품에서 헝겊으로 싼 나무 도시락을 꺼냈다. 헝겊 매듭을 풀고 뚜껑을 열자 안에 주먹밥 세 덩어리가 나란히 들어 있었다. 검은깨와 콩을 넣어 만든 주먹밥이었다. 선노미는 이게 뭐냐는 표정으로 만득이를 쳐다보았다.

"덕이가 만든 거야."

덕이는 만득이 여동생이었다. 만득이랑 한 살밖에 차이가 나지 않아 어린 시절 오빠가 가는 곳이면 어디든 졸랑졸랑 따라다녔다. 선노미와 만득이가 제기차기를 하거나 구슬치기를 하며 놀 때면 조금 떨어진 곳에서 혼자 멀거니 구경하거나, 곁에서 또래 계집아이들과 땅재먹기를 하기도 했다. 덕이와 동갑내기인 복이도 종종 함께 땅재먹기를 하던 무리 중 하나였다.

"덕이가?"

선노미는 고개를 갸웃했다. 동무 누이이자, 제 누이의 동무이기도 하니 제법 낯이 익은 사이지만, 그렇다고 손수 도시락을 싸줄 만큼 덕이와 특별히 가깝게 지냈던 기억은 없었다.

"내가 여기 심부름 간다니까 잠깐만 기다리라고 하고선 부엌에서 급하게 만들어다 준 거야. 빈 도시락은 내가 나중에 받으러 올게."

조금 얼떨떨하긴 했지만 어찌 됐건 덕이가 마음을 써준 거라 선노미는 고맙다고 전해 달라 했다.

"그런데 이걸 줄 거면서 뭘 그리 비밀스럽게 굴었냐. 마침 주먹밥이 세 개니 복이, 옥이랑 다 같이 나눠 먹으면 되겠네."

그러자 만득이가 고개를 저었다.

"안 돼, 덕이가 너한테만 살짝 전해주라고 한 거야."

"응?"

이건 또 무슨 말인가 싶어 선노미는 혼란스러웠다.

"왜 나한테만 주는 건데?"

그러자 이번엔 만득이가 얼빠진 얼굴이 됐다.

"왜냐니, 널 좋아하니까 그렇지."

"날 좋아해?"

"야, 어릴 때부터 그렇게 티를 냈는데 그걸 눈치 못 챘어?"

선노미로선 생각지도 못했던 얘기였다. 오라비를 닮아 피부가 가무잡잡하고 면상이 긴 덕이 얼굴이 떠올랐다. 그러고 보니 코흘리개 시절, 덕이는 어쩌다 엿이 생겼을 때도 꼭 제걸 반으로 나눠 선노미 손에 쥐어주곤 했다.

선노미는 그걸 타고난 마음 씀씀이라고만 여겼지, 저에게 마음이 있어서라고 생각해본 적은 단 한 번도 없었다. 선노미에게 덕이는 그저 친한 동무의 누이일 뿐이었다.

"네가 둔한 건 알았다만, 이 정도일 줄이야……. 이렇게까지 마음을 몰라주면 덕이가 불쌍하잖아."

만득이가 제법 누이를 위한다고 한소리를 했다.

"우리 아버지가 그러는데, 여자가 원한을 품으면 오뉴월에도 서리가 내린대."

"그게 무슨 말이야?"

"여자들이 화나면 무섭다는 소리지. 그러니 너도 행여 덕이 화나게 할 생각은 하지 마라."

만득이가 부탁인지 협박인지 모를 말을 남기고 돌아갔다.

선노미는 한 손에 도시락을 들고 얼떨떨한 표정을 한 채 터덜터덜 주막으로 돌아왔다. 마당을 쓸던 복이가 오빠를 힐끗 돌아보았다.

"만득 오라버니랑 둘이서 뭘 그렇게 속닥속닥 할 말이 많아? 그 도시락 덕이가 만들었다며 준 거야?"

선노미는 속이 뜨끔했다.

"그걸 네가 어떻게 알았어?"

복이 말을 인정해 버린 셈이 된 걸 뒤늦게 깨달은 선노미가 '아차차' 하며 멋쩍게 머리를 긁적이고 있자니, 복이가 의기양양한 얼굴이 됐다.

"어떻게 알긴. 덕이가 오라버니를 좋아하니까 짐작한 거지."

선노미 눈이 동그래졌다.

"너도 알고 있었어? 덕이가 나를 좋아한다는 거?"

그러자 복이는 아까 만득이와 똑같이 얼빠진 표정이 됐다.

"그걸 모르는 사람이 누가 있어? 아마 옥이도 알걸?"

"응, 알고 있어."

둘의 대화를 엿들었는지 옥이가 부엌에서 고개를 빼꼼 내밀며 대답했다.

'아, 계집애들이란⋯⋯.'

선노미는 골치가 지끈지끈 아파와 두 손으로 머리를 감싸쥐었다.

선비를 태운 나귀를 끌고 하인이 삼개주막에 도착한 시각은 밤이

이슥할 무렵이었다.

구름에 가려 있던 둥근 보름달이 제 모습을 드러내자, 주막 안마당엔 노란 달빛이 포근하게 내려앉았다. 땅거미가 질 때까지 평상에 앉아 술잔을 기울이던 취객들도 모두 돌아가고, 아래채 객실에 투숙하는 손님 서너 명이 텁텁한 방 안 공기를 견디다 못해 밖으로 나와 찬바람을 쏘이던 참이었다.

또각또각.

저만치서 말발굽 소리가 들렸다. 이 밤중에 나그네라도 오는 걸까? 투숙객들은 고개를 갸웃거렸다.

또각또각, 소리가 점점 가까워진다 싶더니 저만치 달빛을 받으며 걸어오는 남자의 형상이 또렷하게 보이기 시작했다. 남자는 체구가 작고 여윈 나귀의 고삐를 잡고 있었다.

양반집 하인인 듯한 남자는 작고 다부진 체구에 얼굴이 넓적했다. 아까는 어둠에 가려 잘 보이지 않았는데, 가까운 데서 보니 행색이 영 말이 아니었다. 밤새 수풀에서 너구리와 씨름이라도 했는지 밤이슬을 홀딱 맞은 꾀죄죄한 옷은 여기저기 찢어지고, 미처 털어내지 못한 나뭇잎이 잔뜩 달라붙어 있었다.

히히히힝, 주막에 당도한 나귀가 도착을 알리듯 구슬픈 울음소리를 냈다. 나귀는 짐대신 사람을 하나 태우고 있었다. 하인의 주인으로 보이는 젊은 선비였다.

하인과 달리 선비는 입성이 멀쩡했다. 하지만 흐물흐물한 밀가루

반죽처럼 몸이 축 늘어져 있는 게 '올라탔다'기보다는 '매달려 있다'
는 게 더 정확한 표현일 것 같았다. 고개를 푹 숙이고 있어 얼굴을 볼
순 없었지만, 선비는 정신을 잃은 것 같았다.

"아니, 이게 어찌 된 일이오? 길에서 강도라도 만난 게요?"

"나귀에 누운 사람은 어째서 저렇게 몸을 못 가누는 거요? 술에 취
하셨소?"

하인과 선비를 번갈아 보며 부산을 떠는 와중에 하나가 마당에서
뒷정리를 하던 선노미를 향해 외쳤다.

"애야, 어서 가서 주모 좀 불러오너라! 아무래도 저 나리분 용태가
심상치 않다."

주모가 마른 헝겊으로 놋그릇 물기를 닦다 말고 밖으로 나왔을 때,
투숙객들은 하인을 도와 선비를 나귀에서 내리고 있었다.

선비의 몸을 몇 바퀴 두르고 나귀의 목까지 단단히 이어져 있는 밧
줄부터 풀어야 했다. 혼자 힘으로 앉지 못하는 선비를 실으려다 보니
그렇게라도 궁여지책을 쓴 것 같았다. 술 냄새가 나지 않으니 만취해
서 몸을 가누지 못하는 건 아닌 듯싶었다.

하인이 주모를 보고 다가왔다.

"오늘 하룻밤만 이곳에서 신세를 져야겠소. 남는 방이 있소?"

"방은 있소만, 여기 있는 분들까지 도합 여섯이랑 써야 하는데 괜
찮으시겠소?"

"다른 분들만 허락해주시면야. 보다시피 도련님이 저런 상태라 찬

밥 더운밥 가릴 처지가 못 된다오."

주모가 투숙객들 동의를 구하고 하인을 부르자, 하인이 선비를 업고 방으로 날랐다. 잘 준비를 하던 사람들이 의식 없이 실려 온 선비를 보더니 눈이 휘둥그레졌다.

"이분 왜 이러신 거요? 어디가 편찮으신 거요?"

문가에 자리를 편 사람이 자기 짐을 구석으로 옮기며 물었다. 하인은 말 없이 축 늘어진 선비를 바닥에 뉘었다.

선비 얼굴을 보고는 다들 헉, 하고 숨을 들이켰다. 아래위로 잡아당긴 것처럼 크게 벌어져 있는 선비의 눈은 깜빡임이 전혀 없었다. 놀라운 것을 보고 그대로 얼어붙어 버린 것만 같았다.

송장이 아니고서야 저렇게 눈을 부릅뜨고 있을 수는 없을 텐데, 코나 입에서 미약하게나마 숨결이 느껴지니 다행히 송장은 아닌 듯했다.

초점이 잡히지 않은 눈을 부릅뜨고 있다는 걸 제외하면, 스무 살남짓 보이는 선비는 이목구비가 반듯한 준수한 외모의 청년이었다. 소매가 넓은 도포며, 윤기가 반지르르 도는 갓이 좋은 재질로 만든고급품인 걸로 보아 귀한 집 자제가 틀림없었다.

'어쩌다 젊은 사람이 저 지경이 되었을꼬.'

속으로 다들 그런 생각을 하는 게 분명했다.

하인은 선비를 바닥에 뉘어놓은 뒤, 휴, 한숨을 내쉬며 이마에 맺힌땀을 닦았다.

"저래서야 식사는 잡술 수 있으시오?"

이런 상황에서도 주모는 현실적인 걸 물었다. 내일 아침상을 몇 인분 준비할지 머릿속으로 계산하고 있는 모양이었다.

"글쎄요……. 잘은 모르겠지만 아마도 어려울 것 같습니다."

"모른다니? 저분은 당신 상전 아니오?"

몸이 쇠꼬챙이처럼 바짝 마른 투숙객의 말에 하인은 난감한 표정이 됐다.

"그렇지요. 도련님도 원래부터 저런 상태는 아니었고요."

"무슨 사고라도 당하신 거요?"

하인은 망연자실한 표정이 됐다.

"사고라……. 그게 사고라면 사고라 할 수도 있고요."

"대체 무슨 일을 겪었기에 그러시오?"

아까 나귀에서 선비를 내릴 때 도와준 투숙객이 물었다. 눈이 반짝거리는 걸 보니 호기심이 동하는 모양이었다.

"……애초부터 길을 떠날 게 아니었습니다."

어디서부터 말을 꺼내야 할지 몰라 한참 동안 망설이던 하인이 마침내 결심한 듯 겪은 일을 들려주기 시작했다.

"도련님 집안은 경상도에서 꽤 이름 난 가문이오. 도련님의 부친인 대감마님은 한양서 높은 벼슬을 하셨던 분인데, 연로한 뒤론 낙향해 조용히 지내고 계신다오. 하지만 아직도 대감님께 관직 청탁 오는 사람들이 끊이질 않을 만큼 권세가 있지요. 도련님은 대감님이 돌아가신 첫 번째 마님 다음으로 맞이하신 두 번째 마님에게서 보신 늦둥이요. 외아들이자, 5대 종손이시고."

그런 가문인 만큼 도련님은 유복한 생활은 물론이고, 훌륭한 스승에게서 최고의 교육을 받았다. 아버지를 닮아서인지, 환경 덕분인지 도련님은 학문적 기량이 뛰어났다. 열서너 살 때부터 사서삼경을 줄줄 읊고 한시를 척척 지을 수 있었다. 주변에서는 그런 도련님에게 어서 빨리 과거 시험을 보라고 권했다. 도련님의 스승도 지금 시험을 봐도 충분히 붙을 수 있다고 장담했다. 하지만 대감마님의 생각은 달랐다.

"과거를 보려면 관직에 오를 준비가 돼 있어야 한다. 관직에 오르는 건 백성들을 어질게 다스릴 사람이 된다는 걸 의미하지. 비록 네가 글재주가 있다 하나, 아직 속은 다 여물지 못했다. 진정으로 준비가 될 때까지 마음을 갈고 닦는 데 더 힘쓰도록 하거라."

아버지의 분부에 도련님은 더더욱 공부에 매진했다. 마침내 올해 초, 대감마님으로부터 '이만하면 과거에 응시해도 부족함이 없겠다'는 말을 들었고, 장원급제의 부푼 꿈을 안고 한양으로 향했다. 안방마님은 먼 길 떠나는 아들이 고생할까 봐 나귀와 하인을 딸려 보냈다. 그게 바로 한 달 전이었다.

출발하고 이튿날까지는 가는 길이 순조로웠다. 이대로라면 도련님은 대감마님이 미리 기별을 넣어둔 한양 지인 댁에 예정대로 도착해 여독을 풀면서 느긋하게 시험 준비를 할 수 있을 터였다. 그런데 사흘째 되던 날, 산속에서 길을 잃고 말았다.

지도가 있다고는 하나 어설프기 짝이 없었고, 도련님은 물론이고 하인조차 처음 가보는 산길이다 보니 어디가 어딘지 분간을 할 수 없었다.

어느새 주변은 짙게 어둠이 내려앉았다. 그날따라 달도 뜨지 않은 하늘은 새카만 먹물을 쏟아낸 것 같았다. 또각또각, 나귀의 발굽 소리와 저벅저벅 하인의 발소리가 한 치 앞도 보이지 않는 어둠과 대비되어 기묘한 울림을 자아냈다.

발밑을 볼 수 없어 나귀를 끌고 가는 하인의 발은 수풀 곳곳에 난 웅덩이에 폭폭 빠지기 일쑤였다. 하인의 짚신은 온통 진흙투성이가 되었고, 나귀도 지쳤는지 히히힝, 콧소리를 냈다.

"대체 얼마를 더 가야 민가가 나온단 말이냐."

차가운 밤공기가 옷을 파고들었는지 나귀에 올라탄 도련님이 부르르 몸을 떨었다.

"그러게 말입니다. 어서 빨리 오늘 밤 몸을 누이실 곳을 찾아야 할 터인데……."

아우우우. 멀리서 늑대 울음소리가 들렸다.

두 사람은 괜히 허리를 꼿꼿이 세웠다.

아우우우, 마치 대꾸라도 하듯 또다른 늑대가 목청을 울렸다. 짐작건대 늑대는 한두 마리가 아닌 모양이었다.

"어디라도 좋으니 사람 사는 집이 보이면 어서 하룻밤 청탁을 하도록 하자꾸나. 이러다 잘못하면 과거는 고사하고 산속에서 늑대 밥이 되기 딱 좋겠다."

애가 탄 도련님이 거듭 재촉했다. 하지만 외딴 산속에 사람 사는 곳이 나올 리 만무했다. 속이 바짝바짝 타는 심정으로 얼마나 더 걸었을까.

부스럭부스럭, 수풀이 흔들리며 무언가 움직이는 소리가 들렸다. 하인은 간이 철렁 내려앉았다.

'여우일까? 아니면 먹이를 찾아 헤매는 산짐승일까?'

하인은 두근거리는 가슴을 누른 채 조심스레 소리 나는 쪽으로 고개를 돌렸다. 두 개의 날카로운 눈동자가 하인을 똑바로 쏘아보는 게 아닌가. 하인은 놀라 헉, 숨을 들이켰다.

다행히 짐승은 아니었다. 머리가 하얗게 세고, 허리가 구부정한 할멈이 옆구리에 광주리를 낀채 웅크리고 앉아 있다 몸을 일으켰다.

"아이고, 깜짝이야! 간 떨어질 뻔했소."

하인이 가슴을 쓸어내리며 할멈에게 푸념했다.

"댁들은 뉘시길래 이런 한밤중에 산속을 거니는 거요?"

할멈이 태연스레 물었다. 컴컴한 산속에서 남정네 둘과 맞닥뜨렸건만, 얼굴엔 별반 놀라는 기색도 없었다. 두 눈만 산짐승처럼 섬뜩하게 번뜩였다.

"거닐다니, 우리가 지금 한가하게 산책이나 하는 것처럼 보이시오? 여기 계신 도련님이 한양에 과거 보러 가는 길인데, 재를 넘다 길을 잃었소. 보아하니 이 근처 사는 것 같소만. 오늘 하룻밤만 재워줄 수 있겠소?"

할멈은 먹잇감을 살피는 살쾡이 같은 눈으로 두 사람을 찬찬히 훑어보았다.

"이 근처 사는 건 맞지만, 나도 대감마님 댁에서 하녀로 일하는 처지라. 두 분을 재워주실지 말지는 마님께서 결정하실 거요."

할멈이 내버려 두고 갈까 봐 몸이 달았던지 잠자코 있던 도련님도 다급하게 매달렸다.

"대감마님께서 설마 길 잃은 나그네를 내치기야 하시겠느냐. 이런 말을 하긴 뭣하지만 내 집안 형편이 그리 어려운 편이 아니다. 오늘 하루만 신세를 지면 네 상전께 사례는 두둑하게 해 드릴 것이다."

도련님의 간곡한 부탁에 할멈은 고개를 숙이더니 앞장서서 걷기 시작했다. 그는 이 근방 지리에 훤한 것 같았다. 불빛 하나 없는 산길을 용케 척척 찾아 내려갔다. 나이답지 않게 발걸음도 재서 하인이 헐떡거리며 쫓아가야 했다.

'설마하니 여우가 둔갑한 건 아니겠지?'

스스로도 어처구니가 없어 하인은 휘휘 고개를 저어 실없는 생각을 떨쳐냈다. 달빛도, 별빛도 없는 칠흑 같은 어둠 속에서 발소리와 나귀 발굽 소리만 죽음 같은 정적을 깨고 음산하게 울려 퍼졌다.

한참을 걸어 내려와 도착한 대감마님 댁은 웅장하지는 않아도 제법 위엄이 서려 있었다. 외진 곳 필부(匹夫)의 집이라 큰 기대를 안 했는데, 높고 커다란 대문을 보자 도련님은 조금 놀란 듯했다. 히이이잉, 나귀 울음소리에 문을 두들기기도 전에 안에서 사람이 나왔다. 마흔 언저리쯤 되어 보이는 부인이었다.

기품 있는 얼굴에 연한 미색 저고리와 자색 치마를 받쳐 입고 있었다. 젊어서는 상당한 미인이라는 얘기를 곧잘 들었을 빼어난 외모였다. 하지만 얼굴엔 어딘가 모르게 잘 벼린 칼날 같은 서늘한 날카로움이 어려 있었다. 할멈이 여인을 보자 송구스럽다는 듯 마님, 하고 고개를 조아렸다.

"잠자리에 드신 줄로 알았는데…….."

"잠이 안 와 마당을 거닐던 차에 방문객이 오신 것 같아 내다봤네. 이분들은 뉘신가?"

하인이 달려나올 줄 알았건만 뜻밖에도 안방마님이 직접 나온 걸 보고 도련님은 황망해하며 나귀에서 내려섰다.

"과거를 보러 한양에 가는 유생이옵니다. 길이 익숙지 않아 산속에서 헤매다 다행히 할멈을 만나 이곳까지 따라왔는데, 하룻밤 신세질 수 없을지요?"

부인은 잠시 하인과 도련님을 살펴보더니, 이렇게 말했다.

"너무 늦은 시각에 길을 헤매다 밤이슬을 맞기 십상일 겁니다. 누추하지만 안으로 드십시오."

도련님은 거듭 고개를 숙이곤 마님을 따라 집으로 들어섰다.

잘 정리정돈 된 정갈한 집이었다. 사랑채엔 실내로 햇볕이 드는 걸 막느라 처마 밑에 송첨(松簷)이 설치돼 있었다. 상록수 잎과 가지들을 엮어 차양처럼 드리운 송첨은 마치 비취색 병풍을 매단 것 같았다. 작은 연못이 딸린 정원엔 아름드리나무가 우거져 한 폭의 그림 같은 정취가 느껴졌다. 집주인의 고아(高雅)한 취향에 도련님은 내심 다시 한번 놀랐다.

"나리, 손님이 오셨습니다. 선비분께서 산속에서 길을 잃고 헤매다 여기까지 오시게 됐다 합니다."

부인이 대감마님 방 앞에서 조용히 여쭈었다.

"안으로 들라 하시게."

부인은 '주무실 곳을 준비하고 있을 테니 그동안 나리와 말씀 나누시지요'라며 자리를 비켰다.

바깥과 마찬가지로 정갈한 방이었다. 기름을 먹여 바른 매끄러운 장판 위에는 학과 봉황이 새겨진 화문석이 깔려 있었다. 장수와 복을 상징하는 수(壽), 복(福) 글자가 들어간 화문석은 호화롭지는 않으나, 고급스러워 보였다.

도련님이 방으로 들어서자 대감마님은 앞에 있던 책상을 옆으로 치웠다. 글을 쓰고 있던 모양인데, 언뜻 눈에 들어온 필체가 우아하면서도 힘이 넘쳤다.

"길을 잃었다 들었는데…… 고생 많으셨소."

대감마님이 먼저 입을 열었다. 부인보다 너덧 살 연상으로 보이는 대감마님은 사면이 편평하고 네모진 사방관(四方冠)을 쓰고, 소매 통이 넓은 옥색 옷을 입고 있었다. 다소 여윈 체구에 턱 주위가 가팔라 매서운 느낌을 주는 인상이었다. 형형한 두 눈이 마주 앉은 사람 속을 꿰뚫어 보는 것 같았다.

"제가 미숙한 탓이지요. 하마터면 늑대 밥이 되는 게 아닌가 걱정했는데, 덕분에 산에서 노숙할 처지는 면했습니다."

대감마님이 허허, 웃었다.

"괜한 걱정하셨구려. 이 주변엔 늑대가 나오지는 않는다오."

부인이 차와 다과가 차려진 상을 내왔다.

"입에 맞으실지 모르겠으나 출출하실 터인데 요기라도 하시지요."

잔뜩 갈증이 일었던 도련님은 뜨거운 김이 모락모락 올라오는 차로 목을 축였다. 한 모금 마시자 그윽한 향기가 입안에 가득 퍼지는 것 같았다.

"전라도 순천에서 따온 작설차요. 조선에서 나는 작설차 중에선 최고로 치지요."

"아, 그렇습니까."

도련님은 감탄하며 다시 한 모금 마셨다. 차에 곁들인 것은 어지간해선 상에 잘 오르지 않는 귀한 약과였다.

문득 집주인이 예사롭지 않다는 생각이 들어 도련님은 방안을 찬찬히 둘러보았다. 한쪽 벽을 다 차지한 서가엔 여느 양반가에서 보기 힘들 정도로 많은 서책이 빼곡하게 꽂혀 있었다. 개중엔 중국에서 건

너온, 손에 넣기 힘든 책도 눈에 띄었다. 대감마님이 직접 그린 것으로 보이는 산수화 역시 상당한 수준이었다.

"혹시 관직에 계시다가 낙향하신 것이옵니까."

도련님이 조심스레 여쭸다. 대감마님은 고개를 저었다.

"아니오. 나는 한 번도 벼슬을 한 적이 없소. 과거 시험조차 보지 않았으니까."

"과거조차?"

"……."

"제가 비록 배운 게 많지 않으나 학식 높으신 선비를 알아볼 정도의 식견은 갖추었지요. 외람되오나, 학문의 깊이가 상당한 듯한데 어째서 그것을 떨쳐 보이지 않으신 겁니까?"

대감마님은 한동안 말이 없었다. 무안해진 도련님이 초면에 괜한 말을 한 건가 싶어 걱정하던 찰나, 대감마님이 대수롭지 않다는 듯 입을 열었다.

"학문적 식견이라는 게 남들에게 보이기 위한 거라 생각하시오?"

"그건 아니지만……."

도련님은 갑자기 말문이 막혔다.

"글을 읽는 궁극의 목적이 자신을 수양하기 위해서라는 걸 귀공께서도 잘 아실 게요. 이 몸은 배움이 얕기도 할 뿐더러 내가 가진 걸 남에게 드러내고 싶은 마음도 없소."

"하오나 관직에 오르는 게 자신만을 위한 건 아니지 않습니까. 덕과 재주를 갖춘 인물이 벼슬에 올라 백성을 어질게 다스리면 그게 바로 나라를 위한 일이 아니겠습니까."

"백성을 어질게 다스린다……."

대감마님은 시선을 떨어뜨렸다. 깊은 생각에 빠진 듯했다.

"과거를 보러 가는 길이라 들었소만?"

대감마님이 고개를 들었다.

"그렇습니다."

"그렇다면 관직에 오르려는 생각이겠지?"

"예."

"관직에 오르는 건 권력을 갖게 된다는 뜻이오. 물론 백성을 어질게 다스리는 데 그 힘을 쓰는 사람들도 있지. 하지만 훨씬 더 많은 관료는 자신을 위해 권력을 사용하오. 가진 것을 지키기 위해, 남들이 가진 것을 뺏기 위해, 혹은 이해관계가 어긋나는 사람들을 짓밟기 위해. 나는 살면서 그런 이들을 질릴 정도로 보았소. 권력은 가진 자에게 힘을 부여할 뿐 아니라, 권력을 쥔 자를 조종하는 힘까지 갖고 있소. 그래서 때로는 권력이 사람을 변하게 만들지."

대감마님의 목소리엔 어딘지 한탄의 기색이 어려 있었다.

"……혹시 나리와 가까운 분 중에도 있으셨습니까?"

도련님이 조심스레 여쭈었다.

"그렇소. 나와 친형제 같았던 동문이 그랬지."

"……."

"나이도 비슷하고, 같은 스승 밑에서 배워 형, 아우처럼 지냈던 자였소. 함께 벼슬에 올라 원대한 뜻을 펼쳐보자 하였지. 그런데 먼저 관직에 오른 그는 출세에 눈이 멀어 사람이 변하고 말았소. 자신의 앞길을 위해 물불을 안 가리게 되더군. 나는 깊은 절망을 느끼고 아예 과거 볼 생각조차 접어버렸소."

"……."

"권력은 허망한 거라오. 할 수만 있다면 처음부터 그 허망함에 발을 딛지 않는 게 제일이지."

좀처럼 응대할 말을 찾을 수가 없었던 도련님은 그저 고개만 숙이고 있었다.

"이런, 시험을 앞둔 사람에게 괜한 말을 했나 보군. 초야에 묻혀 사는 유생의 넋두리라고 생각하시고 괘념치 마시오."

"아니, 그렇지 않습니다."

방 안에는 어색한 침묵이 감돌았다. 도련님이 자세를 고쳐 앉았다.

"부끄러운 말이지만 저는 얕은 글재주가 있어 주위에서 어릴 적부터 과거를 보라고 권했던 이들이 많습니다. 하지만 제 아버님께선 아직 준비가 안 됐다며 말리셨지요. 머리에 든 지식만 중요한 게 아니라 마음의 수양도 중요하다면서요. 제가 높은 관직에 오른다면 아버님의 가르침대로 사사로운 이익에 얽매이지 않고 백성을 위한 정치를 하려고 노력할 것입니다."

대감마님이 마주 앉은 도련님을 똑바로 쳐다보았다. 날카로운 안

광에 도련님은 어쩐지 몸이 쪼그라드는 것 같았다. 한참 동안 도련님을 바라보던 마님은 슬며시 시선을 돌렸다.

"참으로 훌륭한 아버님을 두셨구려. 시각이 너무 늦은 것 같소. 먼길 오시느라 피곤하실 텐데 이만 몸을 눕히시지요."

도련님이 묵은 곳은 주인마님의 사랑채에서 조금 떨어진 작은 방이었다. 사군자가 그려진 병풍에 둘러싸인 방 한구석엔 사방탁자가 있고, 가운데에 놓인 화병에 꽃 한 송이가 꽂혀 있었다. 그 덕분인지 방 안 전체에 은은한 정취가 감돌았다. 바닥엔 이미 깨끗한 요와 솜이불이 깔려 있었다.

'이토록 인적이 드문 곳에서 이렇게 훌륭한 집을 찾다니. 참으로 운이 좋군.'

그런 생각을 하며 잠자리에 누운 도련님은 누적된 피로에 긴장까지 풀리면서 순식간에 곯아떨어졌다.

이튿날, 상쾌한 기분으로 일어난 도련님은 얼굴을 씻고 마당으로 나가 신선한 아침 공기를 들이마셨다. 산 속에 파묻힌 탓인지 공기가 유달리 달게 느껴졌다.

"기침하시었소?"

남자 목소리에 돌아보니 한 청년이 웃는 낯으로 서 있었다. 도련님보다 몇 살 많아 보이는 청년은 체구가 당당하고 옷차림이 말쑥했다. 눈꼬리가 살짝 처지게 웃는 인상이 서글서글했다.

"어제 일찍 잠자리에 드는 바람에 인사를 올리지 못했습니다. 아침에 어머님께 간밤에 손님이 드시었단 말을 듣고 뵈러 왔소. 현택이라 하오."

"아, 이 댁 자제분이시군요. 저는 세진이라고 합니다."

도련님도 서둘러 고개를 숙였다.

"아침 식사가 나오려면 좀 걸릴 터인데, 밖에서 이러지 말고 제 방에서 기다리시지요."

딱히 거절할 이유가 없었다. 현택 도련님의 방 역시 호화롭지는 않으나 정갈하고 고급스러웠다. 대감마님의 방처럼 서책이 가득 꽂힌 서가를 훑어보던 도련님의 시선이 문득 서안(글을 읽고 쓰는 낮은 탁자)에 꽂혔다. 은은하게 빛바랜 색상에 나뭇결이 선명히 드러나 운치 있는 탁자엔 문방사우(文房四友)가 가지런히 놓여 있었다.

"훌륭한 붓이군요."

도련님이 손가락 한 마디 길이 정도 되는 붓을 집어 들었다. 붓털은 끝이 뾰족하면서도 둥글었다.

"과거를 보러 간다 들었는데, 역시나 문방구에 제일 관심이 많으시구려. 그렇소. 족제비 털로 만든 것이오."

족제비 털로 만든 붓은 최상품에 속했다. 붓뿐만이 아니었다. 기름을 태운 그을음으로 만든 유연묵(油煙墨), 코끼리 상아를 깎아 만든 벼루, 수수하면서도 날렵한 맵시가 있는 청자연적 등 소품 하나하나가 전부 고급이었다. 얇지만 단단하고 질기다 하여 사대부들이 선호

하는 죽청지(竹淸紙) 또한 가격이 비싼 물건으로 유명했다.

"시골에서 글 읽는 서생 주제에 격에 맞지 않게 문방구만 화려하니 창피하구려."

"정말 훌륭하군요."

도련님은 진심으로 탄복한 듯했다. 이 정도면 높은 관직에 있다 물러난 아버지의 소장품과 견주어도 손색이 없다 싶었다.

"아버님께서 물려주신 거요. 이제 본인은 필요 없다 하시면서."

"그렇군요."

고개를 끄덕이던 도련님이 문득 생각난 듯 물었다.

"훌륭한 물건을 물려 주신 데는 깊은 뜻이 있어서겠지요? 혹시 과거 준비라도 하시는 겁니까?"

과거라는 말에 현택의 표정이 어두워졌다.

"아니오. 나는 관직에 오를 수 없는 처지요."

문방구에 정신이 팔려 있던 도련님은 뜻밖의 말에 놀라 현택을 바라보았다.

"어제 대감마님께 말씀 들었습니다. 함께 공부했던 동문에게 마음의 상처를 입고 과거 시험을 포기하셨다고요. 관직에 오를 수 없는 처지라는 건, 혹시 아버님이 만류하셨기 때문인가요?"

이번엔 현택의 얼굴에 놀라운 기색이 번졌다.

"아버지께서 그리 말씀하시었소?"

도련님은 뭐라 응답해야 할지 몰라 잠자코 바닥만 내려보았다.

현택이 어두운 표정을 지우고 금세 서글서글하게 웃는 낯으로 돌아갔다.

"그리 당황할 필요는 없는데. 아버지께서 말씀하시기 곤란해 그리 이야기하셨나 보군요. 딱히 비밀로 할 만한 건 아니고. 사실 아버지께선 관직에 계시다 그 동문의 비방으로 쫓겨나셨소."

"어찌하여?"

"두 분은 소싯적부터 지방 사학에서 첫째 둘째를 다투는 수재라 들었소. 하지만 언제나 한 끗 차이로 아버지가 앞섰다더군요. 어느 정도 수준에 오르면 실력이라는 게 차이가 뭐가 그리 크겠소. 아버지는 그 동문이 절대 자기 아래라 생각하지 않았소. 하지만 간발의 차이로 항상 둘째가 되어야 했던 사람은 그걸 대수롭지 않게 넘길 수 없었나 보오. 훗날 두 분이 나란히 관직에 오르셨을 때, 그 동문이라는 자가 아버지를 모함해 자리에서 내쫓았소. 없는 죄목까지 만들어버리는 바람에 아버지는 유배를 가셨고, 나는 죄인의 자식이라는 낙인 때문에 아예 관직에 오를 수 없는 처지가 된 거요."

"아, 그런 일이……."

"아버지는 오랫동안 그 일로 마음 아파하셨소. 당신이 자식 앞길까지 가로막았다는 죄책감도 많이 느끼시고. 내게 이런 물건을 물려주신 건 한평생 이 외딴곳에서 몸을 낮추고 살아야 할 아들에 대한 위로나 보상 같은 게 아니었을까 싶소."

"괜한 이야기로 심기를 불편하게 해 죄송합니다."

"죄송하긴. 이미 다 지난 일인 것을."

"어쩐지, 어젯밤 대감마님께서 관직에 나가는 걸 부정적으로만 보시길래 사연이 있을 거라 여겼습니다."

"권력이 사람을 바꿔놓는다고 하시지 않았소?"

"그렇습니다."

"그랬겠지. 아버지께서 자주 하시는 말씀이니까. 하지만 내 생각은 좀 다르오. 분명 권력욕이 동문이라는 자의 눈을 흐리게 하기도 했겠지. 그러나 그자는 아주 오래전부터 아버지에 대한 적개심을 무섭게 키워온 게 분명하오."

"형제처럼 자랐다는 두 분이 어찌해서⋯⋯."

현택이 쓸쓸한 표정을 지었다.

"열등감이란 건 참으로 추악한 감정이라오. 이성과 분별을 망치고 결국엔 자신까지 망쳐버리지. 아버지는 그럴 리 없다 하시지만, 그자는 아버지에게 깊은 열등감을 갖고 있었소. 권력은, 그자가 남몰래 키워 온 열등감에 불을 붙인 도화선에 지나지 않았던 거요."

의도치 않게 남의 집 깊고 어두운 사연을 듣게 되자 도련님은 가만히 입을 다물었다. 방안에 거북한 침묵이 감돌았다. 분위기가 어색해지려는데 마침 할멈의 목소리가 들려왔다.

문이 열리고 스무 살이 채 안 돼 보이는 아가씨 하나가 어제 산속에서 만난 할멈과 함께 밥상을 들고 왔다.

"내 누이 숙정이오. 가족끼리 조용히 살고 있어 손님이 오시면 이렇게 직접 시중을 들어야 한다오. 젊은 처자가 외간 남자 앞에 얼굴을 내민다고 너무 흉보지는 마시오."

"제가 댁에 폐를 많이 끼치는군요."

"무슨 말씀을. 보시다시피 이렇게 외진 곳이라 찾는 사람도 없소. 오랜만에 이 적적한 곳에도 활기가 도는 것 같아 오히려 고맙지요. 폐를 끼친다 생각하지 마시고, 시간이 허락하는 한 넉넉히 머물다 가시면 좋겠소."

도련님은 현택의 말이 진심이라는 걸 느끼고 감읍했다.

차려진 밥상을 보니 각종 산나물과 제철 채소가 잘 어우러진 게 소박하지만 정성이 그대로 묻어났다. 문득 고개를 들어 숙정이라는 아가씨를 본 순간, 도련님은 심장이 딱 멎는 것 같았다.

경국지색이라는 말이 아깝지 않을 미색이 눈앞에 있었다. 서늘한 기품이 어머니를 꼭 빼닮은 아가씨는 새하얀 얼굴에 눈매가 서늘한데, 그 자태가 청초하면서도 우아했다.

숙정이 물러나고 한참이 지난 뒤에도 도련님의 가슴은 이상스레 쿵쾅거리고 있었다.

아침을 마치고, 도련님은 행장을 꾸려 다시 과거길에 오를 준비를 했다. 그때 현택이 방문 앞으로 다가와 말을 걸었다.

"어젯밤 고생이 심하셨다 들었는데, 아직 여독도 풀리지 않았을 거 아니오. 한 며칠 더 머물면서 천천히 쉬다 가시오. 내 말벗도 좀 되어

주시고. 이기적인 청이긴 하나, 모처럼 비슷한 연배의 선비를 보니 좀 더 붙잡고 싶어지는구려."

그 말에 도련님은 못 이기는 척 방바닥에 엉덩이를 착 내려놓았다.

내심 더 머물고 싶은 눈치였는데, 잘 됐다 여기는 것 같았다. 갑자기 도련님의 발걸음이 무거워진 건 현택의 부탁도 부탁이지만, 아리따운 숙정과 무관하지 않을 터였다. 하인은 속으로 저런, 저런, 하고 고개를 절레절레 흔들었다.

'뭐, 그래도 기한을 넉넉히 잡고 출발했으니 며칠은 더 머물러도 괜찮겠지.'

하인도 딱히 도련님을 채근하지 않았다.

대감마님 댁에서 보내는 시간은 한가하고 평화롭게 흘러갔다. 도련님은 낮엔 현택님과 고전을 논하고, 글을 지으며 보냈다. 예상대로 현택 역시 글솜씨가 보통이 아니었다.

'저렇게 재주가 뛰어난 인물이 과거를 볼 수 없다니 아까운 일이군.'

이따금 도련님은 현택의 처지에 안타까운 마음을 금할 수 없었다. 그러나 정작 현택 본인은 태연했다.

"그까짓 벼슬 따위가 무엇이 중요하다고. 마음 편하게 유유자적 사는 것만 하겠소."

어쩐지 현택은 진심인 것 같았다.

식사 때가 되면 매번 숙정 아씨가 정갈한 밥상을 날랐다. 도련님은 곁눈질로 숙정을 흘끔흘끔 쳐다보느라 밥이 어디로 넘어가는지도 몰랐다.

"누이분 혼처는 정해졌습니까."

어느 날, 도련님이 지나가는 말을 가장해 넌지시 물어보았다.

"아직입니다. 사실 누이는 몸이 약하다오. 어린 시절부터 죽을 고비를 여러 차례 넘겼소. 그래서인지 아내로 들이겠다는 사람이 선뜻 나타나지 않더군요. 하긴 우리 집안 상황도 상황이지만."

현택이 씁쓸하게 대답했다.

"……그렇군요."

"혹시 누이에게 마음이 있으신 게요?"

"가, 갑자기 무슨 그런 말씀을……."

속마음을 딱 들킨 도련님은 말까지 더듬었다. 현택이 짓궂게 웃었다.

"농으로 해본 말이오. 보아하니 지체 높은 댁 도령이신 듯한데, 우리 집안이 가당키나 하겠소."

도련님이 안절부절못하는 사이 현택은 또 바람처럼 웃었다.

쏜살같이 며칠이 흘렀다. 하인은 이번에야말로 짐을 꾸리고 떠날 채비를 했다. 하지만 도련님은 요지부동이었다.

"뭘 그렇게 서두르는 것이냐. 아직 꽤 여유가 있지 않느냐."

"하지만 대감마님께서 기별 넣은 댁에서 도련님을 기다리고 있을 텐데요."

"시골서 한양 가는 길이 좀 멀더냐. 아마 쉬엄쉬엄 가는 중이라 짐작할 것이다."

"그래도……."

"허허, 무슨 잔말이 이리도 많아! 물러나 있거라!"

느긋하던 도련님이 갑자기 버럭 역정까지 내는 통에 하인은 별수 없이 꾸렸던 짐을 다시 풀었다.

대감마님 댁 생활을 더없이 만족스러워하는 도련님과 달리, 하인은 그 집이 어쩐지 마음에 들지 않았다. 아니, 콕집어 마음에 들지 않았다기보단, 어딘가 모르게 꺼림칙한 느낌이었다.

그렇게 여기는 데는 몇 가지 이유가 있었는데 우선, 일하는 사람들이 눈에 띄지 않았다. 평생 집안일 따위야 어떻게 돌아가는지 신경도 쓰지 않는 도련님은 눈치채지 못했겠지만, 허드렛일만 하며 살아온 하인에겐 그게 너무나 이상했다.

가족끼리 단출하게 살고 있다고는 하나, 일꾼이 없으면 저택을 이토록 정갈한 상태로 유지하기란 불가능했다. 하지만 나리네 식구와 할멈을 제외하곤, 하인은 집 안에서 다른 사람을 본 기억이 없었다. 그런데도 희한하게 식사 때면 하인이 묵고 있는 침소 앞엔 누가 가져다 놓았는지 밥상이 놓여 있었고, 방 밖으로 다 먹은 빈 그릇을 내놓으면 어느 순간 사라졌다. 아침마다 비질하는 하인을 본 적이 없음에도 불구하고 마당은 떨어진 나무 잎사귀 하나 없이 늘 깨끗했다.

'거참 희한한 일이군.'

하인은 속으로 중얼거렸다.

또 하나 미심쩍은 건 대감마님 댁에 온 이래 나귀가 영 이상하게 군다는 것이었다. 하인이 끌고 온 나귀는 마구간에 들어서는 순간부터 히잉히잉, 울면서 발길질을 해댔다. 유순하고 고분고분한 놈이라 이런 반응은 의외였다. 산속에서 오래 헤매 신경이 날카로워진 것 같아 살살 달래 보았지만, 소용이 없었다.

나귀는 계속 목놓아 울다가 어느새 제풀에 지쳤는지 잠잠해졌지만, 마구간 밖에서 하인의 발소리가 들리기만 하면 다시 흥분해 길길이 날뛰었다.

'나귀는 영물이라던데…….'

혹시나 내 눈에 보이지 않는 게 짐승 눈에 보이는 건가 싶어, 나귀의 울음이 들릴 때마다 하인은 몸에 소름이 쫙 돋았다.

그러고 보니 할멈도 수상쩍었다. 산속에서 사람을 만나 감격한 나머지 곰곰이 따져볼 겨를이 없었는데, 지금 돌이켜 보니 한밤중에 노파 혼자 위험한 산속을 돌아다니는 것도 납득하기 어려웠다.

'대체 할멈은 그 시간에 그곳에서 무얼 하고 있었을까?'

먹이를 노리는 산짐승 같은 할멈의 날카로운 눈빛을 떠올리자, 갑자기 얼음물을 뒤집어쓴 양 저절로 몸이 부르르 떨렸다.

히이이잉, 히이이잉.

마구간에서 다시 구슬픈 나귀 울음소리가 들렸다. 자신을 내보내 달라고 애원하는 듯한 처량한 음성이었다.

'안 되겠다. 내일은 무슨 일이 있어도 도련님을 설득해 이곳을 떠나야겠다.'

하인은 속으로 굳게 다짐했다.

"하지만 결국 그 결심은 이루지 못했소."

하인이 씁쓸하게 중얼거렸다. 목소리에 깊은 회한이 묻어났다.

"어째서요? 무슨 일이 있었소?"

미간이 좁고 상투를 튼 머리가 듬성듬성한 투숙객이 물었다.

다른 이들도 대답을 기대하는 눈으로 하인을 쳐다보았다. 다들 표정이 흥미진진했다. 나귀를 마구간에 매고 돌아온 선노미까지 주모 옆에서 심각한 표정으로 귀를 기울였다.

"그 뒤에도 도련님은 몇 차례나 더 떠나는 일정을 연기했다오. 채근하고 독촉하면 급기야 화를 내면서 쫓아버리기가 일쑤였지. 마음이 바짝바짝 탔소. 종일 하는 일 없이 빈둥거리다 보니 좀이 쑤셔 미칠 것 같기도 했거니와, 그 집에 더 머무를 생각을 하니 찜찜해서 견딜 수가 없었소"

하인이 후, 한숨을 쉬었다.

"'이러다 시간이 촉박해 과거 시험장까지 못 가시겠습니다'라고 했을 때야 드디어 도련님은 정신을 차린 것 같았소. 하지만 그때는 이미 너무 늦었지."

도련님의 몸 상태가 병이라도 든 것처럼 나빠졌기 때문이다.

그날 출발 준비를 마친 도련님은 하인에게 나귀를 대령하라 이르고 자리에서 일어나려 했다. 그러나 미처 한 발을 떼기도 전에 그대로 자리에 주저앉고 말았다. 꼭 인형극을 하다 줄이 끊어진 꼭두각시 인형 같은 모양새였다.

놀란 하인이 달려와 몸을 일으켰다.

"글쎄다, 이거 참 이상하구나."

하인이 옆에서 부축하자 도련님은 간신히 일어나 몇 발짝을 떼더니 또다시 스르르 무너졌다. 마치 흐물흐물한 밀가루 반죽이라도 된 것 같았다.

또다시 하인이 몸을 일으켜 세우려고 했더니 이번엔 제대로 일어서지도 못하고 발이 미끄러졌다. 몸만 흐느적거리는 게 아니었다. 핏기가 가셔 새하얀 얼굴은 멍했고, 눈은 흐리멍덩한 것이 초점이 없었다.

"허허, 어젯밤 함께 약주를 한 것이 과했나 보구려."

등 뒤에서 현택의 목소리가 들렸다. 도련님 상태를 보고서도 대수롭지 않다는 듯, 목소리는 명랑한 기미까지 띠고 있었다.

"이래서야 어디 먼 길 떠나시겠소? 술이 깨서 몸을 추스를 때까지 여기서 조금 더 쉬다 가시오."

"몸이 왜 이, 이렇게 말을 안 듣는지……. 감, 감사합니다."

도련님은 혀도 제대로 돌아가지 않는지 발음까지 어눌했다. 하인
은 뭐라고 따지고 싶었지만, 딱히 그 말을 거스를 수 없었다. 아닌 게
아니라 몸이 이 지경이어서야 나귀에 올라타기도 힘들 게 뻔했다.

"자리를 펴라 일러둘 것이니 한동안 누워 계시오. 쉬다 보면 차차
회복되겠지."

현택이 떠난 뒤, 하인은 혼란스러운 눈으로 도련님을 찬찬히 뜯어
보았다. 술에 취한 것은 아니었다. 술 냄새도 나지 않을뿐더러 도련님
의 몸은 술에 취해 축 늘어졌을 때와는 무언가가 달랐다. 혼(魂)이 빠
져나간 뒤, 껍데기만 남은 육신이 꼭 이렇지 않을까 싶었다.

'생각이 과한 것이겠지.'

하인은 심란한 심정을 추스르며 도련님을 방까지 부축했다.

그날, 하인은 밤새 잠을 설쳤다. 잠자리에서 내내 뒤척이다 선잠이
들었는데, 꿈자리도 어쩐지 뒤숭숭했다. 도련님 걱정에 마음이 불안
한 탓이었다.

도련님은 자리에 누운 뒤에도 전혀 상태가 회복되지 않았다. 숙취
가 아닐 거라는 하인의 생각은 점점 확고해졌다. 그렇다면 병이라도
걸렸다는 뜻인데 위중한 건 아닌지, 저러다 과거는 보러 갈 수 있을
지, 아예 시험이고 뭐고 다 포기하고 고향으로 돌아가야 하는 건 아

닌지, 이런저런 잡생각이 들어 머리가 복잡해졌다.

'도련님이 과거도 못 보고 병에 걸려 집으로 돌아가면 나는 대감마님에게 혼쭐이 날 테지.'

착잡한 마음으로 멀거니 천장을 쳐다보던 하인은 소변이 마려워 주섬주섬 옷을 챙겨 입고 측간으로 향했다. 가느다란 갈고리 같은 초승달이 어둠 위에 걸린 밤이었다. 잔잔한 밤바람이 고요한 연못 위에 잔물결을 그리고 있었다.

일을 보고 나오는데 문득 저만치 연못가에 희미하게 사람 형상이 보였다. 자세히 보니 대감마님과 안방마님, 현택 도련님과 숙정 아씨까지 네 식구가 모두 모여 있었다. 스산한 어둠에 싸인 뒷모습이 어딘지 모르게 기묘했다.

'다들 무얼 하는 걸까?'

야심한 시각에 양반가의 남녀가 한자리에 모일 정도라면, 어지간히 중요한 일일 터였다. 궁금한 마음에 하인은 발소리를 죽이고 살금살금 근처로 다가갔다. 어두워 표정까지 보이지는 않았지만, 목소리가 사뭇 진지했다. 하인은 나무 뒤에 몸을 숙이고 귀를 쫑긋 세웠다.

"이제 거의 다 되었습니다."

안방마님 목소리였다.

"그런가……. 다들 고생 많았네."

대감마님의 낮은 음성도 들렸다.

"제 발로 일어서지도 못하는 걸 보면 앞으로 얼마 남지 않은 듯싶습니다. 제 힘만으로는 부족했는데, 숙정이 역할이 컸습니다."

현택 도련님 말에 숙정 아가씨가 뭐라고 응답하려던 찰나였다.

뚝.

작은 나뭇가지가 부러지는 소리가 들렸다. 말소리를 자세히 들으려고 몸을 내밀다 방심해 발밑을 제대로 못 본 모양이었다. 일행이 일제히 소리 난 방향을 돌아보았다. 하인은 부리나케 나무 뒤로 몸을 숨겼다. 가슴이 쿵쾅쿵쾅 뛰고, 식은땀이 흘렀다. 당장이라도 저들이 숨어 있는 자신을 발견해낼 것 같았다. 때마침 곁에서 바스락바스락, 소리가 들리더니 먹잇감을 입에 문 들쥐 한 마리가 쏜살같이 튀어 나갔다.

"들쥐였나 보네요."

다행히 현택 도련님이 대수롭지 않게 말했다. 하인은 저도 모르게 가슴을 쓸어내렸다.

대감마님네 식구들은 할 말을 다 마쳤는지 각자의 처소로 사라졌다. 간신히 한숨 돌린 하인은 자신이 들은 이야기를 곰곰이 되새겨보았다. 틀림없이 도련님을 두고 하는 말이었다. 무슨 꿍꿍이가 있는지 모르나 도련님께 해를 입히려고 작정한 게 분명했다. 정신을 잃게 만든 뒤 돈을 털려는 수작인지도 몰랐다.

'어쩐지 수상쩍더라니!'

이제 저들의 실체를 알았으니 한시도 더 이 집에 머물러 있을 수 없었다. 자칫하면 자신도 무슨 봉변을 당하게 될지 몰랐다. 어느새 시커먼 어둠이 걷히고 동녘이 시뿌옇게 밝아 오고 있었다. 하인은 도련님이 잠든 방으로 부리나케 내달렸다. 도련님을 깨워 몰래 이 집을 탈출하기 위해.

"도련님, 도련님! 어서 일어나십시오. 빨리 여기를 떠나야 합니다!"

하인이 목소리를 죽인 채 도련님을 흔들어 깨웠다.

도련님은 눈을 가느스름하게 떠서 하인을 쳐다보더니 곧 다시 눈꺼풀을 스르르 닫아버렸다. 눈을 뜨고 있기도 힘겨운 것 같았다.

"이를 어쩐다……."

하인은 할 말을 잃었다. 도련님의 상태는 간밤에 마지막으로 봤을 때보다 더 안 좋았다. 잠자리에 들기 전까지는 몸만 흐느적거렸는데, 이제는 정신줄까지 놓아 혼수상태에 이른 것 같았다.

"도련님, 정신 차리세요! 여기서 이러고 있을 때가 아닙니다!"

도련님은 축 늘어진 채 미동도 없었다. 이대로 도련님이 숨을 거두는 건 아닌가 싶어 하인은 겁이 더럭 났다.

"네 주인은 아직도 상태가 그대로더냐?"

언제 왔는지 열린 방문 앞에 현택이 서 있었다.

"대체 우리 도련님께 무슨 짓을 한 겁니까!"

하인은 저도 모르게 그에게 눈을 부라렸다.

"무슨 짓이라니……. 길을 잃고 헤매는 너와 네 주인을 따뜻하게 맞아준 것뿐인데, 그게 무슨 짓으로 보이느냐!"

현택 도련님 얼굴에 언짢은 기색이 어렸다.

하인은 어떻게 할지 갈피를 잡을 수 없었다. 몰래 집을 떠나려던 계획은 이미 틀어져버렸다. 현택에게는 이미 낌새를 들킨 것 같았다. 도련님을 나귀에 실어 이 집을 빠져나가는 것도 불가능했다. 그보다 도련님 목숨이 경각에 달린 건 아닌지 걱정스러워 견딜 수가 없었다. 경비로 챙겨온 돈 꾸러미를 모조리 내놓고 가는 한이 있더라도 일단 목숨만은 살려야 했다.

"우리 도련님 상태가 심히 이상합니다. 의원을 불러 주십시오!"

하인은 현택에게 언성을 높였던 것도 잊고 그 앞에 넙죽 고개를 조아렸다.

"의원이라니. 이런 외진 곳 어디에 의원이 있다고."

현택이 무심하게 고개를 돌렸다.

"술병이 나도 단단히 난 모양이지. 네 마음은 알겠다만, 호들갑이 너무 심하구나. 저대로 좀 쉬면 곧 정신이 돌아올 게다."

나른한 어조로 몇 마디를 더 하고 현택은 자리를 떴다.

도련님과 덩그러니 둘만 남은 하인은 이제 이판사판이라며 머리를 굴려보았다. 현택이나 이 집 식구들은 의원을 부를 생각이 없다. 그렇다면 어떻게 해서라도 도련님을 끌고 나가야 한다. 필요하다면 몸싸움이라도 할 작정이었다. 단단히 다짐하고 도련님을 요에서 일으키려던 하인은 화들짝 놀라 방바닥에 엉덩방아를 찧고 말았다.

아까까지는 흐물흐물하던 도련님의 몸이 마치 방바닥에 뿌리라도 내린 것처럼 딱 붙어 떨어지려는 기미를 보이지 않았기 때문이다.

'어찌 된 노릇이지?'

하인의 등골에 서늘하게 한기가 돌았다. 귀신에 홀린 것 같았다. 여 엉차, 힘을 줘서 다시 한번 시도해보았지만, 도련님은 아까처럼 꿈쩍 도 하지 않았다. 다시 한번 영차. 역시 마찬가지였다. 이래서야 방바 닥 전체를 들어내지 않는 한 도련님을 옮길 방법이 없었다.

'이 일을 어쩐다……'

하인은 이리저리 머리를 굴렸다.

일단 혼자라도 이 집을 빠져나가 사람을 불러오는 수밖에 없다! 마 침내 결단을 내린 하인은 방에서 주위를 살펴보았다. 여느 때처럼 집 안엔 일하는 사람 하나 보이지 않았다. 조심조심 발소리를 죽이며 하 인은 대문 쪽으로 다가갔다. 대문은 굳게 잠겨 있었다. 대문 걸쇠를 들어 올리려 하는데, 이번엔 걸쇠가 천근만근 하는 쇳덩이나 된 양 도무지 올라가지 않았다. 하인은 다시 한번 힘주어 걸쇠를 밀어 올리 려 했지만 요지부동이었다.

'아아, 도대체 이게 무슨 조화란 말인가!'

하인은 저절로 한숨이 터져 나오는 걸 가까스로 참았다. 아직 포기 하긴 일렀다. 반드시 이곳을 벗어날 방법이 있을 터였다. 빠져나갈 곳 을 찾던 하인의 눈이 높은 담장으로 향했다.

'그래, 문으로 못 나가면 담을 타 넘어가면 되지.'

하인은 손가락을 세워 담장을 기어올랐다. 하지만 몇 척(尺)을 못

올라가고 주르르 미끄러지고 말았다. 바지며, 저고리 옷고름이 온통 흙먼지로 까매졌다. 여러 번 시도했지만, 거미가 아닌 한 받침도, 지지대도 없이 저 높은 담을 맨손으로 기어오를 순 없었다.

'어떡하나……'

초조해 잘근잘근 입술을 씹어대던 하인의 머리에 묘안이 떠올랐다. 발끝을 세워 조심조심 마구간으로 향했다. 울다 지쳤는지 고개를 떨구고 있던 나귀가 하인을 보고 눈을 빛내며 히힝, 소리를 내려 했다. 하인이 '쉬쉬' 나귀를 달랬다. 말귀를 잘 알아듣는 나귀는 이내 고분고분해졌다. 하인은 나귀를 담장으로 끌고 갔다.

"네가 울어댔던 게 다 이유가 있었구나. 빨리 알아차렸어야 했는데. 내가 먼저 인근 동네로 가서 사람들을 불러와야겠다. 그러니 좀 도와다오."

나귀는 까만 눈으로 하인을 응시했다. 마치 말을 알아들은 것 같았다. 하인은 몇 차례 나귀를 토닥거린 다음, 나귀 등에 훌쩍 올라탔다. 그러곤 조심스레 균형을 잡고 등 위에서 일어섰다. 그렇게 하니 얼추 담장 꼭대기에 손이 닿는 것 같았다. 기특하게도 나귀는 꼼짝도 않고 등을 대주고 있었다.

가까스로 버둥거리며 담장 위에 올라보니 의외로 바닥이 까마득했다. 잠시 망설이던 하인은 '에라, 모르겠다' 하고는 눈을 딱 감고 바닥으로 뛰어 내렸다. 무거운 몸이 쿵, 소리를 내며 떨어졌다. 무릎과 발바닥에 가해진 충격이 온몸으로 퍼져 저도 모르게 신음이 새어 나왔다.

다행히 조금 긁히기만 했을 뿐 어디 부러지거나 삔 곳은 없어 보였다. 숨을 고르던 하인은 끙, 소리를 내며 무거운 몸을 일으켰다. 여기서 시간을 끌어 좋을 게 없었다. 갈수록 도련님 상태는 안 좋아질 것이다. 조금만 더 지나면 목숨이 위태로울지 몰랐다. 사방을 둘러보던 하인의 눈에 밥을 짓는지 멀리서 불 때는 연기가 올라오는 게 보였다.

'저기 마을이 있을 테지.'

하인은 피어오르는 연기를 향해 달리기 시작했다.

얼마나 달렸을까. 동이 완전히 틀 무렵 마을이 보이기 시작했다. 노상 주점에서 아낙이 모주를 팔고 있었다. 옆에는 목청꾼으로 보이는 막벌이 일꾼 하나가 '모주 잡슈' 하고 사람들을 불러 모았다.

막걸리를 걸러낸 다음, 술 찌꺼기를 다시 우리고 걸러내 만든 모주는 맛이 맹맹한 데다, 도수도 낮아 술이라고 부르기도 낯부끄러웠다. 하지만 살림살이가 넉넉지 않은 막벌이 일꾼들은 그걸로 목을 축였다.

옆에 커다란 가마솥에선 갓 끓인 비지찌개가 모락모락 김을 피워 올렸다. 사람들은 주변에 모여 모주를 마시고, 바가지로 찌개를 먹기도 하며 환담을 나누고 있었다.

"이보시오, 이 근처에 의원이 있소?"

하인이 헉헉, 숨을 몰아쉬며 그들에게 다가가 말을 붙였다. 사람들이 미심쩍은 시선으로 하인을 돌아보았다. 담장을 넘어올 때 묻은 흙먼지에, 달려오느라 땀이 범벅이 되다 보니 필시 꼴이 말이 아닐 터였다.

"의원이라면 여기서 좀 가야 하는데……. 환자가 계신 곳이 어디요?"

한 명이 가마솥 안에 국자 대신 놓인 조개껍질로 비지찌개를 푸다 말고 얼굴을 들었다.

"저기 저 산기슭 아래 있는 저택이오. 거기 우리 도련님이 누워 계시오."

말해놓고는 문득 그걸로는 안 되겠다 싶은 생각이 들었다. 대감 댁 식구들 행태로 보아 의원을 데려가도 문을 열어주지 않을지도 몰랐다. 그렇다면 관가에 신고를 해야 하나. 무턱대고 양반가를 신고했다가 잘못하면 무고죄를 뒤집어 쓰기 십상이고, 애초에 관리들이 내 말을 믿어주지도 않을 텐데……. 하인이 혼란에 빠져 있는데, 누군가 물었다.

"방금 산기슭에 있는 저택이라 하셨소?"

아낙 옆에 있던 목청꾼이 기묘한 표정을 하고 있었다. 동시에 사람들의 시선이 일제히 하인에게로 쏠렸다.

"그렇소. 대문이 크고 처마가 높은……."

열을 올려 저택을 설명하던 하인은 사람들 안색이 서서히 변하는 걸 눈치채고 입을 다물었다. 어쩐지 공기가 서늘해진 것만 같았다.

"그 집엔 지금 아무도 살지 않는데……."

서로 눈치 보며 말을 미루는 듯하더니, 마침내 한 사람이 어렵게 입을 열었다.

"아무도 살지 않는다니요. 며칠이나 거기 머물렀는데 그게 무슨 말이오? 거기 살고 계신 대감마님과 안방마님, 젊은 도련님, 어여쁜 아가씨까지 내 눈으로 똑똑히 보았소."

그러자 사람들 얼굴이 핏기가 가신 듯 새하애졌다. 목청꾼은 말을 꺼내려 했다가, 직업이 무색하게도 목소리가 안 나오는지 침을 꿀꺽 삼켰다. 아까 비지찌개를 푸던 사람이 대신 말을 받았다.

"그 집은 20년째 사람이 살지 않는 빈집이오. 폐가(廢家)지. 아니, 흉가(凶家)라고 해야 하나."

"흉가라니……."

뜻밖의 말에 하인의 눈이 휘둥그레졌다.

"20년 전 그집 대감마님이 역적으로 몰려 일가족 전부 떼죽음을 당했소. 그런 뒤 다들 불길하다 해서 아무도 그 집에 살려고 하지 않았지."

"그, 그러면 내가 본 그 사람들은 전부 누구란 말이오?"

하인의 귀에 덜덜 떨리는 자신의 목소리가 들렸다. 머리털이 쭈뼛 서고 등골이 서늘해졌다.

"우린들 알겠소. 다만 그 집 대감마님 내외 슬하에 한창 나이인 아드님과 미모가 탁월한 따님이 있었다고들 하더이다."

하인은 저도 모르게 다리에 힘이 풀려 바닥에 털썩 주저앉았다. 아낙이 딱하다는 듯 모주를 한 사발 퍼서 건넸다. 허겁지겁 받아마시니 기력이 조금 돌아왔다. 이러고 있을 때가 아니었다.

'그들이 이 세상 사람이 아니라면, 귀신들이 우글거리는 집에 혼자 남아 있을 도련님이 위험해.'

정신이 번뜩 든 하인은 황급히 몸을 일으켜 다시 왔던 길을 달리기 시작했다. 사람들이 안되었다는 듯 쯧쯧 혀를 차며 하인의 뒷모습을 지켜보았다.

한참을 달리던 하인은 문득 이상한 생각이 들어 발걸음을 멈추었다.

꽤 달려왔는데, 여전히 같은 곳을 뱅뱅 돌고 있는 기분이었다.

'이럴 리 없는데⋯⋯.'

하인은 주변을 돌아보았다. 그러고 보니 아까 저 나무를 지나치면서 본 것 같았다. 벌써 어둠이 어둑어둑 내려앉았다. 저택에 도착했어도 이미 한참 전에 도착했어야 할 시각이었다.

'이게 어찌 된 조화냐.'

온몸에서 식은땀이 흘렀다. 다른 건 몰라도 길눈 하나는 제법 자신이 있었다. 그런데 이렇게 같은 곳을 뱅뱅 돌고 있었다니. 더 소름 끼치는 건 꼬박 하루가 다 가도록 그걸 눈치조차 채지 못했다는 사실이었다.

'아까 동네 사람들한테서 들은 얘기 때문에 혼비백산해서 넋이 나 갔던 걸까, 아니면 나도 도련님처럼 뭔가에 씌인 걸까.'

몸이 덜덜 떨려왔다. 이제는 어디로 가야 할지 확신도 없이, 하인 은 저택이 있다고 생각되는 방향으로 휘청휘청 발걸음을 옮겼다. 얼 마를 더 걸었을까. 어느새 햇빛은 사라지고, 밝은 어둠이 내려앉았다. 숯처럼 시꺼면 밤하늘엔 달도 걸리지 않았다.

어쩐지 풍경이 눈에 익다 싶었는데, 정신을 차려보니 하인은 예전 에 도련님과 함께 헤맸던 산속에 서 있었다. 쌀쌀한 산바람이 옷깃을 파고들었다.

아우우우.

멀리서 늑대 울음소리가 들렸다. 소리는 칠흑 같은 어둠 속에 길고 음산한 여운을 남기고 사라졌다. 하인은 저도 모르게 몸서리를 쳤다. 그때 어디선가 바스락바스락 나뭇잎 밟는 소리가 나더니 사람 목소 리가 들렸다.

"걱정하지 마시오. 늑대는 우리가 무서워서 여기까지 오지 못한다 오."

고개를 들어보니 대감 집 할멈이었다. 처음 봤을 때처럼 등이 굽고 하얗게 센 머리를 쪽지고 있었지만, 눈에서 번득이는 적의는 어느새 사라지고 없었다. 오히려 주름진 얼굴엔 쓸쓸한 회한이 묻어났다.

"대, 댁도 귀신이오?"

정신을 바짝 차려야 한다고 되뇌었지만, 겁에 질려 혀가 잘 돌아가지 않았다. 할멈은 당황하는 기색도 없이 덤덤했다.

"이 세상 사람이 아니냐고 묻는 거라면, 그렇소. 나는 이미 20년 전에 숨이 끊어진 몸이오. 대감마님 내외분, 현택 도련님, 숙정 아가씨와 마찬가지로."

어느 정도 예상했던 일이긴 하나, 하인의 등줄기에 다시 한번 서늘한 땀이 흘렀다. 귀신들과 한 공간에서 며칠이나 있었다지만, 막상 눈앞의 할멈이 귀신이라는 걸 알고 마주하는 것은 엄연히 다른 일이었다.

"대체 뭘 원하는 거요? 왜 도련님과 나에게 이런 짓을 하는 거요?"

하인은 가까스로 용기를 짜내 물었다.

"당신한테는 아무런 감정이 없소. 당신이나 나나 주인에게 종속돼 주인이 화를 당하면 함께 화를 입는 존재일 뿐이니까. 그러니 미안한 마음도 있다오."

할멈의 얼굴에 연민의 빛이 떠오르는 걸 보니 그 말은 거짓이 아닌 것 같았다.

"하지만 당신 주인은 다르오."

"나한테 아무런 감정이 없다면 대체 생면부지 우리 도련님에게는 무슨 억하심정이 있다고 이러시오?"

할멈은 잠시 말이 없었다. 사그락사그락, 나뭇잎이 바람에 흔들리는 소리만 둘 사이에 가로 놓인 침묵을 메워주고 있었다. 마침내 할멈이 입을 열었다.

"20년 전, 대감마님께선 역적으로 몰려 능지처참 당하셨소. 아버지를 닮아 능력이 출중하셨던 현택 도련님도 역모에 가담했다는 죄목으로 같은 형벌을 받으셨고. 그 당시 마님을 역적으로 몰아붙였던 사람이 바로 당신 도련님 아버지요."

"그, 그런……. 우리 대감마님은 그런 일을 하실 분이 아니오!"

"당신은 한갓 대감마님의 하인 아니오? 어찌 그분의 진면목까지 속속들이 안다 할 수 있겠소."

하인은 말문이 막혔다. 할멈은 얼이 빠진 하인을 지긋이 응시하더니 다시 말을 이어나갔다.

"당신 대감마님께서 왜 그런 일을 하셨는지 나는 자세히 아는 바 없소. 당파와 정치적 견해가 달랐던 우리 마님을 제거하려 그랬다고 하는 사람도 있고, 유생 시절부터 가깝게 지냈던 우리 마님보다 출세가 뒤처져 앙심을 품었단 말도 있었소. 사실이야 어찌 됐건 간에, 그분은 한 집안 전체를 완전히 몰락시켰소."

목이 바짝바짝 타는 느낌이었다. 모래를 삼킨 듯 입안이 꺼끌꺼끌했다. 갑자기 물 생각이 간절해졌다.

"대감마님과 도련님이 체포되어 관가로 끌려가고 나서 안방마님은 방 안 기둥에 목을 매고 자결하셨소. 아가씨는 역적 집안 자식으로 낙인 찍혀 노비로 팔려갔지. 노비가 된 지 얼마 지나지 않아 병을 얻어 세상을 떠났고. 부모님과 오라비가 목숨을 잃어 충격이 큰 데다, 가뜩이나 병약한 몸이 힘든 생활을 버텨내지 못했던 거지. 네 식구가 그렇게 무참히 목숨을 잃었소."

"그렇다면 하, 할멈은?"

"대감마님 댁 식구를 지키려다 칼을 맞았소. 신분의 차이가 있긴 하나, 젖먹이 때부터 봐 온 대감마님 댁 아기씨들은 내게 손주나 마찬가지였소. 어느 할미가 손주가 끌려가는 걸 보고만 있겠소."

"…."

"내가 물러서려 하지 않자, 누군가 칼을 휘둘렀소. 대감마님도 역적으로 몰려 개처럼 끌려가는 판국에, 그 집 몸종 목숨이야 목숨도 아니겠지. 나는 그 자리에서 숨을 거뒀소."

그럴 수가, 그럴 수가! 너무나 참혹한 이야기라 하인은 귀를 막고 싶었다. 온몸에 서늘한 한기가 드는 것이 추위 때문인지, 두려움 때문인지 스스로도 알 수 없었다.

"원한을 품은 혼은 죽어서도 편히 저세상으로 갈 수 없소. 원한을 풀 때까지, 원혼이 깃든 곳에 뿌리를 내리고 떠나지 못하지. 지박령 (地縛靈)이 되는 거요."

지박령! 갑자기 땅에 뿌리를 내리기라도 한 듯 방바닥에서 떨어지지 않던 도련님 모습이 떠올랐다. 그때 도련님을 붙들고 놓아주지 않던 것은 지박령의 원혼이었던가. 하지만 이건 말이 안 된다. 대감마님도 아닌 아들을 해코지해서 대체 어쩌잔 말인가.

"하지만 우리 도련님이 무슨 죄가 있소? 아무 죄도 없는 사람을 해치려고 하다니요!"

할멈이 대번에 얼굴에 노기를 띠었다.

"그렇다면 우리 대감마님 내외분과 현택 도련님, 숙정 아씨는 무슨 잘못이 있었단 말이오? 나는 무슨 잘못이 있었단 말이오?"

"그, 그렇지만……."

하인이 말을 잇지 못하고 허둥거렸다.

으아아악.

그때 어디선가 비명 소리가 울려 퍼졌다. 고통스러운 단말마를 낸 사람은 도련님이었다. 하인은 놀라 눈을 휘둥그레 떴다.

"이제 당신 주인에게 가보시오."

할멈이 머리를 감싼 채 와들와들 떨고 있는 하인을 내려다보았다.

할멈의 어깨너머로 아까까지는 자취도 없던 저택이 손에 잡힐 듯 가까이 보였다. 하인은 저도 모르게 벌떡 일어나 한달음에 달려갔다.

마치 하인을 기다리고 있었다는 듯, 저택 대문은 활짝 열려 있었다. 안으로 들어가니 나올 땐 그렇게나 정갈했던 저택은 온통 먼지와 거미줄로 뒤덮여 오랜 세월 동안 사람의 손을 타지 않은 폐가로 바뀌어 있었다.

고목은 다 말라비틀어져 앙상한 가지만 드리우고 있었고, 역한 냄새가 나는 연못은 썩은 나뭇잎으로 뒤덮였다. 저택 전체에서 퀴퀴한 먼지 냄새와 곰팡이 냄새가 코를 찔렀다. 대감님 댁 식구들은 흔적조차 보이지 않았다.

꺄아아악.

어디선가 여자의 날카로운 비명 소리가 들렸다. 하인은 놀라 발걸음을 멈추었다. '저리 비키지 못할까' 호령에 이어 날카로운 칼로 사람을 스윽 베는 섬뜩한 소리가 귓전에 울려 퍼졌다.

'20년 전 이곳에서 벌어진 일들을 듣고 있는 거야.'

하인의 온몸에 송글송글 식은땀이 맺혔다. 더는 듣고 있을 수 없어 귀를 막고 도련님이 있는 방으로 내달렸다. 비바람이 할퀴고 간 탓인지 방문을 바른 창호지는 다 해져 너덜거리고 있었다.

방문을 활짝 열어젖히자, 장판이 떨어져 나간 방에 도련님이 무언가에 크게 놀란 듯 눈을 부릅뜨고 누워 있었다. 초점이 없는 두 눈동자엔 공포가 가득 어린 채였다.

"도련님! 도련님! 정신 차리세요!"

하인이 소리를 지르며 도련님을 흔들었다.

"도련님! 제 말이 들리십니까?"

도련님은 여전히 눈을 부릅뜬 채 미동도 하지 않았다.

"힘들게 눈을 왜 그렇게 뜨고 계신 겁니까? 눈 좀 깜빡여보세요."

하인의 음성이 점점 울음기를 띠기 시작했다. 이럴 수가, 이럴 수가. 건강한 모습으로 집을 떠났던 도련님이 하루아침에 산송장으로 변한 게 가여워 견딜 수가 없었다.

"이 저주받은 집에서 어서 나갑시다, 도련님."

하인이 여엉차 도련님을 안아 일으켰다. 아까는 땅에 뿌리를 내리기라도 한 것처럼 꼼짝도 않던 몸이 바닥에서 가볍게 스르르 떨어졌다. 흐물흐물한 도련님은 마치 혼이 다 빠져나간 것 같았다. 하인은 기가 막혀 한동안 그런 도련님을 품에 꼭 안고 있었다.

휘이이익, 어디선가 불어온 한 줄기 바람에 들보에 길게 늘어진 거미줄이 사정없이 펄럭거렸다.

"도련님을 나귀에 앉힌 뒤 밧줄로 묶고 그 집을 나섰소. 그대로 돌아갈까 생각도 했는데, 한양 대감마님 지인분 댁에서 도련님 몸조리도 시키고, 의원을 부르는 게 더 좋지 않을까 해서……. 한양엔 용한 의원도 많을 게 아니오."

"의원한테 보인다고 뾰족한 수가 있겠소. 당신 얘기에 따르면, 도련님은 병에 걸린 게 아니라 귀신한테 저주를 받은 것 같은데."

손님 중 하나가 입바른 소리를 했다. 주모가 잠자코 있으라는 듯 옆구리를 쿡 찔렀다. 하인은 후, 깊은 한숨을 쉬었다.

"나도 모르는 바는 아니지만, 손 놓고 있을 수는 없지 않소. 할 수 있는 건 뭐라도 다 해봐야지."

이번엔 꼬챙이처럼 삐쩍 마른 투숙객이 입을 열었다.

"원귀들은 도련님을 붙잡아놓고 뭘 하려 했을까?"

"그거야 혼을 빼내려 하지 않았겠나. 산 사람이 귀신과 함께 있으면 시름시름 앓다 혼이 나간다는 말을 어디선가 들은 적이 있네."

체구가 뚱뚱한 투숙객이 말을 받았다.

"그렇다면 귀신이랑 같이 지냈던 저 형씨는 어째 저리 말짱한가?"

"죽은 할멈이 말하지 않았나. 원혼들이 노렸던 건 하인이 아니라 도련님이라고."

사람들이 주거니 받거니 말하는 사이, 방 한구석에서 조용히 듣고 있던 투숙객이 입을 열었다.

"원한을 품은 귀신은 참으로 집요하기도 하군. 이십 년이나 그 집에 버티고 있었다는 건 원한을 풀 기회를 노리고 있었다는 뜻일까."

"원한을 못 풀면 자리를 뜨지 못하는 게 지박령이라 하지 않았소. 그러니 그곳에 계속 붙박힌 채 있었겠지."

"한데 저 도련님이 불쌍하군. 잘못한 건 아버지인데 그 죗값을 아들이 치르게 되다니."

"죄를 지으면 자손이 잘못된다는 말이 있지 않나. 그러니 착하게 살아야지."

투숙객들이 너나 할 것 없이 한마디씩 떠들어댔다.

"그런데 원혼의 복수라는 게 참으로 슬프고도 허망하군. 나와 내 자식이 죽었다고 원수의 자식을 해하면 결국엔 너나없이 모조리 화를 입는 게 아닌가."

삐쩍 마른 투숙객이 씁쓸하게 말했다. 그 말에 모두 입을 다물었다. 오랫동안 이어지던 침묵을 깬 것은 하인이었다.

"여기까지 오는 내내 생각했소. 도련님은 대체 뭘 봤기에 저리도 눈을 부릅뜨고 있을까. 혹시 충격 때문에 뜬 눈을 감지조차 못하는 건 아닐까. 그렇다면 도련님은 대체 얼마나 무시무시한 것을 본 걸까."

무시무시한 것.

다들 머릿속으로 끔찍한 장면을 떠올렸는지 객실 안엔 다시 서늘한 침묵이 흘렀다.

며칠 뒤, 만득이가 도시락을 받으러 삼개주막을 찾았다. 선노미는 전에 만득이가 그랬던 것처럼 구석으로 데려가 도시락을 내밀었다. 안에는 깨가 박힌 강정이 한가득 들어 있었다. 하인이 주막을 떠나면서 나귀를 잘 돌봐주어 고맙다고 선노미에게 주고 간 선물이었다. 긴 여행 동안 입이 심심하면 먹으라고 도련님 어머니가 챙겨준 것인데, 이젠 필요 없게 됐다며 하인은 풀이 죽어 터덜터덜 주막을 나섰다.

"이게 뭐냐?"

뚜껑을 열어 본 만득이가 눈을 반짝 빛냈다.

"주먹밥 만들어줘서 고맙다고. 맛있었어. 덕이 솜씨가 보통이 아니더라."

만득이는 흐뭇하게 웃으며, '고맙다. 덕이가 좋아하겠는걸' 하고 말했다.

"고맙긴. 강정은 넉넉하게 넣었으니 덕이랑 나눠 먹어."

희희낙락하며 멀어지는 만득이의 뒷모습이 보이지 않을 때서야 선노미는 겨우 안도의 한숨을 내쉬었다.

'이 정도면 덕이가 화내지 않겠지?'

선노미는 제발 덕이가 자신의 무심함을 마음에 담아두지 않기를 간절히 바랐다. 원한이란 무서운 거니까. 그나저나 그 도련님은 다시 제정신이 돌아올까? 이름이 세진 도련님이라고 했던가?

선노미는 아비에게 생긴 원한을 아들이 뒤집어 썼다 생각하니 그가 더욱 측은하게 느껴졌다.

'여기가 어딜까.'

세진은 주변을 휘휘 둘러보았다.

저잣거리 같은 곳에 사람들이 한데 모여 웅성거리고 있었다. 낯선 거리와 골목이 눈에 들어왔다. 희한하게도 자신이 왜 이런 곳에 왔는지, 어떻게 이곳까지 오게 됐는지 도무지 기억이 나지 않았다.

곁에 있던 누군가가 '처형이 시작되려나 봐' 하고 소곤거리는 소리가 들렸다.

아, 여기는 처형장이었나.

세진도 사람들 시선이 향한 곳으로 무심코 눈을 돌렸다. 순간, 숨이 헉 막혀왔다. 산속에서 헤매던 자신을 돌봐준 대감이었다. 상투를 푼 머리가 어깨까지 마구 풀어 헤쳐지고, 흙먼지가 묻은 맨발에 옷차림이 남루했지만, 대감이 틀림없었다.

그 뒤엔 고개를 푹 숙인 채 뒤따르는 현택도 보였다. 대감과 마찬가지로 꾀죄죄한 옷차림에, 양손엔 굵은 밧줄이 꽁꽁 묶여 있었다. 체념한 듯 눈을 꼭 감고 있는 현택의 굳게 다문 입매가 바르르 떨렸다.

'저들이 왜?'

혼란스러워하는 그의 귓가에 사람들이 떠드는 소리가 들렸다.

"역모에 가담한 자와 그 자식이라 하더구만."

"이미 남부럽지 않은 자리에 올랐다 하던데, 무슨 부귀영화를 더 보려고 그런 대담한 짓을 저질렀을까."

"원래 있는 사람들이 더 무섭다 하지 않나. 사람 욕심은 끝이 없는 게지."

병졸들이 우악스럽게 대감마님을 끌고 다섯 마리 소가 매인 수레로 향했다.

대감은 이곳에 올라오기 전 매질을 당했는지 다리를 질질 끌었다. 처형장으로 향하던 그가 군중 속에서 누군가를 발견한 모양이었다. 초점을 잃고 이리저리 흔들리던 눈동자가 상대를 보자 잘 벼린 칼날처럼 날카롭게 번뜩였다.

다리를 다친 사람답지 않게 병졸들을 밀어제친 대감은 절뚝거리며 다가와 그에게 달려들었다. 비틀거리던 병졸들이 뒤늦게 대감의 팔을 낚아챘다.

"자네였다더군. 나를 모함한 자가!"

대감의 목소리엔 퍼런 서슬이 서 있었다. 사람들 시선이 일제히 대감과 마주한 한 남자에게로 쏠렸다.

'아, 아버지!'

세진은 저도 모르게 침을 꿀꺽 삼켰다. 대감의 비난을 받으며 서 있는 남자는 분명 아버지였다. 자신이 한 번도 보지 못한, 아직은 젊음이 남아 있던 시절의 아버지. 하지만 세진에게 생소한 건 아버지의 젊음만이 아니었다. 아버지 얼굴에 떠오른, 소름 끼치는 냉정함 역시 처음 보는 것이었다.

"왜 그런 짓을 한 건가? 우리는 형제 같은 사이가 아니었나!"

대감의 비통한 절규에 세진은 가슴에 날카로운 비수가 꽂힌 것 같았다.

'형, 아우처럼 지내던 자였소.'

'권력과 출세를 위해선 물불 가리지 않게 되더군.'

대감의 조용한 음성이 귓전에 울려퍼졌다.

'그자가 내 아버지였던 말인가.'

다리에서 힘이 스르르 빠져나갔다. 금방이라도 바닥에 픽 주저앉고 말 것 같았다.

"어디서 행패를 부리는 게냐! 어서 끌고 가라!"

병졸 우두머리인 듯한 자가 다가와 재촉했다. 병졸들이 서두르자, 대감이 갑자기 자리에 털썩 무릎을 꿇고 절박한 목소리로 애원하기 시작했다.

"이렇게 부탁하네. 자네가 매긴 첫값은 나만 치르는 걸로 하고, 제발 내 막내아들만은 살려주게나."

"……."

"그 아이까지 가고 나면 우리 집은 대가 끊어지고 마네. 나를 봐서라도 제발 세진이만은 살려주게."

대감의 입에서 자신의 이름이 튀어나온 순간 세진은 돌덩이로 머리를 세게 맞은 듯 관자놀이부터 타오르는 어지러움을 느꼈다. 그리고 이해할 수 없는 대화가 계속됐다.

"자네는 모든 걸 다 가졌었지. 재주도, 출세도, 내가 그토록 바랐던 아들도."

대감을 내려다보던 아버지가 씁쓸하게 중얼거렸다. 그 말은 상대방을 위로하는 것 같기도 했고, 비웃는 것 같기도 했다.

두 사람을 지켜보는 세진은 가슴이 터질 것만 같았다. 아버지, 왜 그런 말씀을 하시나요. 달려가 아버지를 붙잡고 애원하고 싶었다. 하지만 발이 땅에 딱 붙어 떨어지지 않았다.

무심한 표정이던 아버지가 대감을 확 끌어당겨서는 귓가에 나지막하게 속삭였다.

"이제 내가 그걸 다 가져가게 생겼네."

그 한마디에 꿇어앉은 채로 아버지를 올려다보는 대감의 눈에서 순간 빛이 사라졌다. 텅 빈 두 눈은 마치 혼이 빠져나간 것 같았다. 아버지가 차가운 목소리로 말을 이었다.

"처음부터 그 아이는 죽일 생각이 없었네. 내 대를 이어야 하지 않겠나?"

병졸들이 망연자실한 듯 축 늘어진 대감을 억지로 일으켜 세웠다.

비틀비틀 일어난 그는 형장으로 질질 끌려나갔다. 조금 뒤 이랴이랴, 병졸들이 채찍으로 소를 후려치자 소들이 음매에 구슬픈 울음을 울며 수레를 끌기 시작했다.

으아아아!

고통에 겨운 비명이 울려 퍼졌다. 팔다리가 뜯어져 나가고, 온몸이 갈가리 찢어지는 고통을 겪는 자만이 낼 수 있는 처절한 비명이었다.

세진은 저도 모르게 두 귀를 틀어막았다. 채찍질 소리가 세지자, 소들의 울음소리와 대감의 비명이 더 커졌다. 땅바닥에 시뻘건 선혈이 후드득 떨어졌다. 뜨거운 피비린내가 코끝을 찔러 진저리가 쳐졌다.

세진은 처형 장면을 도저히 더는 보고 있을 수가 없어 '아버지' 쪽으로 고개를 돌렸다. 순간 놀라 눈을 부릅떴다. 옛친구의 죽음을 지켜보는 아버지의 입가에 떠오르는 미소가 괴기하기 그지없었다. 한 번도 본 적 없는 아버지의 소름끼치는 표정이었다.

온몸의 피가 차갑게 얼어붙는 것 같았다. 눈앞에서 벌어지고 있는 저 끔찍한 장면보다 사람이 지은 것 같지 않은 아버지의 입가에 맺혔던 그 미소가 더 끔찍하게 느껴졌다.

'열등감은 참으로 추악한 감정이라네.'

현택의 음성이 귓가에 맴돌았다.

'이제껏 내가 누린 모든 것이 그 추악한 바탕 위에 일구어진 것이었던가.'

세진은 생각을 떨치려는 듯 고개를 세차게 흔들었다. 하지만 새로 깨달은 잔인한 진실이 그를 붙잡고 놓아주지 않았다.

'내 인생 전체가 내 생부와 친형제의 피를 딛고 일궈낸 것이었던가.

나는 이제껏 원수를 아비로 알고 살아왔던가.'

부정하고 싶었다. 할 수만 있다면 이 모든 일을 처음으로 되돌리고 싶었다. 하지만 그럴 수는 없었다. 그 대신 세진은 눈을 부릅뜨고 눈앞에 서 있는 아버지를, 자신이 이제껏 아버지인 줄 알았던 원수를 쳐다보고만 있었다. 생각지도 못했던 끔찍한 현실과 마주하자, 도저히 시선을 거둘 수가 없었다. 그의 몸과 마음은 영원히 그곳에 묶이고 말았다. 그렇게 세진은 지박령이 되었다.

나귀가 터벅터벅 발걸음을 뗄 때마다 등에 올라탄 도련님 몸이 가볍게 흔들렸다. 그럴 때조차 도련님은 부릅뜬 눈을 깜빡이지 않았다.

도련님의 시선은 자기 눈에만 보이는 무언가에 영원히 고정된 것 같았다.

'대체 무엇을 저렇게 하염없이 보고 계실까.'

하인은 고개를 절레절레 흔들며 다시 무거운 걸음을 옮겼다.

5

열녀

방금 나간 손님 자리를 치우는데 옥이의 표정이 시무룩했다. 마른 천으로 평상 위를 닦을 때도 건성건성 하는 모양새가 어딘가에 정신이 팔린 것 같았다.

두 뺨을 불룩하게 부풀리거나 고집스럽게 입술을 앙다문 게 아니니 골이 난 건 아닌 것 같은데 대체 왜 저럴까? 언니 복이가 조심스럽게 말을 붙여보았다.

"애, 아침부터 어디다 넋을 놓니?"

옥이는 복이 말이 들리지 않는 양 고개를 푹 꺾고서 대충 상 위의 물기를 훔치고 있었다.

조바심이 난 복이가 짜증을 섞어 '옥아!' 하고 부르자, 그제야 옥이는 놀란 눈으로 언니를 올려다보았다.

"대체 무슨 생각을 하고 있길래 불러도 대답도 안 해?"

옥이의 입에서 생각지도 못했던 말이 툭 튀어나왔다.

"언니, 정숙(貞淑)하다는 게 무슨 뜻이야?"

"갑자기 그게 무슨 뚱딴지같은 말이야?"

"아까 이 자리에 앉아 있던 선비들 하는 얘길 들었어. 죽은 지아비를 따라 목숨을 끊는 게 아녀자의 미덕이라고. 정숙한 여인이라면 응당 그래야 한다고."

복이는 눈살을 찌푸렸다. 이 자리에서 유생들이 나누던 대화를 복이도 띄엄띄엄 귓전으로 들었다. 그들은 집안이 정해준 정혼자가 병으로 갑자기 세상을 떠나자 본인도 스스로 곡기를 끊고 자결한 한 양반 가문 처자를 입에 침이 마르도록 칭찬하고 있었다.

애가 닳은 처자의 부모가 '혼례를 치른 것도 아닌데 꼭 이렇게까지 해야겠느냐'고 애원했지만, 처자는 '이미 혼처가 정해졌으니 결혼한 몸이나 다름없습니다. 지아비가 죽었는데 제가 어찌 뻔뻔스럽게 살아있을 수 있겠습니까'라며 끝끝내 음식을 입에 넣지 않았다고 했다.

"아마도 나라에선 정문(旌門: 열녀문)을 하사하실 걸세. 그러면 그건 우리 고을 전체의 경사 아니겠나."

"아무렴. 조선의 모든 아녀자가 그 처자의 갸륵한 기상을 본보기로 삼고 행동거지에 힘쓴다면 그 어찌 아름다운 일이 아니겠는가."

복이가 기억하기로는 둘 사이엔 대충 이런 말이 오갔다.

복이는 듣고서도 그러려니 하고 흘려버렸는데, 옥이는 제법 심각하게 받아들인 모양이었다.

"음, 정숙하다는 건…… 뭐랄까, 행실이 반듯하고 훌륭하다는 뜻이
야."

복이가 나름대로 머리를 굴려 옥이가 알아듣기 쉽게 설명했다. 그
러자 옥이가 고개를 갸웃했다.

"그렇다면 정숙한 여자는 반듯하고 훌륭한 여자라는 뜻이야?"

"그렇지."

"그러면 아버지가 돌아가셨는데 살아 계시는 우리 어머니는 정숙
한 여자가 아닌 거야?"

복이는 화들짝 놀라 얼른 부엌으로 고개를 돌렸다.

다행히 밥을 안치고 장국을 끓이느라 바쁜 주모는 손님도 몇 명 없
는 마당 쪽에서 무슨 일이 벌어지고 있는지 신경 쓸 겨를이 없어 옥
이가 한 말을 듣지 못한 것 같았다.

"공부를 많이 한 선비님들 말이니 틀리진 않을 거 아냐? 그러면 우
리 어머니는 반듯하고 훌륭한 여자가 아니라는 거네?"

옥이가 입가를 실룩이더니 급기야 와앙, 울음을 터뜨렸다. 남편이
죽은 지 십 년이 넘도록 따라 죽기는커녕 온몸에 생명력이 펄펄 넘치
는 주모는 겉보기엔 분명 선비들이 말한 정숙한 여인과는 거리가 있
었다. 옥이가 혼란스러워하는 것도 딱히 무리는 아니었다.

"남편을 따라 목숨을 끊는 열녀가 정숙한 여자인 건 맞지만, 그건
대부분 양반가 아씨들이야. 그러니 우리 같은 평민 여자들은 안 죽어
도 돼."

어머니가 울음소리를 듣고 나와 왜 우냐고 물어볼까 봐 조바심이
난 복이는 서둘러 그럴듯한 말을 주워섬겼다. 이걸로 옥이의 혼란이
해소되기를 바랐는데, 아니었다.

"그건 또 왜 그래?"

옥이가 홀쩍이며 집요하게 따져 물었다.

"나랏님에게 충성하고, 부모님에게 효도하는 건 양반이든, 평민이
든 누구나 다 해야 하는 거잖아. 지아비를 따라 죽는 게 정숙한 여자
라면, 그건 왜 양반만 해야 해? 우리 같은 사람은 지아비를 따라 죽어
도 열녀가 될 수 없는 거야?"

복이는 말문이 막혔다. 하지만 동생에게 만만해 보이긴 싫어 복이
는 조금 언성을 높여 훈계하듯 말했다.

"넌 지금 어머니가 아버지를 따라 돌아가셨어야 한다는 거야? 그
랬으면 우리가 어떻게 이만큼 잘 컸겠어? 지아비를 따라 죽는 여자
만 정숙한 건 아냐. 자식을 잘 키우는 사람도 정숙한 여자라고. 어머
니는 후자를 따르신 거야."

하지만 옥이는 호락호락하지 않았다.

"그럼 자식이 없는 여자는 지아비가 죽으면 따라 죽어야 하는 거
야?"

복이는 또다시 말문이 막혔다.

"그, 그, 그러니까 우린 그런 거 안 해도 된다니까!"

"그건 또 왜 그러냐고!"

이래서야 이야기가 끝없이 빙빙 돌며 되풀이될 판이었다. 아, 내 동생은 왜 이렇게 따지기 좋아하는 피곤한 아이일까, 복이는 지끈거리는 관자놀이를 손가락으로 꾹꾹 눌렀다.

그때 어디선가 쿡쿡거리는 웃음소리가 들렸다. 주막 안에는 저만치서 술잔을 기울이는 양반 나리 두 분 그리고 혼자서 장국밥을 뜨는 옷차림이 후줄근한 남자 한 명밖에 없었다.

양반 두 분은 저희끼리 열띤 토론을 하는 데 정신이 팔려 이쪽엔 신경도 쓰지 않는 것 같으니, 복이와 옥이의 대화를 듣고 웃은 이는 이 후줄근한 남자가 틀림없었다.

"참으로 맹랑한 아이로구나."

허허, 웃던 남자가 숟가락을 내려놓고 옥이 쪽으로 돌아앉았다. 옥이는 살짝 얼굴을 붉혔지만, 눈을 내리까는 대신 똑바로 남자의 시선을 받아쳤다. 남자는 흥미롭다는 듯 옥이 얼굴을 찬찬히 뜯어봤다.

"얘야, 네 나이가 몇 살이냐?"

"열 살입니다."

"열 살이라……."

남자가 금세 생각에 잠긴 표정이 됐다. 묘한 남자였다. 도포 차림에 갓을 쓴 걸 보니 양반은 양반인 듯한데, 때가 타고 단정치 못한 의복을 보면 지체 높은 가문은 아닌 것 같았다. 주막에서 허드렛일 하는 아이에게 스스럼없이 말을 거는 것도 양반다운 행동은 아니었다.

동생보다 조금 더 세상 물정에 밝은 복이는 몰락해서 이름뿐인 가난한 양반일 거라 짐작했다.

"열 살밖에 안 됐는데 제법 사리분별이 밝구나."

뜻밖의 칭찬에 옥이는 당황해 몸을 움츠렸다.

"남들이 하는 말을 무조건 받아들이는 게 아니라 의문을 품고 스스로 이치를 따져보지 않았더냐. 어른들도 좀처럼 할 수 없는 일이다."

옥이가 어떻게 응답해야 할지 몰라 머뭇거리는데, 남자가 나지막한 목소리로 말했다.

"그들도 무조건 세간 여론을 따르기보다는 저 아이처럼 이치를 따져보았더라면 좋았을 것을……."

남자의 목소리엔 어딘가 한스러운 기색이 배어 있었다. 그는 한참 동안 허공을 물끄러미 응시하더니 갑자기 입맛이 사라졌는지 상을 물리고 자매에게 가까이 다가와 앉으라는 손짓을 했다.

"너희들에게 해줄 얘기가 있는데, 들어보지 않으련?"

복이가 불안한 눈으로 부엌 쪽을 바라봤다. 한가하게 노닥거리고 있는 걸 들켰다가 꾸지람을 들을까 신경이 쓰인 모양이었다.

남자는 복이의 마음을 짐작하기라도 했는지, '손님 시중을 드는 거라고 하면 주모도 잔소리는 안 할 게다. 게다가 지금은 손님도 거의 없지 않느냐' 하고 덧붙였다.

"다 듣고 나면 네 동생이 품은 의문이 풀리게 될지도 모르겠구나."

그 말에 옥이가 눈을 반짝이며 남자 옆으로 바짝 다가갔다. 복이도 어쩔 수 없이 주춤주춤 동생 옆에 자리를 잡았다.

남자는 찬물로 입을 한번 헹군 뒤, '내가 아는 어느 양반가의 여자가 겪은 일이다' 하고 이야기를 풀어내기 시작했다.

지금으로부터 25년 전, 전라도 어느 고을에 정씨라는 여인이 살고 있었다. 정씨는 모든 양반가 여자들이 그러하듯 집안이 맺어준 남자 허씨와 혼례를 치렀다.

남편 허씨 가문은 살림살이가 변변치 못했다. 벼슬을 한 인물이 없는 데다, 씀씀이가 야무지지 못해 조상으로부터 물려받은 약간의 땅도 거의 팔아버렸기 때문이다.

허씨는 집안을 일으키기 위해 몇 차례 과거 시험을 봤지만 낙방만 거듭했다. 아직 장가를 들지 않은 시동생도 글공부 쪽으론 영 머리가 돌아가지 않아 그에게 희망을 거는 것도 무리였다. 그런 집안의 맏며느리라 정씨는 손에 물 한 방울 안 묻히는 안락한 생활은커녕 삯바느질로 집안 생계를 도맡아야 했다.

시어머니는 정씨가 시집오기 몇 년 전 남편을 여의고 홀로 되었는데, 어쩐지 정씨를 탐탁지 않게 여겼다. 특별한 이유는 없었다. 며느리가 미우면 달걀 껍질 같이 반들거리는 발뒤꿈치도 미워 보인다더니 딱 그 짝이었다.

남들 눈엔 남편 허씨도 딱히 내세울 게 없었건만, 아들 귀한 것만 아는 시어머니에겐 어디에 내놔도 빠지지 않는 훤칠한 장부였다. 반면에 며느리는 볼품없는 것이 아들의 짝으로는 여러모로 처지는 것 같았다.

　며느리가 눈에 차지 않으니 시어머니는 뭐 하는 것마다 며느리가 모조리 불만이었다. 밥을 하면 질다, 다시 지으면 설익었다, 혼례를 치르고 한 달이 지나기 무섭게 아직도 태기가 없다며 닦달하기 시작했다. 그 정도면 임신이 늦는 것도 아니었고 굳이 문제를 삼으라면 어릴 때부터 병치레가 잦고, 몸도 부실한 허씨가 더 심각해 보였지만, 시어머니는 그런 건 생각도 하지 않았다.

　만약 아기가 생기지 않았더라면 정씨의 시집살이는 훨씬 더 고달파졌을 것이다. 하지만 부부 사이 금슬은 그리 나쁘지 않았던지 얼마 후 정씨는 다행히도 태기를 느꼈고, 열 달 뒤 건강한 아들을 낳았다. 남편은 아이 이름을 '율(律)'이라 지었다.

　정씨는 시집온 이래 처음으로 세상을 다 가진 것 같은 행복감에 젖었다. 품에 안긴 아기가 젖을 빨다 말고 눈을 맞추며 웃어줄 때면 시어머니의 어떤 구박도 다 이겨낼 수 있을 것 같은 자신감마저 생겼다.

　그러나 꿈만 같은 행복은 그리 오래가지 못했다. 원체 비실비실하던 남편이 기어이 몸져누워버린 것이다.

　한두 번 겪는 게 아니라 며칠이면 자리를 털고 일어나겠거니 했는데, 몸이 바짝바짝 마르고 한여름에도 잔기침이 끊이지 않는 것이 어째 예사롭지 않았다. 결국 기침에 피까지 섞여 나왔을 때, 가족들도 속으로 '이것 큰일났구나' 낙담했다.

딱히 잘 사는 사람 없이 살림살이가 고만고만한 고을에서 기침에 피가 섞여 나오는 병은 낯선 게 아니었다. 병에 걸린 사람들은 점점 말라서 나중엔 피를 토하다 결국엔 세상을 떠났다.

정씨는 눈앞이 캄캄해졌다. 아직 스물도 되지 않은 꽃다운 나이에 과부가 되어 언제 끝날지 모르는 시집살이를 계속해야 한다니. 생각만 해도 숨이 턱 막혔다. 전염될까 두려워 집안 사람들은 가까이 가앉기도 꺼리는데, 정씨가 몸을 아끼지 않고 남편을 간호한 것은 어쩌면 조금쯤은 자신을 위해서기도 했다.

밤낮없이 남편을 돌본 정씨의 정성에도 불구하고 남편 허씨는 드러누운 지 넉 달 만에 세상을 떠났다.

낯빛이 파리하고 잔뜩 여위어 볼이 푹 꺼진 남편이 마침내 호흡을 멈췄을 때, 정씨는 넋을 놓고 주저앉고 말았다. 곁에서 방바닥을 치며 통곡하는 시어머니, 끅끅거리며 울음을 삼키는 시동생을 보고서도 그저 남의 일인 양 아무런 감흥이 일어나지 않았다. 초점 없이 이리저리 흔들리던 정씨의 시선이 강보에 싸인 채 방 한구석에 누워 있는 아들 율에게 닿았다.

시끄러운 소리에 놀라 잠에서 깬 아기는 아비가 죽은 걸 아는지 모르는지 어른들을 따라 앙앙 울어대기 시작했다. 그제야 정씨 눈에서 뜨거운 눈물이 왈칵 솟구쳐 나왔다. 그건 죽은 남편보다는 '아비 없는 호로자식'이 되어버린 어린 아들이 가여워서 흘리는 눈물이었다.

'무슨 일이 있어도 이 아이만은 잘 키워내고야 말리라.'

정씨는 얼굴이 빨개지도록 목놓아 울어대는 아기를 품에 꼭 끌어안으며 옷 소매로 흐르는 눈물을 닦았다.

남편 허씨의 장례를 치르고 며칠이 지난 어느 날 밤이었다.

하얀 보름달이 휘영청 떠서 창호지 문 사이로는 은은한 달빛이 새어들었다. 정씨 품에 안긴 아기는 달빛이 신기했는지 까르르 웃으며 고사리 같은 손가락을 흔들어댔다. 병수발로 지칠 대로 지친 데다 장례까지 치르느라 온몸이 녹초였지만, 아들의 재롱이 귀여워 상중(喪中)에도 경박스럽게 입가에 슬며시 미소가 걸렸다.

이제야 비로소 쉴 것 같은데, 스르륵 미닫이문이 열리며 시어머니와 시동생이 방으로 들어왔다.

"됐다, 그냥 앉아 있거라."

시어머니가 주섬주섬 일어나려는 정씨를 보고 말했다.

그렇다고 앉은 채로 맞을 수도 없어 엉거주춤해 있는데 시어머니가 정씨 품에서 아기를 받아들어 문밖에 선 하녀에게 건넸다.

"우리끼리 긴히 할 얘기가 있는데, 아기가 울면 곤란하니 좀 보고 있거라."

하녀가 아기를 안고 물러가자, 시어머니는 자세를 고쳐 앉고 정씨를 똑바로 보았다.

그 시선이 어쩐지 섬뜩해 정씨는 마주 보기가 어려웠다. 그 옆에 앉은 시동생에게 대신 눈길을 주니, 그는 어딘가 켕기는 구석이라도 있는지 고개를 꼰 채 외면하고 있었다. 두 모자(母子)를 대하고 있는 정씨 가슴에 서서히 불안감이 번지기 시작했다.

"큰일 치르느라 수고가 많았다."

시어머니가 먼저 입을 열었다.

"수고라니요, 당치 않습니다. 당연히 해야 할 일을 한 것인데요."

짧은 말이라도 노고를 인정해준 것 같아, 정씨는 저도 모르게 울컥 눈물이 솟았다. 혼례를 올린 후 시어머니에게 위로나 격려 비슷한 말을 들어보는 건 처음이었다. 이제라도 며느리로 인정하고 다정하게 대해주려는가 싶어 절망한 가운데서도 한 가닥 용기가 생기는 것 같았다.

따지고 보면 시어머니와 며느리는 둘 다 지아비를 먼저 보낸 여인이다. 아무리 모진 시어머니라도 한창 젊디젊은 나이에 홀몸이 돼 평생을 수절하고 살아야 할 며느리를 보니 조금쯤은 딱한 마음이 들었을 것이다. 그러니 어쩌면 앞으로는 호된 구박은 받지 않을지도 몰랐다. 시간이 더 많이 흐른 뒤에는 서로 의지하며 지내게 될 것이다. 정씨의 머릿속으로 이런 낙관적인 생각들이 잇따라 스치고 지나갔다.

"비록 네 지아비는 갔지만, 너도 허씨 집안 사람이다."

시어머니가 근엄한 어조로 말을 이었다. 정씨는 고개를 끄덕였다.

"지당하신 말씀입니다. 아녀자가 시집을 가면 죽어서도 그 집 귀신이 되어야 한다고 배웠습니다."

시어머니의 얼굴에 한 가닥 기이한 미소가 떠올랐다 사라졌다.

"네가 정녕 그렇게 생각한다면 일이 쉽겠구나."

시어머니는 품속에 지니고 온 물건을 꺼내 정씨 앞에 내려놓았다. 곱게 접힌 하얀 약봉지와 오른손 중지 두 개를 합친 길이 정도 됨직한 짧은 단도였다. 손잡이 부분에 빨간 장식용 술이 달린 단도는 정씨도 눈에 익은 물건이었다. 정씨가 시집올 때 친정어머니가 물려 주신 은장도였기 때문이다.

'위급할 경우, 이걸로 자진해서 순결을 지키라'고 당부하셨을 때 친정어머니의 비장한 어조가 지금도 정씨의 귓가에 생생하게 남아 있었다.

'이걸 왜 시어머님이?'

혼란스러워하던 정씨는 쨍쨍한 음성에 고개를 들었다.

"너는 우리 허씨 가문을 일으키기 위해 무엇이 필요하다고 생각하느냐?"

"무엇이 필요하냐니요……."

말을 더듬는 정씨를 한심하다는 듯 쳐다보던 시어머니는 쯧쯧 혀를 찼다.

"가문이 번성하기 위해선 먼저 남자들이 관직에 진출해야지. 그렇지 않겠느냐?"

정씨는 도련님을 바라보며 마지못해 고개를 끄덕였다. 허씨 집안에 시집온 이후로 도련님이 책이라는 걸 펴놓고 있는 걸 본 기억이 없지만, 시어머니 말에 토를 달 수도 없는 노릇이었다.

"그렇다면 네가 집안을 일으키기 위해 할 수 있는 일이 있다면 주저하지 않고 하겠느냐?"

"물론입니다. 서방님께서 살아계셨다면 몇 년이 걸리든 꼭 과거 시험에 붙을 수 있도록 내조할 생각이었습니다. 시간이 걸리겠지만, 율이도 꼭 훌륭한 선비가 될 수 있도록 힘써서 가르치겠습니다. 그리고 만약 도련님께서도 학문에 정진하시겠다면……."

'도련님' 대목에서 정씨의 말꼬리가 조금 흐려졌다. 시어머니도 공부와 거리가 먼 차남을 입에 올리는 건 피차 낯간지러운 일이라고 여겼는지 서둘러 말을 끊었다.

"그래, 알았다. 네게 그만한 각오가 있다면 되었다. 그럼 이제 결정할 일만 남았구나."

정씨는 선뜻 이해가 가지 않아 멍하니 시어머니가 한 말을 되뇌었다.

"……결정이라 하시면?"

"비상과 은장도 중 어느 쪽으로 자결하겠느냐 그 말이다."

정씨는 화들짝 놀라 고개를 들었다.

"그, 그게 무슨 말씀이십니까?"

"방금 네가 말하지 않았더냐. 허씨 집안을 일으키기 위해 네가 할 수 있는 일이 있다면 뭐든지 다 하겠노라고. 그건 모두 거짓말이었던 게냐?"

"집안을 일으키기 위해 왜 제가 죽어야만 합니까?"

애원하는 정씨의 목소리와 대조적으로 시어머니 음성은 차갑기만 했다.

"집안에 열녀가 나오면 나라에서 포상을 하게 되어 있다. 열녀 가문은 경제적 지원을 받고, 열녀 집안 남자들은 관직 진출도 쉬워지지. 게다가 만에 하나 열녀문이라도 하사받는다면, 그야말로 가문의 영광으로 길이길이 남을 게 아니더냐."

정씨의 안색이 입고 있는 상복 색깔처럼 하얗게 질렸다.

"그것 때문에 저더러 죽으라 하시는 겁니까? 하지만 율이는요? 아비도 없는데 어미인 저마저 죽으면 율이는 어떻게 하라고요?"

"율이는 어엿한 허씨 집안 장손이다. 네가 걱정하지 않아도 내가 정성껏 키울 것이다. 그리고 율이 미래를 생각해서라도 네가 죽는 편이 그 아이에게 더 도움이 될 것이야. 청상과부가 수십 년간 수절해도 온갖 추문이 따르기 마련이다. 허나 네가 열녀가 된다면 애초에 그런 추문이 생길 일도 없을 테니, 율이는 열녀의 자손이 될 것이고 앞길도 탄탄하게 필 게 아니겠느냐."

정씨는 할 말을 잃었다. 정씨가 죽은 후 율이의 앞날까지 망설임 없이 늘어놓는 시어머니를 보니, 이 계획이 하루아침에 떠오른 일은 아니구나 싶었다. 그런 시어머니를 설득하는 건 이미 늦은 것 같았다. 정씨는 도련님에게 매달렸다. 의지는 박약하지만, 시어머니처럼 모진 구석은 없는 도련님은 어쩌면 자신의 편이 되어줄지도 몰랐다.

"도련님, 도련님도 그리 생각하십니까? 제가 죽어야 한다고요?"

도련님은 불편한 기색이 역력한 얼굴로 머리를 긁적거렸다.

"형수님한테는 미안하게 생각합니다. 하지만 아무리 생각해봐도 이 방법밖에는 없습니다. 그러니 눈 한번 딱 감고 해주십시오."

스스로 목숨을 끊어달라는 말을 노름판 돈 빌려달라는 말처럼 가볍게 내뱉는 도련님을 보며 정씨는 실망을 넘어 맥이 탁 풀리는 것 같았다. 자제력을 잃은 정씨 입에서 참고 참았던 말 한마디가 툭 터져 나왔다.

"본인은 노력할 생각도 않고서 남에게 희생만 강요하시나요!"

도련님의 얼굴이 무섭게 일그러졌다. 못난 사내가 알량한 자존심에 생채기를 입었을 때 곧잘 짓곤 하는 표정이었다. 시어머니의 불호령이 귓전을 때렸다.

"희생이라니! 그깟 목숨 따위가 무엇이 그리 중요하다고 시동생에게 그따위 말본새까지 보이는 것이냐. 지아비를 따르는 건 아녀자의 마땅한 도리이거늘. 아녀자의 미덕을 좇고 싶어도 어쩔 수 없이 초개 같은 목숨을 이어가야 하는 여자도 숱하게 많다. 너는 여건도 다 받쳐주고 가문의 영광을 드높일 기회까지 준다는데 왜 그걸 마다해!"

정씨는 처음으로 시어머니를 똑바로 쏘아보았다. 시어머니도 해볼 테면 해보란 눈빛이었다. 일렁이는 촛불에 비친 시어머니 얼굴은 마치 가면을 쓰고 있는 양 아무런 표정이 없었다. 일말의 미안함도, 가책도 느껴지지 않았다.

너만 사라지면 돼! 정씨는 시어머니의 얼굴에서 무언의 전언(傳言)

을 읽었다. 시어머니가 정씨에게 '너도 우리 집안 사람'이라고 한 건 허울에 불과했다. 시어머니에게 가족이란, 핏줄로 이어진 아들과 손자밖에 없다. 눈에 차지 않는 며느리는 남이나 다를 바 없다. 가족이 행복해지기 위해선 남은 간단히 내쳐버린다. 가족이라는 연결고리에서 가장 취약한 고리를 끊어내버린다. 가장 연약한 사람을 희생물로 만든다. 나와 내 가족이 잘 되기 위해서라면, 그게 무슨 대수란 말인가. 시어머니 얼굴에서 일말의 가책도 느껴지지 않았던 이유는 그 때문이었다.

그저 눈 딱 감고 한번 해주면 되는 거 아닙니까! 시동생의 무책임한 말이 귓가에 울려퍼졌다. 남들 보란 듯이 떵떵거리고 살고 싶지만, 능력과 의지는 부족한 사람이 함부로 입에 올릴 법한 말이다. 욕심은 있지만, 노력하기는 싫다. 남이 터 준 길을 따라가 쉽게 열매만 따 먹고 싶다. 본인은 평생 노력이나 희생을 치르지 않는 삶을 살아왔기에, 타인에게 그걸 쉽게 요구하면서도 정작 자신은 그게 얼마나 잘못된 것인지 모른다.

일렁거리는 노란 촛불에 비쳐 눈코입이 기이하게 과장돼 보이는 시어머니와 도련님의 얼굴은 다른 듯하면서도 묘하게 닮아 있었다. 뒤틀린 마음이 표출된 양상은 각각 다르지만, 두 사람의 뻔뻔스러운 주장이 뿌리내린 토양은 바로 지독한 이기심이었다.

"저는! 못 합니다."

정씨가 떨리는 목소리로 또박또박 대꾸했다. 시선은 시어머니와 도런님이 아니라, 그들 사이에 가로 놓인 초를 향하고 있었다. 그편이 떨리는 가슴을 진정시키기 쉬울 것 같았다. 정씨의 시선이 닿은 순간, 불꽃이 타닥, 소리를 내며 튀어 올랐다.

"뭐라고? 못 한다고?"

또다시 초가 타닥, 소리를 냈다.

"못 합니다. 율이라도 없다면, 어쩌면 요구하신 대로 했을 수도 있습니다. 하지만 지금은 살아야 할 이유가 생겼습니다. 그 아이를 두고서 목숨을 끊을 수는 없습니다. 할머니가 아무리 잘 돌봐준다고 해도 어미만 하겠습니까."

시어머니가 피식 비웃었다.

"이제 와서 네가 피한다고 피할 수 있을 것 같으냐."

당황한 정씨가 저도 모르게 앉은 채로 몇 발짝 뒷걸음질 쳤다. 동시에 도런님이 달려들어 은장도를 뽑더니 정씨의 가늘고 하얀 목에 들이댔다. 정씨가 흠칫 놀라 숨을 들이켰다.

"형수님, 시간을 끌수록 더 괴롭습니다. 빨리 결단을 내리세요!"

은장도의 퍼런 날이 불빛을 받아 번뜩였다. 정씨는 세차게 고개를 저었다.

"싫습니다! 싫습니다!"

"아, 정말이지 번거롭게 하네."

시어머니가 다시금 쯧쯧 혀를 차더니 도런님 쪽으로 몸을 돌렸다.

"뭘 하는 게냐, 어서 해치우지 않고!"

칼끝이 가늘게 떨리는 게 도련님 몸이 긴장으로 얼어붙은 것 같았다. 얼굴도 파랗게 질린 것을 보니 겁을 먹은 게 틀림없었다. 아랫사람들 시중이나 받으며 귀하게 자란 터라 사람은커녕 닭 목을 비틀어 본 적도 없을 거였다.

"어서 못 찌르겠니!"

시어머니의 성화에도 도련님은 선뜻 손을 쓰지 못했다. 피를 보는 게 무서운 건지도 모른다. 도련님 마음이 약해진 것을 눈치챈 정씨는 그에게 매달리기 시작했다.

"도련님, 제가 꼭 죽어야 한다면 마지막으로 율이 얼굴이라도 한번 보게 해주십시오. 그 아이를 봐야 제가 마음 놓고 떠날 수 있겠습니다. 이제까지 정을 생각하면 그 정도는 해주실 수 있지 않습니까?"

도련님 얼굴에 망설이는 기색이 떠오르자, 시어머니가 야멸차게 소리쳤다.

"안 돼! 아이 얼굴을 보면 마음만 더 약해질 뿐이야. 그냥 지금……."

시어머니가 말을 다 마치기도 전에 정씨는 느슨해진 도련님을 있는 힘껏 뿌리치고 방문 쪽으로 달려나가려 했다.

도련님은 잠시 균형을 잃고 휘청거리다 금세 다시 몸을 일으켜 정씨의 하얀 치맛자락을 낚아챘다. 치맛자락을 밟고 바닥에 쿵 쓰러진 정씨는 두 팔꿈치로 엉금엉금 기어 문고리를 향해 손을 뻗었다.

하지만 시어머니를 당해낼 수는 없었다. 훅, 촛불 부는 소리와 함께 갑자기 방안이 컴컴해지더니 정씨의 뒤통수에 둔탁한 충격이 내려 꽂혔다. 눈앞이 온통 하얘지는 걸 느끼며 정씨는 정신을 잃고 쓰러졌다.

촛대를 손에 쥐고 가쁜 숨을 몰아쉬는 시어머니 발밑에는 아직 얼마 쓰지 않은 초가 바닥에 하얗고 긴 촛농 자국을 그리며 나뒹굴고 있었다.

얼마나 시간이 지났을까. 정씨는 스르르 눈을 떴다.

무거운 눈꺼풀을 간신히 들어 올렸다 내리자, 부옇게 흐린 시야에 휘영청 밝은 보름달이 들어왔다 사라졌다. 머리가 깨질 듯이 욱신거렸다. 여기가 어디지? 달이 보이는 걸 보니 바깥인 것 같은데. 멀지 않은 곳에서 귀에 익은 음성이 소곤거리는 게 들렸다.

"어머니, 꼭 이렇게까지 해야 하는 겁니까?"

"그러게 네가 제대로 찌르기만 했으면 이렇게까지 할 필요가 없었지."

"막상 찌르려니 어디를 찔러야 할지 몰라……."

"이미 엎질러진 물이다. 차라리 잘 되었지. 은장도라는 게 본인이 칼을 입에 물고 앞으로 콱 고꾸라지지 않는 한, 목숨을 끊기는 어렵다. 어쭙잖게 중한 상처만 냈다간 의원을 불러와야 하고 일이 복잡해질 것이야. 비상도 마찬가지. 저것이 호락호락 먹으려 하진 않을 테고 자칫 독살이니 뭐니 아랫것들 사이에 말이 나돌 수도 있으니 어쩌면 이 방법이 가장 나을 것이다. 저것이 정신도 잃었고 하니……."

정씨는 혼미한 머리가 번쩍 깨어나는 것 같았다. 뒤늦게 목에 거칠거칠한 천이 휘감겨 있는 걸 알아차렸다. 익숙하면서도 투박한 감촉, 희미하게 나는 젖내. 율이의 기저귀로 쓰는 광목천이었다. 그 광목천을 여러 개 이어 만든 긴 끈은 한쪽 끝이 바로 눈앞 들보에 동여매 있고 다른 한쪽 끝은 동그랗게 고리를 만들어 제 목에 걸려 있었다.

'나를 목매달려 하고 있어!'

자신의 처지를 깨달은 정씨는 온몸에 소름이 돋았다. 정신을 잃은 사이 시어머니와 도련님이 자신을 마루바닥에 질질 끌고서 들보가 있는 곳까지 옮긴 모양이었다.

정씨는 모래를 씹은 것처럼 까끌까끌한 입을 열어 거기 누구 없느냐고 하인을 소리쳐 불렀다. 집 안에 누구라도 이런 말도 안 되는 일을 목격한다면 막고 나설 것 같았다. 하지만 꽉 막힌 목에서 간신히 터져 나온 소리는 나지막한 신음에 불과했다.

"어라, 정신이 든 것 같은데요?"

정씨의 목소리를 제일 먼저 들은 이는 얄궂게도 도련님이었다.

축 늘어진 정씨를 억지로 받침대 위에 일으켜 세워놓으려고 용을 쓰던 시어머니가 아들을 독촉했다.

"빨리 발밑에 있는 받침대를 치워버리자, 어서!"

그러나 정신을 차리고 발버둥을 치는 정씨와 몸싸움을 벌이면서 무거운 받침대를 빼버리는 건 생각처럼 간단한 일이 아니었다. 살겠다는 일념으로 몸부림을 치던 정씨는 있는 힘을 다 쥐어짜 소리를 지르려 했다. 다행히 이번엔 목청이 틔어 소리가 나왔다.

"누구 없어요! 도와주세요! 거기……."

목청이 높아지자 놀란 시어머니가 정씨의 입을 콱 틀어막았다. 정씨는 미친 듯이 도리질을 쳤지만, 그럴수록 감긴 광목천이 목을 더 세게 조여올 뿐이었다.

억울함과 분노로 솟구치는 눈물이 뺨을 타고 흘렀다. 자신을 쏘아 보는 시어머니의 눈과 마주친 순간, 정씨는 마지막 발악으로 입을 틀어막은 시어머니의 손바닥을 이빨로 콱 물어뜯었다.

"아악! 고얀 것이!"

시어머니가 화들짝 놀라 물린 손을 뺐다. 땅바닥에 붉은 선혈이 후드득 떨어졌다. 정씨가 이때다 싶어 다시 소리를 지르려는 순간, 발밑에 고여 있던 받침대가 마침내 쑥 빠져나갔다. 정씨의 몸은 발을 휘저은 채 들보에 대롱대롱 매달렸다. 감긴 천이 정씨의 가느다란 목을 파고 들며 숨을 조였다. 정씨는 두 손으로 목에 걸린 고리를 풀어보려 했지만, 공중에 매달린 상태로는 역부족이었다. 덜컥 겁이 난 정씨가 버선발로 공중에 맹렬하게 발길질을 해댔다. 컥컥, 목이 막히는 소리가 났다. 말을 하려 해도 혀가 돌아가지 않았다.

"어머니, 괜찮으세요?"

도련님이 피가 줄줄 흐르는 손을 살펴보니 얼마나 악에 받쳐 물어 뜯었는지 상처가 깊었다.

"죽을 정도는 아니다. 천으로 감싸고 연고를 바르면 낫겠지. 모진 것!"

시어머니는 분에 겨워 부르르 몸을 떨며 공중에 매달려 사투를 벌이는 며느리에게 눈을 흘겼다. 정씨는 점점 힘이 빠져 몸부림도 한풀 꺾였다.

"얼마 못 버틸 겁니다. 곧 끝나겠지요."

그때 뚝 하고 목이 부러지는 소리가 들렸다. 굵은 나뭇가지를 부러뜨리는 듯한. 하지만 그것보다 훨씬 기분 나쁘고 불길한 기운이 감도는 소리였다.

시어머니와 도련님이 동시에 정씨에게 시선을 돌렸다. 발버둥치던 몸은 이제 물에 젖은 종이라도 된 것처럼 축 늘어졌다. 공중에 매달린 목은 산 사람에게선 나올 수 없는 기형적인 각도로 꺾여 있었다. 컥컥거리는 소리도 그치자 주위는 쥐 죽은 듯 조용한 정적이 감쌌다. 나뭇잎 바스락거리는 소리조차 들리지 않는 완벽한 정적이었다.

"드디어 끝났네요."

한참 뒤 도련님이 입을 열었다. 두 사람 앞에는 공중에 매달린 정씨의 하얀 속치마가 이따금씩 바람에 흔들리는 나뭇잎처럼 밤바람에 살랑살랑 나부끼고 있을 뿐이었다.

복이와 옥이는 소름이 돋는지 어깨를 움츠렸다. 두 아이 눈은 귀신이나 본 것처럼 겁에 질려 있었다.

"어째서 그렇게까지……. 그렇게 해서 열녀가 되는 게 무슨 의미가 있어요? 그건 진짜 열녀가 아니잖아요. 만들어진 거지."

먼저 입을 뗀 사람은 옥이였다. 남자의 표정이 사뭇 진지해졌다.

"만들어진 거라고? 그래, 네 말이 맞다. 하지만 열녀라는 게 원래부터 만들어진 게 아니더냐?"

"네?"

옥이가 어리둥절한 표정으로 되물었다.

"이 나라에선 지아비를 따라 자결하는 게 아녀자의 가장 큰 미덕이라고 칭송하지. 또 열녀가 나오면 기리기 위해 정문을 하사한다, 어쩐다 하면서 추켜세우고. 그러니 사람들은 아내가 남편을 따라 죽는 게 의로운 행동이라 믿어 의심치 않아. 결과적으로 수많은 과부들을 죽음으로 내몰고 있단다. 어찌 보면 우리 모두가 열녀라는 허상을 만들어낸 공범인지도 몰라."

거기까지 단숨에 말한 남자는 혼란스러운 표정을 짓는 옥이를 보더니, '아직 어린 너한테는 너무 어려운 얘기였나 보구나' 하고 중얼거렸다.

"그 시어머니와 도련님은 정말로 나쁜 사람들 같아요."

복이가 금방이라도 울 것 같은 옥이의 어깨를 팔로 감싸 안으며 말했다.

"그래, 나쁜 사람들이지. 그런데 말이다, 때로는 나쁜 제도가 나쁜 사람들을 만들어내기도 한단다. 정씨네 시댁 식구들이 열녀를 이용해 이득을 보려 했던 것처럼 말이지. 늘 제도의 허점을 악용하려는 사람들은 나오게 마련이니까."

남자는 '아차차, 어린 애들 앞에서 또 내가 너무 어려운 말을 했군' 하는 표정으로 머리를 긁적였다. 남자가 또 미안하다는 말을 꺼내기 전에 옥이가 먼저 물었다.

"그래서 억울하게 죽은 정씨 부인은 결국 열녀가 되었나요?"

남자가 고개를 흔들었다.

"아니, 그렇게 되지 않았다."

허씨 집안에 변괴가 일어났기 때문이다.

허씨 집안 하인들은 누구도 정씨 죽음에 얽힌 내막을 알아차리지 못했다. 그들은 들보에 목을 매 자결한 작은마님을 보면서 눈물짓고 가여워했지만, 자결이 아닐 것이라고는 상상도 못 한 것이다.

정씨는 지아비를 따라 목숨을 끊은 열녀의 모범 사례로 관아에 보고됐다. 이대로 간다면 어렵지 않게 '열녀'라는 호칭을 얻을 수 있게 될 터였다.

시어머니와 도련님은 가슴을 쓸어내리며 안도했다. 이제는 탄탄 대로가 열릴 일만 남았다. 그런데 뜻밖의 골칫거리가 불거졌다. 바로 시어머니의 손에 남은 상처였다.

며칠만 잘 치료하면 나을 거라 여겼는데, 상처는 쉽게 아물지 않았다. 아물기는커녕 물린 곳에서부터 조금씩 벌레 먹은 밤처럼 살이 시커멓게 썩어들어가기 시작했다. 썩어 문드러져 가는 부위에선 지독한 냄새까지 났다. 한여름 백정의 푸줏간에서 날 법한, 오래된 고기가 썩어들어가는 역겨운 냄새였다.

치료를 위해 손에 칭칭 감긴 붕대를 풀 때마다 하녀는 속이 뒤집힐 것 같은 역한 냄새 때문에 제 코를 감싸 쥐고 싶은 심정이었다. 생살이 썩어들어가는 냄새는 시어머니의 방에서 시작해 안마당까지 퍼졌다. 결국 용하다는 의원을 불러들였다.

"참으로 희한한 증세로군요."

성성한 백발에서부터 연륜이 느껴지는 의원은 손을 보고 고개를 갸웃거렸다. 정씨에게 물린 시어머니의 왼손은 그 무렵엔 이미 손 전체가 고목처럼 시커멓게 썩어 손가락들이 제멋대로 덜렁거리고 있었다. 의원이 숨을 참고서 상처가 벌어진 곳을 유심히 들여다보았다.

"이건 사람에게 물린 자국 같은데. 누가 물기라도 한 겁니까?"

시어머니는 얼른 고개를 저었다. 누가 봐도 사람의 이빨 자국이 분명한 상처 자국은 시어머니가 손이 그 지경이 되도록 의원을 부르지 못했던 이유였다.

"사람에게 물리다니요. 얼마 전 떠돌이 개에게 먹을 걸 주다 물렸소."

의원은 '이건 개의 이빨 자국이 아닌데' 하면서도 더 이상은 캐묻지 않았다.

"상태가 굉장히 심각해요. 썩은 부위가 많이 아프십니까?"

시어머니는 다시 고개를 저었다. 지독한 냄새와 하루에도 몇 번씩 천을 갈아야 할 정도로 고름이 나오는 걸 제외하면 특별한 통증은 없었다. 만약 통증까지 심했다면 이빨 자국이고 뭐고 진작에 의원을 불렀을 것이다. 하지만 아무리 통증이 없다 해도 육체가 문드러져 가는 걸 속절없이 지켜보고 있어야 한다는 건 그 자체로 커다란 고통이었다.

"언제부터 이런 증세가 시작되신 겁니까?"

"보름쯤 됐나……."

시어머니가 다시 말끝을 흐렸다. 의원이 심각한 표정이 됐다.

"대체 이게 무슨 병이오? 어떻게 해야 낫는 거요?"

곁에 있던 도련님이 다급하게 물었다. 병도 병이지만, 집 안에 퍼지는 냄새는 참기 힘든 고역이었다. 의원은 선뜻 입을 열지 못했다.

"어떻게 해야 낫느냐고 묻지 않았소!"

도련님이 언성을 높였다. 의원은 어렵게 입을 뗐다.

"검은 머리가 허옇게 될 때까지 의원 노릇을 했사오나, 아직 이런 병증은 본 적이 없습니다. 다만, 살이 썩어 들어가는 걸로 미뤄볼 때 짐작이 가는 병명이 하나 있긴 하온데……."

"글쎄, 그게 뭐냐니까!"

"……나병입니다."

시어머니와 도련님의 눈이 휘둥그레졌다.

"나, 나병이라고?"

"그, 그럴 리가 없소!"

둘이 동시에 부정했다. 의원은 불쾌한 기색 없이 환자의 이의를 받아들였다.

"제 진단이 틀렸을지도 모릅니다. 아니, 사실은 틀렸을 가능성이 높지요. 나병은 천천히 악화되는 병입니다. 아무런 징조 없이 며칠 만에 이렇게 증세가 나빠지진 않습니다. 게다가 마치 독이 퍼지듯 상처를 중심으로 이렇게 퍼져나가지도 않습니다. 하지만 나병 외에는 통증이 없는데 사지가 썩어 문드러지는 병을 달리 본 적이 없어요."

"그렇다면 치료법은, 치료법은 있소?"

좀처럼 당황하지 않는 시어머니도 절망적인 진단엔 결국 울먹이며 말을 더듬었다. 의원은 고개를 저었다.

"안타깝게도 별다른 치료법은 없습니다. 위안이 될지는 모르겠으나, 나병은 천천히 진행되는 병이라 당장 목숨이 경각에 달린 것은 아닙니다. 어디까지나 나병이라는 전제 하에 드리는 말씀입니다만."

시어머니는 망연자실한 표정으로 털썩 주저앉았다. 도련님이 의원에게 말했다.

"나병은 옮는 병이라 아는데, 그렇지?"

"그렇습니다. 환자와 잦은 접촉을 하면 옮을 수 있습니다."

도련님은 그 말을 듣자마자 어머니에게서 조금 멀찍이 떨어져 앉았다. 의원은 그걸 다 지켜보고 있었지만, 겉으로 내색은 하지 않았다. 어찌 보면 자연스러운 반응이었다.

의원이 떠난 뒤, 시어머니와 도련님 둘만 남은 방 안의 공기는 조금 달라져 있었다. 둘은 서로 무엇이 어떻게 달라졌는지 어렴풋이 감지하고 있었다.

시어머니는 그날부터 집 안에서 가장 볕이 들지 않는 쪽방으로 거처를 옮겼다. 하녀들은 순번을 정해 붕대를 갈고, 밥상을 내오고, 요강을 내갔다.

큰마님 병이 나병일지 모른다는 소문이 떠돈 뒤부터는 아무도 방에 발을 들이려 하지 않았다. 도련님 역시 마찬가지였다. 아니, 사실 도련님은 가장 먼저 발길을 끊은 사람이었다. 아침저녁 문안 인사도 모조리 생략한 채 어머니의 병수발과 관련된 일체의 일들은 아랫사람에게 맡겨버렸다.

시어머니는 그게 사무치도록 섭섭하고 외로웠지만, 그렇다고 아들을 책망하기도 어려웠다. 거울에 비친 모습은 날이 갈수록 흉측하게 변해 갔다. 손에서부터 시작된 괴저 현상은 시간이 갈수록 온몸으로 퍼져 이젠 온몸이 흐물흐물 썩어가고 있었다. 몸 전체가 하나의 고름 덩어리가 된 모양새였다.

냄새 역시 갈수록 심해져 방 근처에 가기만 해도 파리가 잔뜩 꼬인 고깃덩어리 같은 역한 냄새가 코를 찔렀다. 이래서야 방 밖으로 나가고 싶어도 나갈 수도 없으니 시어머니는 하루 종일 누워 시간을 보냈다. 언제까지 이래야 하는지 모르니 그야말로 미치고 팔짝 뛸 노릇이었다.

의원이 다녀간 지 보름 정도 지난 날, 밤이었다. 시어머니는 잠자리에 누운 채 천장만 올려다보았다. 잠은 오지 않았지만, 무너져 내리는 몸으로 달리 할 수 있는 게 없었다.

지난 보름 동안 자신과 말을 섞으려는 사람은 아무도 없었다. 오랫동안 말을 하지 않았더니 입에 거미줄이 쳐질 것 같았다. 밥상을 가져온 하녀에게 말을 붙이려 해도 대답을 하는 둥 마는 둥 하고 방을 나가기 바빴다.

'괘씸한 것들!'

시어머니는 누구에게랄 것 없이 속으로 역정을 냈다. 코빼기도 비치지 않는 작은아들을 생각하니 더더욱 열불이 났다.

'내게 저를 어떻게 키웠는데! 어떤 일까지 했는데!'

화를 내본들 달라지는 일은 없었다. 시어머니는 한숨을 뱉고 구석에 타닥타닥 소리를 내며 타는 초로 눈길을 돌렸다. 방안에 누가 있다면 환하게 밝히는 초 때문에 형편없이 일그러진 자신의 얼굴이 똑똑히 보여 질겁을 할 것 같았다. 그런 생각을 하니 외로운 와중에도 옆에 아무도 없다는 게 한편으로는 다행스러웠다. 자신도 썩어서 하나둘씩 떨어져 나가는 손가락, 발가락을 볼 때마다 혐오스러워 고개를 돌리지만 그걸 보고 누가 구역질하는 건 견딜 수 없을 것 같았다.

방안에 빛이 있건 없건 딱히 달라질 것도 없기에 시어머니는 몸을 일으켜 훅, 촛불을 불어 껐다. 순식간에 방안이 칠흑처럼 캄캄해졌다. 어둠은 심란한 마음을 안정시켜주는 효과가 있었다. 시어머니는 다시 자리에 누워 잠을 청했다. 그때 어디선가 이상한 소리가 들렸다.

스르륵 스르륵 뚝.

묘하게 귀에 익은 소리였다. 무거운 걸 바닥에 질질 끌며 걸을 때 나는 듯한, 혹은 옷자락이 바닥에 쓸릴 때 나는 듯한 그런 소리.

시어머니는 귀를 기울였다. 이 밤중에 처소에 올 만한 사람은 없을 터인데, 하긴 밤이고 낮이고 간에 이제 여기로 올 사람은 밥상을 가지고 오거나 요강을 들고 가는 하녀밖에 없었다. 어찌 된 일인가 싶어 가슴이 이상하게 두근거렸다.

스르륵 스르륵 뚝.

이번엔 소리가 조금 더 분명하게, 조금 더 가까이서 들렸다. 그제야 시어머니는 확신했다. 저건 분명 예전에 들어본 적이 있는 소리다. 내가 저걸 어디서 들었던가?

스르륵 스르륵 뚝.

소리는 점점 시어머니가 머무는 방 쪽으로 다가왔다. 갑자기 시어머니의 머리에 어떤 장면 하나가 생생하게 떠올랐다. 정씨가 목을 매달았던 밤, 시어머니는 아들과 함께 정신을 잃고 축 늘어진 며느리의 팔다리를 하나씩 나눠 잡고 들보로 끌고 갔다. 의식을 잃은 몸이, 새하얀 소복 치마가 바닥에 끌리며 스르륵 스르륵 소리를 냈다.

'아, 저 소리!'

그 소리가 무엇인지 깨닫는 순간, 시어머니는 하얗게 안색이 질렸다. 저 소리가 왜 또다시 들리는 건가? 죽은 며느리가 복수를 하기 위해 내게 다시 나타난 건가?

스르륵 스르륵 뚝.

시어머니는 귀를 막고 싶었다.

"대체 원하는 게 뭐냐? 널 죽였다고 나한테 성토라도 하고 싶은 게냐!"

떨리는 목소리로 허공을 향해 소리쳤다. 대답이 없었다.

"날 보아라! 내 꼴을 한번 보라고! 내가 이렇게 된 걸로도 부족하단 말이더냐?"

시어머니는 이를 갈았다.

"이제는 아시겠지요. 누구 하나 내 편을 들어주는 사람 없는 외로운 처지를. 사랑하는 아들 얼굴도 보지 못한 제 심정을."

어디선가 정씨의 목소리가 들린 것 같아 시어머니는 사방을 둘러보았다.

"누구냐? 어디 있느냐? 모습을 드러내, 이 요망한 것아!"

스르륵 스르륵 뚝.

소리가 조금 더 가까이 다가왔다.

"똑똑히 보세요. 추악한 당신의 모습을. 썩은 마음처럼 몸도 시커멓게 썩어 있지 않나요?"

스르륵 스르륵 뚝.

시어머니의 온몸에서 비 오듯 땀이 흘러내렸다. 소리는 어느새 방문 바로 앞까지 바짝 다가와 있었다. 시어머니는 가슴이 바짝바짝 타는 심정으로 문밖을 뚫어져라 노려보았다. 소리의 정체가 무엇이든 간에 다음번 그 소리가 다시 들리면 그때는 틀림없이 방 안까지 들어 와 있을 것이다.

"원하는 게 내 목숨이냐?"

시어머니는 자포자기한 심정으로 문밖을 노려보며 중얼거렸다. 그 러자 귓가에 뜨겁고 축축한 숨결이 느껴졌다.

"그리 오래 걸리진 않을 겁니다."

순간 뚝 하는 기분 나쁜 소리를 내며 시어머니의 몸이 바닥으로 고 꾸라졌다. 이부자리에 쓰러진 그의 몸은 부러진 목각 인형처럼 목이 기형적인 각도로 꺾여 있었다.

"너희들 괜찮으냐? 내가 괜히 불쾌한 이야기를 꺼낸 것 같아 어째 좀 미안하구나."

남자가 떫은 것을 삼킨 듯한 복이와 옥이 얼굴을 번갈아 보며 말했 다.

"그래도 언니는 괜찮을 것 같다만, 동생은 밤에 자다가 놀라 오줌 이라도 지리면 어쩌누."

그러자 옥이가 발칵 화를 냈다.

"저는 오줌싸개 아기가 아니라구요! 이 정도쯤은 아무렇지도 않아 요!"

남자는 허허 웃더니 '그러면 계속 더해도 되겠구나' 하면서 이야기를 이어나갔다.

시어머니의 불가사의한 죽음은 허씨 집안 하인들 사이에선 오랫동안 화젯거리였다. 마님의 갑작스러운 죽음은 놀라웠지만, 일견 다행스러운 측면도 있었다. 이제 더는 마님의 처소를 피해 다니거나, 병에 옮을까 전전긍긍할 필요가 없어졌기 때문이다. 코를 싸쥐는 지독한 냄새가 사라졌다는 것도 감사한 일이었다.

도련님 역시 어머니의 죽음을 슬퍼했지만, 한편으로는 속으로 몰래 가슴을 쓸어내렸다. 몸이 흐물흐물 썩어가기 시작한 어머니는 도련님에게 짐스러운 존재가 된 지 오래였다. 큰마님의 장례를 치른 뒤 허씨 집안은 조금씩 예전의 모습을 되찾아가기 시작하는 것 같았다. 도련님에게 이상한 증세가 나타나기 전까지는.

어머니가 세상을 뜬 지 몇 달 뒤, 늦저녁 주막에서 술을 몇 잔 걸치고 집으로 돌아가던 도련님은 눈을 가늘게 뜨고 뒷산 중턱을 한참이나 바라보았다.

"도련님, 무얼 그렇게 보십니까?"

하인 개똥이가 도련님에게 물었다.

"거참 이상하군. 단오도 아닌데 이런 시간에 저런 곳에서 그네를 타는 여인이 있다니."

개똥은 도련님이 쳐다보고 있는 곳을 바라봤다.

"그네를 타는 여인이라니요? 제 눈에는 안 보이는데요?"

"허허, 아직 마흔도 안 됐는데 벌써 노안이라도 온 게냐? 저기 저 앞에서 하얀 치맛자락과 버선코가 앞뒤로 오르락내리락하는 게 보이지 않더란 말이냐?"

개똥이 눈을 크게 떴다. 하지만 눈을 크게 떠도, 눈을 씻고 봐도 그런 건 전혀 눈에 띄지 않았다. 애당초 늦저녁에 산속에서 그네를 타는 여인이 있다는 것 자체가 말이 되지 않았다.

"도련님, 아무리 해도 제 눈에는 아무것도 안 보이는뎁쇼? 혹시 도련님께 헛것이 보이는 게 아닙니까?"

도련님은 '에끼, 주인한테 그게 무슨 말버릇이냐' 꾸짖고는 '바로 저기 저쪽에 보이는 하얀 치맛자락과 버선 말이다!' 하며 손가락으로 허공을 가리켰다. 그러나 도련님이 다시 고개를 돌렸을 때는 어느새 치맛자락도, 버선도 사라져 보이지 않았다.

그 뒤로도 가끔 도련님의 눈엔 늦저녁이나 늦은 밤에 그네를 타는 여인이 나타나곤 했다. 정확히 말하자면, 그건 여인의 형상이라고 할 순 없었다. 수풀에 가려 전체적인 형체는 보이지 않고 그네를 타듯이 앞뒤로 흔들리는 하얀 버선코와 하얀 치맛자락만 시야에 선명하게 들어오니 여인의 편린이라고 하는 편이 가까울 것 같았다.

'대체 저 여인의 정체는 무엇일꼬? 왜 저런 시각에 그네를 타고 있을꼬?'

도련님은 궁금해서 견딜 수가 없었다. 어쩐지 애처로운 느낌을 주는 날렵한 하얀 버선코와 바람에 하늘하늘 폭이 넓게 퍼지는 흰 치맛자락을 보면, 그 주인은 틀림없이 아름다운 여인일 것만 같았다. 말 못 할 슬픈 사연을 가진, 얼굴에 우수가 어린 청초한 여인. 어쩌면 한 점의 난초와도 닮았을 법한 신비로운 여인.

'저 여인을 꼭 한 번 만나봤으면.'

여인의 편린을 접한 날이면 도련님은 속으로 간절히 기도했다. 자신도 모르는 사이에 어느새 도련님은 하얀 버선코의 여인을 연모하고 있었다.

그날밤, 도련님은 어디선가 들려오는 희미한 소리에 잠이 깼다.

샤르륵 샤르륵.

가벼운 천조각이 바람에 서로 맞부딪칠 때 나는 것처럼 경쾌한 소리였다.

'이게 무슨 소리지?'

반쯤 눈을 뜬 도련님은 기껏해야 먹이를 물고 가는 쥐려니, 대수롭지 않게 생각하며 다시 눈을 감았다.

샤르륵 샤르륵.

다시 같은 소리가 들렸다. 묘하게 신경이 거슬린 도련님은 짜증을 내며 자리에서 일어나 앉았다.

'이놈의 쥐새끼, 잡히기만 하면 가만두지 않을 테다.'

초를 켜기 위해 어둠 속을 더듬는데, 문득 방문 창호지에 검은 형상이 어른거리고 있는 게 눈에 띄었다. 도련님은 자세히 보기 위해 졸린 눈을 크게 떴다.

눈에 익은 날렵한 버선코가, 하늘하늘한 치맛자락이 앞뒤로 오락가락 흔들리고 있었다. 가까운 데서 보니 그네를 뛸 때처럼 큰 폭으로 오르락내리락 움직이는 것이 아니라, 그저 바람에 앞뒤로 한들한들 나부끼는 듯했다.

'저건 그네를 타는 여인이 아닌가?'

도련님은 잠이 확 달아나는 것 같았다.

'저 여인의 편린이 왜 지금 내 눈앞에 보이는가? 그게 창호지에 비쳐 보인다면 여인은 지금 이 방 안에서 그네를 타고 있다는 뜻인데? 아니, 가만 보니 저건 그네를 타는 것도 아닌 것 같은데……. 대체 저 여인은 여기서 무엇을 하고 있단 말인가?'

그때 바로 머리맡에서 '샤르륵 샤르륵' 소리가 들렸다.

도련님은 흠칫 놀라 고개를 들었다. 정수리 언저리에서 하얀 치맛자락과 버선코가 보였다. 고개를 좀 더 쳐들고 눈으로 하얀 버선코의 주인을 좇았다. 시선이 위로 올라가면 올라갈수록 무언가 끔찍한 것을 보게 될 것 같은 막연한 공포감이 혈류를 타고 흘렀지만, 호기심에 이끌려 고개가 계속해서 천장을 향했다.

마침내 여인의 전체적인 형상을 보았을 때 도련님은 경악해 입을 딱 벌렸다. 그의 형수였다. 얼마 전 들보에 목이 매달려 죽은 형수. 목이 꺾인 형수의 가냘픈 몸이 천정에서 빙빙 돌자, 형수가 입은 소복의 치맛자락과 하얀 버선코가 마치 바람에 나부끼듯 앞으로 천천히 오르락내리락하면서 움직이고 있었다.

"버선코만 보고서 내 모습이 아름다울 거라고 생각했나요? 나를 죽이기만 하면 아름다운 앞날이 보장될 거라 착각했던 것처럼?"

툭 불거져 나온, 죽은 생선처럼 투명한 형수의 두 눈동자가 그렇게 도련님을 비난하고 있는 것처럼 보였다.

"으아악, 저리 가! 저리 가! 형수님, 잘못했어요. 용서해주세요!"

도련님은 괴성을 지르며 머리를 감싸 쥐었다. 한밤중에 들린 비명에 놀라 집안 하인들이 모두 도련님에게로 달려왔다. 도련님은 아무것도 없는 허공을 가리키며, '형수님, 잘못했어요. 용서해 주세요!'를 연발하다 결국 입에 거품을 물고 실신했다.

의식을 되찾은 후에도 도련님은 온전히 제정신으로 돌아오지 못했다. 어딘가를 응시하면서 실실 웃어대거나, 갑자기 겁에 질려 온몸을 사시나무 떨듯 떨어대며 이미 죽은 지 오래인 형수에게 용서를 빌었다.

도련님은 예전에 자신의 어머니가 유폐됐던 응달 방에 감금되다시피 했다. 하인들 사이에서 마님의 흉흉한 죽음과 도련님의 실성이 들보에 목을 매 죽은 작은마님과 무관하지 않다는 소문이 떠돌았다. 급기야 누군가가 큰마님과 도련님이 작당을 하고 작은마님을 죽인 뒤 자결한 것처럼 꾸몄다는 제법 그럴듯한 추리를 내놓았다. 하긴 정신이 나간 도련님이 틈만 나면 제 입으로 주절주절 모든 사실을 털어놓았으니 딱히 추리라고 할 것도 없었다.

일의 모든 전말이 대략 밝혀질 무렵, 도련님은 한밤중에 몽유병자처럼 휘청휘청 방에서 걸어 나와 들보에 목을 맸다. 그가 목을 맨 곳은 형수가 목숨을 잃었던 바로 그 자리였다.

"허씨 집안 이야기는 이것으로 끝이다."

남자가 그렇게 말을 매듭지었다. 아까 오줌을 싸지 않는다고 호언장담했던 옥이는 지금은 금방 오줌이라도 지릴 것 같은 표정을 하고 서 있었다.

"어떠냐? 아직도 과부에게 남편을 따라 자결하라 권하는 게 옳다고 생각하느냐?"

옥이는 세차게 도리질을 쳤다.

"앞으로는 지아비를 따라 죽어야 하냐는 질문 따위는 하지 않을 테지?"

"절대 안 해요! 저는 살아서 제 아이들을 잘 키울 거에요. 저희 어머니처럼요."

남자는 '그러냐' 하고 희미하게 웃었다. 그 모습은 어딘지 쓸쓸해 보였다. 잠자코 있던 복이가 문득 생각났다는 듯 물었다.

"그런데 아기는 어떻게 됐나요? 율이라고 이름 붙였다는 그 아기요."

"아, 그 아기 말이구나. 집안에 사달이 난 이후, 한양에 있는 먼 친척집에 맡겨져 컸단다. 친척은 좋은 분들이셨지. 덕분에 열심히 공부해 과거 소과에 합격해 생원이라는 감투를 얻었지."

"아, 다행이네요."

자매의 얼굴이 처음으로 환해졌다.

"그래도 아기가 자라서 훌륭한 선비가 되셨으니 이 이야기도 아주 나쁜 것만은 아니네요."

옥이가 제법 어른스러운 말을 했다. 하지만 남자는 단박에 그 말에 찬물을 끼얹었다.

"글쎄다. 결국 그 아기는 훌륭한 선비는 되지 못했단다."

"아니 왜요?"

자매가 동시에 입을 모았다.

"비밀을 알아버렸으니까."

소과에 합격한 율은 작심을 하고 먼 고향을 찾아 돌아가신 조상들 묘지에 인사를 올렸다. 앞으로 더더욱 학문에 정진해 반드시 대과까지 합격하겠다는 약속을 올리기 위해서였다.

조상의 묘지는 누군가 정기적으로 손을 본 것처럼 잡풀이 깨끗하게 다듬어져 있었다.

'무덤지기가 누군지는 몰라도 고마운 양반이군. 돌아갈 때 인사라도 해야겠어.'

율은 수소문 끝에 개똥이라는 무덤지기를 찾아갔다. 예순이 넘은 노인은 머리가 하얗게 세고 등이 조금 굽었지만, 팔다리가 튼실하고 건강해 보였다. 율이 노인에게 이름을 밝히자, 그는 마치 유령이라도 보는 것 같은 표정이 됐다가 금세 울먹이기 시작했다.

"아이고, 작은마님 아기씨셨군요. 이렇게 장성하셔서 몰라뵀습니다. 그런 비극을 겪고서도 이렇게 훌륭하게 크셨다니……."

'그런 비극'이란 건, 율에겐 금시초문이었다. 율을 키워준 친척들은 우환으로 부모님이 일찍 돌아가셨다고 했을 뿐 자세한 설명은 하지 않았다. 본디부터 부모님이 돌아가신 사연이 궁금했던 율은 노인을 붙잡고 자초지종을 캐물었다.

젊은 시절 허씨 집안 도련님, 즉 율의 작은아버지의 하인 노릇을 했었다는 노인은 주저주저하면서도 집안에 벌어진 해괴한 일들을 소상히 털어놓았다.

이야기를 모두 전해 들은 율은 길게 탄식했다. 대체 가문의 명예란 게 무엇인가, 그것을 지키려고 애꿎은 사람의 목숨마저 바쳐야 하는 것인가. 내가 과거를 보려고 하는 이유 역시 집안의 명예를 드높이기 위해서다. 하지만 내가 알지 못했던 집안의 역사는 피로 얼룩져 있다. 그런 가문이 높은 영예를 누리게 된다면 그건 과연 옳은 일일까.

한참 동안 고민하던 율은 결국 벼슬길을 포기하고 말았다.

"네에? 그럼 그분은 앞으로 어떻게 살려고 하나요?"

복이가 안타깝다는 듯 물었다.

"글쎄다. 사람 앞일이란 걸 예측하긴 어렵다만, 아마도 장사를 하지 않을까 싶구나. 가문의 명예니, 뭐니 하는 허식도 지긋지긋하고 말만 번지르르했지 실속 없고 배만 곯는 선비 생활에 싫증이 나서 말이다."

남자가 씩 웃었다. 처음엔 몰랐는데 웃을 때 보니 어딘지 장난기가 가득한, 소년 같은 인상이었다.

"하지만 글만 읽던 선비분이 장사를 하는 건 쉽지 않을 텐데요?"

복이가 이번에도 제법 어른스러운 티를 냈다. 남자가 다시 한번 씨익 웃었다.

"혹시 아느냐, 의외로 장사 수완이 좋아 한양 땅에 이름을 날릴 거상이 될지."

옥이가 '에이, 그럴 리가요' 하고 입을 앞으로 쑥 내밀었다.

"너희는 아직 어려서 잘 모르겠지만 사람 앞일은 아무도 예측할 수 없는 거란다. 나 역시 불과 몇 달 전만 해도 어느 주막집에서 국밥을 먹다가 주막집 계집아이들에게 돌아가신 어머니 이야기를 하게 될 줄은 꿈에도 생각지 못했으니까."

복이가 '어, 어' 하면서 남자를 올려다봤다.

"그렇다면 율이가 바로……?"

남자는 대답 없이 남루한 옷소매에서 엽전을 꺼내 복이에게 건네고선 주막 문을 나섰다.

"글공부를 그만두고 장사를 해서 돈을 벌겠다니, 저 허생원이라는 사람도 참으로 괴짜로군."

저만치 앉아 술잔을 기울이고 있던 선비 중 나이가 많은 쪽이 입을 열었다. 나이는 오십쯤 됐을까, 큰 키에 살이 쪄서 체격이 좋고 붉은 얼굴에 광대뼈가 두드러진 남자였다.

"괴짜로 치자면 연암(燕巖) 형님 역시 만만치 않지요. 적성(積城: 현재의 경기도 파주) 현감 부임을 축하한다 하시면서 이런 주막으로 불러내시다니요."

연암이라 불린 자보다 너댓 살 젊어 보이는 남자가 다소 불만 어린 어조로 말했다. 상대와는 대조적으로 호리호리한 체격에 용모가 맑고 단정했지만 어딘가 병약해 보이는 인상의 소유자였다.

"뭐 어떤가. 형암(炯庵) 자네도 덕분에 이렇게 마포 난전도 보고, 흥미로운 이야기도 듣고 여러모로 좋지 않은가."

"아까 허생원이 늘어놓은 열녀 괴담 말입니까. 저는 옥석을 가려야 하지만, 열녀라는 관습 자체는 나쁘지 않다고 생각합니다. 성호(星湖) 선생께서도 '중국도 따라오지 못할 아름다운 풍습'이라고 칭찬하지 않으셨습니까."

그러자 얼굴이 붉은 남자가 우렁우렁 울리는 큰 목소리로 반박했다.

"이러니 내가 자네를 '간서치(看書癡: 책벌레)'라고 놀리는 걸세. 조선의 법전에 따르면, 개가한 자의 자손은 벼슬자리에 임명하지 않는다고 적혀 있네. 이게 과연 백성들에게 합당한 법이란 말인가! 백성들이 그런 교화에 물들어 여자는 양반, 서민을 막론하고 너도 나도 수절을 해대니, 수절이라 하는 것이 이젠 하나의 풍속으로 굳어지고 말았네. 지금의 과부는 모두 옛날에 말하던 소위 열녀일세. 개가한다고 해서 자손들 벼슬길이 막히는 것도 아니건만, 시골 어린 아낙에서부터 좁고 지저분한 거리의 과부들까지 남편 뒤를 따르겠다며 물불 가리지 않고 몸을 던지고, 독약을 마시며, 목을 매달아 죽어버리니, 이는 너무 지나친 게 아닌가!"

젊은 쪽 남자가 쓴웃음을 지었다.

"오늘은 형님과 갑론을박을 하고 싶지 않으니 더는 말을 하지 않겠습니다. 형님께서도 그 주장은 묻어 두었다 책에나 쓰시지요."

"자네가 말하지 않아도 그럴 생각일세."

"하지만 그때는 '하얀 버선코의 여인' 따위는 등장시키지 마시고요."

"새겨들음세."

두 선비는 한바탕 너털웃음을 터뜨린 뒤 다시 술잔을 기울이기 시작했다.

25년 전 어느 날 밤.

정신이 나간 뒤로 골방에 갇혀 있던 정씨의 시동생이 무언가에 홀린 듯 휘청휘청 대청마루로 걸어 나왔다. 누군가 자신을 그곳으로 불러낸 것 같았다. 밤이 깊었는지 집안엔 사람 하나 눈에 띄지 않았다.

고개를 들어 하늘을 보니 먹물을 풀어놓은 듯 새카만 하늘엔 둥근 보름달이 둥실 떠 있었다. 형수가 목을 매달았던 그날과 마찬가지로.

시동생은 정씨에게 호감 비슷한 감정을 품고 있었다. 미인이라 할 순 없었지만, 선이 곱고 다소곳한 외모가 여성스럽다 생각했다. 행동거지가 얌전하고 성격이 드세지 않은 점도 마음에 들었다. 당신 주장이 너무도 강한 어머니에게 얼마쯤 질려 있던 터라 티 내지 않으면서도 은근히 자신을 배려해주는 형수의 마음 씀씀이가 고맙게 느껴졌다.

하지만 어머니는 항상 형수를 못 잡아먹어 안달이었다. 형수를 향한 어머니의 못마땅한 감정과 짜증이 사실은 형에게서 비롯된 것임을 그는 잘 알고 있었다.

어린 시절부터 어머니는 맛있는 과자가 생기면 형에게 숨겼다가 자신에게만 몰래 건네주곤 했다. 자신처럼 따스하고 살가운 시선으로 형을 보지 않는다는 사실도 어렴풋이 눈치채고 있었다. 꽤 오랜 시간이 흐른 후에야 그 이유를 알게 됐다. 형과 자신은 어머니가 다르기 때문이라는 것을. 어머니가 배 아파 낳은 자식인 자신과 달리, 형은 아버지의 죽은 전처(前妻) 소생이라는 것을.

아버지 눈이 무서워서인지 어머니는 아버지가 살아 계실 땐 대놓고 자신을 편애하지 않았다. 오히려 사람들 앞에선 글공부에 재능이 없는 자신을 형과 비교하며 나무라곤 했다. 아버지가 돌아가신 뒤에도 어머니는 허씨 집안 가장인 형을 막 대할 수 없었다. 형에 대한 불만은 '시어머니의 구박'이라는 형태로 고스란히 무력한 형수에게 돌아갔다.

그런 어머니의 태도가 돌변한 건 형이 앓아누운 이후부터였다. 형의 몸 상태가 심상치 않아 보여도 좀처럼 의원을 부르지 않았고, 의원이 지어준 약도 제때 달여 먹이지 않았다. 환자를 거의 방치하다시피 한 거나 마찬가지였다. 남편을 헌신적으로 돌본 형수가 아니었더라면, 아마도 형은 훨씬 더 일찍 세상을 떴을 것이다.

언젠가 형의 병간호에 소홀한 어머니에게 이유를 따져 물은 적이 있었다. 어머니는 한심스럽다는 듯 혀를 끌끌 차며 이렇게 말했다.

"네가 생각이 짧은 줄은 알았다만, 고작 이 정도란 말이더냐. 네 형이 빨리 세상을 떠야 네가 이 집안 기둥이 되지 않겠니?"

"별 볼 일 없는 집안 기둥이 되어 봤자 뭐가 좋습니까."

"우리라고 언제까지고 별 볼 일 없이 지내란 법 있느냐."

"그렇다고 제가 과거에 붙을 것 같지는 않습니다."

그가 멋쩍은 듯 뒤통수를 긁적거렸다. 어머니가 한숨을 쉬며 고개를 절레절레 흔들더니 그의 귓전에 조용히 속삭였다.

"네 형수를 열녀로 만들면 될 것 아니냐!"

그가 화들짝 놀라 고개를 들었다.

"어찌 그런 일을!"

어머니는 매서운 눈초리로 그를 쏘아보았다.

"그렇게라도 하지 않으면 네 말대로 우리는 언제까지고 빛도 못 보고 궁상맞게 살 수밖에 없다. 한 번뿐인 인생을 그렇게 허비하고 싶은 게냐!"

"하지만……."

그가 말끝을 흐렸다.

"이건 하늘이 주신 기회다. 네 형수가 열녀가 되면 나라에서 후한 포상을 내리고, 네가 관직에 나갈 기회도 열릴 게다. 이보다 더 좋은 일이 어디 있단 말이냐."

듣고 보니 꽤 그럴듯한 계획이었다. 형수에게 다소 미안한 마음은 있지만, 돈과 명예를 거머쥔 제 모습을 그려보자 죄책감은 큰 걸림돌이 되지 못했다. 그래도 못내 마음이 찜찜했다.

"하지만 형수가 호락호락 목숨을 끊으려 할까요?"

"스스로 목숨을 끊지 않는다면 목숨을 끊게 만들어야지."

어머니의 눈빛이 너무나 무서워서 그는 저도 모르게 부르르 몸을 떨었다.

형수는 예상대로 고분고분 자결하지 않았다. 울먹이며 애원하는 형수가 부담스러워 그는 애써 눈도 맞추지 않으려 했다. 그런데 마지막으로 형수가 내뱉은 한 마디, 스스로 노력도 하지 않으면서 타인의 희생을 강요한다는 말이 그의 자존심에 생채기를 냈다.

그는 자기가 학문에 재능이 없다는 사실을 일찌감치 알았다. 형과 비교당하고 아버지에게 끊임없이 잔소리를 듣는 데도 이골이 나 있었다. 그렇다고 그게 상처가 되지 않았던 건 아니었다. 가슴 속에 꼭

꼭 숨겨 놓은 열등감은 언제든 터져 나올 기회를 엿보고 있었다. 거기에 불씨를 붙인 것이 어느 정도 호감을 품고 있던 형수가 던진 비아냥이었다. 그 순간, 그는 형수에 대한 일말의 미안함과 연민을 던져 버렸다.

하늘에 걸린 둥근 보름달은 그날처럼 밝은 빛을 내며 걸려 있었다. 창백한 하얀 달이 형수 얼굴 같다고 생각하면서 그는 이불을 뜯어 만든 긴 천을 들보에 감았다. 무언가에 홀린 듯한 손놀림이었다.

한쪽 끝을 둥글게 고리를 만들어 목에 건 뒤 그는 허공을 향해 훌쩍 뛰어올랐다. 천이 목을 파고들면서 숨이 막혀왔다. 목에서 컥컥거리는 소리가 들렸다.

목이 졸린 채 공중에서 발버둥치던 형수의 무시무시한 얼굴이 떠올랐다. 이마에 혈관이 불거지고, 눈이 튀어나오던 모습. 어머니의 손을 물어뜯은 뒤 서서히 숨이 끊어지던 형수는 고통스럽게 띄엄띄엄 마지막 한 마디를 내뱉었다.

"당신…… 들이 남편…… 을 죽도록 방치한 것…… 다 알고 있어. 두고 봐, 당신들도…… 곱게…… 죽진 못할……거야."

예상치 못했던 말에 어머니와 그의 얼굴에서 핏기가 가셨다. 뒤이어 '뚝'하고 목이 부러지는 소리가 들렸다. 목이 꺾인 형수의 몸이 바람결에 조용히 흔들렸다.

죽음을 앞두고 몸부림치던 형수처럼 그 역시 맹렬하게 허공을 향해 발길질했다. 살려는 본능이었다. 시야가 점점 부옇게 흐려지고, 정신이 아득해지기 시작했다.

얼마 후, 그의 고개가 푹 꺾였다. 양손도 힘없이 옆으로 툭 떨어졌다. 마침내 숨이 끊어진 것 같았다. 허공에 매달린 그의 시신을 하얀 달빛이 조용히 어루만졌다.

어디선가 정씨가 조용히 속삭이는 목소리가 들렸다.

"당신들도…… 곱게…… 죽진 못할…… 거야."

이야기에서 등장한 정씨의 아들이자 옥이와 복이에게 이야기를 들려주는 화자 '율'은 박지원의 『허생전』에 등장한 허생원을 모티브로 하였다. 다른 자리에서 술을 마시고 있던 연암은 『열하일기』, 『호질』 등을 쓴 조선 후기 실학자 박지원(1737~1805)이며, 일행인 형암은 실학자 이덕무(1741~1793)다. 이덕무는 실제로 『양(兩)열녀전』에서 열녀들을 칭송하였고, 박지원은 『열녀함양박씨전』에서 열녀를 장려하는 사회 분위기를 비판했다. 형암이 언급한 성호는 조선 후기 실학자 이익(1681~1763)으로, 『성호사설』에서 열녀를 칭송한 바 있다.

6

옹기장의 꿈

어둠이 깔리자 얼굴이 불콰해진 취객들은 하나둘 집으로 돌아가기 시작했다.

주모는 주막 평상 귀퉁이에 앉아 혼자 술잔을 기울이는 옹기장 박씨를 보고 이맛살을 찌푸렸다.

삼개주막이 있는 마포나루 인근엔 젓갈과 소금 보관용 옹기를 만드는 옹기 장인이 여럿 모여 살고 있었다. 박씨는 그 가운데서도 솜씨가 으뜸이었다. 지방에서 입소문을 듣고 박씨의 옹기를 보러 오는 상인들도 적지 않았다. 옹기 만드는 데 미쳐 나이가 차도록 장가를 들지 못했던 박씨는 10년 전, 나이 마흔에 스무 살이나 어린 꽃다운 처자와 결혼해 주위의 부러움을 톡톡히 샀다. 2년 뒤 떡두꺼비 같은 아들이 생겼고, 박씨는 어린 아내와 늦둥이 아들을 끔찍이도 아꼈다.

그런데 일주일 전, 박씨 아내가 병으로 세상을 떠났다. 아내의 장례를 치르고 나서 박씨는 지난 며칠간 하루도 빠짐없이 주막에서 홀로 술을 마셨다. 이따금 박씨를 발견하고 아는 사람이 마주 앉으려 할라치면 혼자 있고 싶다며 손사래를 쳤다. 그럴 때마다 상처(喪妻)한 심정을 모르지 않기에 딱한 눈길로만 위로하며 가만 내버려두었다.

이날도 어김없이 혼자인 박씨에게 주모가 슬며시 다가가 말을 붙였다. 손님에게 먼저 말 거는 일 없는 주모도 그를 저대로 놔둬선 안 되겠다 싶었던 것이다.

"희동이는 어쩌고 매일 늦게까지 술을 드시오?"

희동이는 박씨 아들이다. 희동이 이름 석 자가 나오자 박씨는 몸을 움찔했다. 술잔 든 손까지 부르르 떠는 걸 보니 미안함 마음이 얼마나 크겠나 싶었다. 엄마를 잃은 희동이가 아버지가 돌아오길 목 빠지게 기다리는 모습이 눈에 선했다.

박씨는 이내 대수롭지 않다는 듯 '희동이는 잠시 누이한테 맡겼소' 한 뒤 다시 술을 따랐다.

"술은 이제 그만 자시오. 이미 많이 드셨잖소."

주모가 박씨 손에서 술잔을 빼앗았다. 더 이상 마셨다간 몸을 가눌 수 없어 집까지 돌아가지도 못할 것 같았다. 어느새 마지막 남은 취객들까지 자리를 떠 주막엔 박씨 혼자 덩그러니 남았다.

"허허, 술 파는 주모가 손님에게 술을 마시지 말라니……."

박씨가 혀가 꼬여 말이 거칠게 나왔지만, 주모는 어림도 없는 소리라는 듯 입을 꼭 다물고 고개를 흔들었다.

"그럼 따악 한 잔만. 딱 한 잔만 더 하고 가겠소."

"정말 한 잔만이요."

"그럼, 난 빈말은 안 하는 사람이니까."

주모는 고개를 끄덕이곤 박씨 옆에 다가와 앉았다.

"상심이 얼마나 클지 왜 모르오. 하지만 산 사람은 살아야지. 언제까지 그렇게 정신 못 차리고 술만 마실 거요. 죽은 희동 엄마를 생각해서라도 기운을 내야지요."

주모가 이번에는 달래듯 말했다. 박씨가 씁쓸하게 웃더니 별안간 정색을 하고 주모를 바라보았다.

"주모, 내 아들이 남의 씨라는 사실을 알게 되면 기분이 어떨 것 같소?"

뜻밖의 말에 주모는 무어라 대꾸할지 몰랐다.

"무슨 말이오? 그럼 희동이가?"

"내 씨가 아닙디다."

박씨가 마지막 잔을 들어 한 모금 쭉 들이켰다.

"그걸 어떻게 알았소?"

"희동 엄마가 이실직고하더군. 죽기 전에 나한테 용서해 달라면서."

박씨 아내는 얌전하고 품행이 반듯한 여자였다. 남편 몰래 외간 남자와 정을 나눌 사람이 아니었다. 박씨와 부부 사이도 좋은 편이었다. 나이 차가 많이 나는 남편을 깍듯하게 떠받들며 보살폈다. 그랬던 박씨 아내가 다른 남자 아기를 가졌다니. 주모는 적잖게 충격을 받았다.

충격이 가시자 박씨를 바라보는 주모의 시선에 측은함이 어렸다. 제삼자도 가슴이 철렁 내려앉는데 당사자인 박씨는 그야말로 마른하늘에 날벼락이나 마찬가지일 터였다.

주모가 박씨 눈치를 살피며 조심스레 물었다.

"그럼 애 아비는……."

박씨는 갑자기 밥상을 주먹으로 쿵 내리쳤다.

"그게 제일 참을 수 없소! 하필이면 하고 많은 사람 중에 정을 나눈 사람이 덕배일 줄이야……."

주모 눈이 휘둥그레졌다. 덕배는 박씨가 아꼈던 유일한 제자였다. 일찍 부모를 여읜 덕배는 어찌어찌 인연이 닿아 열 살 때부터 박씨 밑에서 옹기 굽는 법을 배웠다.

나이 서른에 이미 옹기 장인으로 이름을 떨친 박씨는 덕배를 제자 겸 막내동생 삼아 키우다시피 했다. 원래 제자를 받지 않는 박씨가 덕배를 거둬들인 건 그에게서 어린 시절 부모를 잃고 고생한 자신의 모습을 보았기 때문인지도 몰랐다. 3년 전, 덕배가 병으로 세상을 떠났을 때 박씨는 한동안 끼니를 잇지 못할 만큼 그의 죽음을 슬퍼했다. 그런데 그런 덕배가 뒤에서 박씨를 속여가며 천륜을 어기고 있었다는 것이다.

"열 길 물속은 알아도 한 길 사람 속 알기는 어렵다더니. 설마 덕배가 내 처랑 그렇고 그런 사이였을 줄은 정말 꿈에도 몰랐소. 둘이 나를 병신 취급하며 히히덕거렸다고 생각하니……."

박씨가 다시 술병을 들어 잔에 따르려다 빈 걸 확인하고는 체념한 듯 팔을 털썩 늘어뜨렸다. 그러더니 고개를 푹 떨군 채 한참이나 말이 없었다. 주모는 그런 박씨를 그저 지켜만 봤다.

고개를 흔든 박씨가 비틀거리며 일어나 바지 주머니를 뒤적였다.

"약속대로 이젠 일어나야지. 주모, 얼마요?"

"됐소, 그냥 가시오."

"그럴 수는 없지. 얼마요?"

"됐소. 그냥 가요."

박씨가 인상을 쓰고 대꾸했다.

"혹시 나를 동정하는 거요? 마누라가 제자랑 바람을 피운 것도 모른 불쌍한 등신이라고?"

주모가 어이없다는 듯 웃었다.

"동정은 무슨 동정. 주막에서 일하면서 당신보다 더 억울하고, 분한 사람들 수백 명은 봤소. 그러니 당신한테 줄 동정 같은 건 없어요."

"그런데 왜……."

"이웃이 어려울 때 야박하게 굴면 쓰겠소? 늘그막에 홀아비 생활은 이래저래 힘든 게 많을 거요. 힘내고, 각오를 다지라고 오늘은 내가 한턱 대접한 셈 쳐요."

숙연해진 박씨는 얼굴을 붉히더니 '고맙다'고 고개를 숙였다.

박씨가 떠나자마자 주모는 뒷정리를 시작했다. 박씨가 한 말 가운데 마음에 걸린 게 있던지 석연치 않은 표정이었다.

"어머니, 도와드릴까요?"

고개를 들어보니 선노미가 곁에 서 있었다. 주모는 마치 처음 보는 사람인 양 선노미의 해맑간 얼굴을 빤히 쳐다봤다.

"왜 그러세요? 제 얼굴에 뭐가 묻었나요?"

주모가 고개를 저었다.

"아니, 아무것도 아니다. 다 끝났으니 먼저 방에 들어가 쉬려무나."

선노미는 주모를 갸웃거리며 보다가 피곤한 몸을 누이러 방으로 걸음을 옮겼다.

며칠 뒤 박씨가 다시 주막을 찾았다. 또 술을 찾나 싶었는데 장국밥 하나만 주문했다. 주모가 밥상을 내어 가자, 박씨는 '지난번에는 고마웠소' 하면서 고개를 숙였다.

"드디어 정신 차리셨나 보오?"

주모의 말에 박씨가 멋쩍은 듯 웃었다.

"이젠 정신 차릴 때도 됐지."

"알긴 아는구먼."

박씨가 주위를 둘러보곤 목소리를 낮췄다.

"사실 며칠 전에 희한한 일을 겪었소."

"희한한 일이라니?"

"덕배를 보았소."

"덕배라니, 이미 죽은 자를?"

"꿈에 나타났단 말이오. 평상시랑 똑같은 모습으로."

만취해 돌아온 다음 날, 박씨는 머리가 깨질 것 같은 숙취를 느끼며 잠에서 깼다. 물레 돌리는 일도 힘에 부쳐 오전 내내 누워만 있었는데, 정신을 차리고 보니 어느새 해가 중천에 걸려 있었다.

정신이 돌아오자 지난 밤 덕배에게 느꼈던 강렬한 분노와 배신감이 되살아났다. 부정한 아내에 대한 배신감 역시 이루 말할 수 없었지만, 박씨는 그보다는 아내를 잃은 슬픔이 더 컸다. 그래서 박씨가 퍼붓는 비난은 열에 아홉은 아내가 아닌 덕배를 향했다.

'이런 쳐죽일 놈! 감히 내 아내를.'

화가 나 씩씩거리던 박씨는 별안간 주섬주섬 옷을 주워입고 밖으로 나왔다. 덕배의 무덤에 가서 화풀이라도 해야겠다는 충동이 일었던 것이다. 눈앞에 있으면 흠씬 두들겨 주기라도 했을 텐데 이미 죽은 사람이라 그럴 순 없고, 무덤에다 발길질이라도 해야 직성이 풀릴 것 같았다.

일단 결심하고 나니 왜 좀 더 빨리 그런 생각을 못 했는지 스스로가 한심할 지경이었다.

숲속에 혼자 덩그러니 솟아 있는 덕배의 무덤은 쓸쓸해 보였다. 예전엔 박씨가 명절마다 와서 손질해 주곤 했는데, 아내가 몸져누운 뒤로 발길이 뜸했던 탓에 무덤엔 잡풀이 무성하게 우거져 있었다.

박씨는 무덤을 보자마자 눈에 불을 켜고 달려들었다.

"이놈, 이 나쁜 놈! 내가 너한테 어떻게 해줬는데 너는 은혜를 그런 식으로 갚은 거냐! 이 배은망덕한 놈!"

연신 발길질을 한 뒤에 그걸로도 분이 풀리지 않았는지 박씨는 주먹으로 무덤을 마구 때렸다. 그게 마치 덕배라도 되는 것처럼.

한참 동안 분풀이를 한 박씨는 마침내 제풀에 지쳐 무덤 곁에 털썩 주저앉았다. 동시에 참았던 울음도 울컥 터져 나왔다.

"덕배야, 나는 너를 친동생처럼 여겼는데, 어찌 내게 그토록 심한 짓을 했단 말이냐. 나도 모르는 사이에 너를 섭섭하게 대한 적이라도 있었던 게냐……."

넋두리처럼 이런 말도 해 봤지만, 무덤이 대답할 수 있을 리 없었다.

얼마나 시간이 흘렀을까. 정신을 차리고 보니 이미 날은 어둑어둑해져 있었다. 주변에 어스름이 깔리고 밤이슬이 내린 풀잎이 축축했다.

'이래봤자 다 부질없는 짓인 것을.'

박씨가 바지를 털고 일어났다. 가기 전 마지막으로 덕배의 무덤을 돌아봤다. 한바탕 분풀이를 해댄 무덤 위에 무성하게 솟은 잡초가 괜스레 눈에 밟혔다.

'괘씸한 놈. 저 꼴이 돼도 싸지.'

그대로 자리를 뜨려는데 이상하게 발걸음이 무거웠다. 땟국물이 절은 꾀죄죄한 얼굴로 저를 올려다보던 열 살짜리 덕배가 떠올랐다. 자라면서 반항 한번 한 적 없던 유순한 덕배. 살 날이 얼마 안 남은 걸 알고서 슬픈 눈으로 '먼저 가서 죄송하다'고 용서를 빌던 덕배.

추억을 떨치기 위해 박씨는 고개를 절레절레 흔들었다. 하지만 그럴수록 덕배와 함께한 시간이 발목을 붙잡고 놓아주지 않는 것 같았다.

결국 박씨는 무덤으로 발길을 돌렸다. 덕배 무덤에 난 잡초를 일일이 손으로 잡아 뜯고, 흙을 덮었다. 배신감과 분노에 치를 떨면서도

한편으론 초라한 무덤이 안쓰럽게 느껴지는 이상한 심리가 자신도
이해가 잘 가지 않았다.

'무덤에 발길질한 죗값을 무는 게지.'

자신이 이러는 데 구차한 이유를 갖다 붙이며 박씨는 늦도록 덕배
의 무덤을 정성스레 손질했다.

그날 밤, 박씨는 서늘한 기운을 느끼고 잠에서 깼다. 산속 동굴에라
도 들어간 것처럼 춥고 음습했다.

'초가을 날씨가 왜 이리 추운가. 고뿔이라도 걸린 겐가.'

어둠 속을 더듬어 이불을 목까지 끌어올리려는데 문득 머리맡이
얼음장처럼 싸늘한 걸 느꼈다.

'어디서 외풍이 들어오나.'

반짝 눈을 뜬 박씨의 시야에 머리맡에 무릎을 꿇고 앉은 젊은 남자
하나가 들어왔다. 창백한 하얀 얼굴에 이목구비가 반듯한 사내였다.
상투를 틀지 않은 새카만 머리를 어깨까지 늘어뜨리고 있었다.

'도둑?'

박씨는 가슴이 철렁 내려앉았다. 하지만 넉넉하지도 않은 살림살이
를 털려는 정신 나간 도둑은 없을 터였다. 두근거리는 가슴을 억누르고
남자를 찬찬히 뜯어보니 꿇어앉은 남자는 다름 아닌 죽은 덕배였다.

"너는⋯⋯."

놀라서 혀도 돌아가지 않는데, 덕배가 고개를 숙이고 넙죽 엎드렸다.

"형님, 죄송합니다. 죽을죄를 지었습니다."

덕배는 살아있을 때처럼 박씨를 형님이라고 불렀다. 처음 옹기 만드는 일을 배우겠다며 밑에 들어왔을 때, 덕배는 박씨를 꼬박꼬박 스승님이라고 불렀다. 그때만 해도 젊었던 박씨는 그 호칭이 영 어색했다. 어느 날 작업장에서 잔심부름을 하던 덕배에게 '나는 네 큰형님 뻘이니 앞으론 스승님 대신 형님이라고 불러라' 하고 일렀다. 그 뒤로 박씨는 덕배에게 형님이 됐다.

"너는 이미 죽지 않았더냐. 어떻게 내 앞에 나타난 거냐."

"형님 말씀대로 죽은 게 맞습니다. 하지만 어떻게 해서든 형님께 잘못을 빌어야겠기에 생시적 모습으로 나타났습니다."

박씨가 덕배를 찬찬히 뜯어보았다. 귀신은 발이 없다고 들었는데, 마주 앉은 남자는 생전의 덕배와 똑같았다. 다만 희다 못해 푸른빛이 도는 창백한 안색과 정체를 알 수 없는 서늘함만이 살았을 때 덕배와 다른 점이었다.

'방이 냉골이 된 게 귀신이 뿜는 귀기 때문이었나.'

박씨는 입술을 잘근잘근 씹었다. 귀신을 보면 혼비백산 정신을 차리지 못할 줄 알았는데, 의외로 마주 앉은 덕배의 혼령이 무섭지 않았다. 혼령이 잔뜩 풀이 죽어 있기도 했지만, 한때 그토록 아꼈던 덕배라 생각하니 딱히 두려울 것도 없었다.

"잘못을 빌려고 나타났다니……. 그건 핑계고, 오늘 네 무덤에 발길질을 해 앙심을 품은 게 아니냐."

박씨가 짐짓 큰소리를 쳤다. 덕배는 세차게 고개를 흔들었다.

"당치 않습니다. 앙심이라니오. 제가 한 짓은 발길질을 당해도 쌉니다. 그 뒤에 형님께서 제 무덤을 잘 손질해주셨는데, 부끄럽고 창피해 어찌할 바를 모르겠습니다."

박씨는 덕배의 창백한 얼굴을 노려보았다.

"네 잘못을 알기는 한 것이냐!"

"입이 열 개라도 할 말이 없습니다."

덕배가 다시 고개를 숙였다.

"대체 어떻게 된 일이냐? 언제부터였더냐? 그 사람이 시집온 뒤부터 줄곧 둘이서 나 모르게 정을 통하고 있었던 것이냐?"

덕배가 떨어져 나갈 것처럼 세차게 고개를 저었다. 방 안 온도가 몇 도쯤 더 떨어진 것 같았다.

"딱 한 번이었습니다. 그 전에도, 그 뒤에도 절대 그런 일은 없었습니다."

"이놈아, 딱 한 번이라도 정을 통한 건 통한 거지. 그렇다고 그게 아무것도 아닌 게 되느냐!"

박씨가 버럭 소리를 지르자 덕배가 다시 고개를 푹 숙였다.

박씨가 못 박듯 다짐했다.

"어쨌든 한 번이라는 말은 틀림없는 사실이렷다!"

"사실입니다. 귀신이 되어서까지 거짓말을 하겠습니까."

박씨는 흥분을 가라앉히려고 숨을 골랐다.

"언제였더냐?"

"네?"

"내 안사람이랑 딱 한 번 정을 통한 게 언제였냐고!"

"8년 전, 형님께서 며칠간 집을 비운 날이었습니다."

박씨는 머리를 감싸 쥐었다. 수원 부잣집에 옹기를 전달하러 집을 비웠을 때를 가리키는 것이었다.

집을 비우기 한 달쯤 전 박씨가 일하는 공방을 찾아온 부잣집 하인이 주인나리께서 지시하셨다며 옹기 제작을 주문했다. 대개는 옹기전 상인에게 물건을 납품하는데, 주문 제작 받은 물건이다 보니 그때는 부득이하게 박씨가 직접 옹기를 지게에 싣고 부잣집까지 날랐다.

"어쩌다 둘이 눈이 맞은 게냐!"

"……."

"어서 얘기하지 못해!"

어쩔 줄 몰라 하던 덕배가 어렵사리 입을 열었다.

"사실 오랫동안 형수님을 연모하고 있었습니다."

박씨의 입에서 탄식이 흘러나왔다.

"언제부터였느냐?"

"……."

"혹시 안사람이 들어온 이래, 죽 그랬던 것이냐?"

덕배가 면목 없다는 듯 시선을 아래로 내리깔았다. 그렇다는 뜻인 것 같았다.

그러고 보니 박씨도 짚이는 구석이 없지 않았다. 박씨가 장가를 들고 나서, 그때까지 더부살이하던 덕배는 박씨 내외 만류에도 불구하고 기어이 집을 나갔다. 형수님에게 폐를 끼치기 싫다는 이유에서였다.

박씨 아내는 남편이 막내동생처럼 여기는 덕배에게 꼬박꼬박 도련님이라 부르며 살갑게 대했다. 하지만 사실상 박씨와 피 한 방울 섞이지 않은 식객에 불과했던 덕배로선 그 친절이 부담스러웠던 모양이라고 여겼다.

덕배는 박씨 작업장 근처 빈 움막에서 숙식을 해결하며 옹기 만드는 데 더 집중하겠다고 했다. 박씨도 더는 덕배를 막을 수 없었다. 덕배 입장에선 안사람이 불편했을 수도 있겠다 싶어 깊이 생각하지 않았는데, 지금 와서 보니 덕배는 그렇게 거리를 두어서라도 자꾸만 쏠리는 연심(戀心)을 억누르려 했었나 보다.

"몇 번이나 안 된다고 마음을 다잡았는데, 그럴수록 이상하게 제 마음은 형수님에게 끌렸습니다. 형님께서 제게 해주신 걸 생각하니 제 자신이 밉고, 한심해서……."

덕배는 울고 있는지 코를 훌쩍였다.

"그런데도 호시탐탐 내가 자리를 비울 때만 기다리고 있었단 말이냐!"

"아닙니다, 맹세코 아닙니다!"

덕배가 또다시 세차게 도리질을 했다.

"형님께선 그때 길을 떠나시면서 '안사람이 떡을 넉넉하게 쪄 두었으니 이따 잠시 집에 들러 가져가라'고 하셨습니다."

그러고 보니 그런 일이 있었던 것도 같았다. 혼자 산 뒤로, 덕배는 살이 한참 내렸다. 남자 혼자 변변히 차려 먹지 못할 게 뻔해 박씨는 틈나는 대로 덕배를 집으로 불러 밥을 먹였다.

박씨 아내도 덕배가 신경이 쓰였던지 반찬을 넉넉히 해 남편을 통해 나눠주곤 했다. 그날 덕배가 떡을 받으러 박씨 집에 가보니, 부엌에서 나온 박씨 아내는 울었는지 눈이 빨갛게 부어 있었다.

"무슨 일입니까, 형수님? 어디 몸이라도 안 좋으신 겝니까?"

"아무것도 아니에요. 아궁이 불 때다 연기가 들어가서……. 떡 받으러 오신 거죠?"

박씨 아내는 얼굴을 닦아내며 허둥지둥 말을 돌렸다.

"떡 같은 것이야 어찌 됐든……. 혹시 형님이랑 무슨 일이라도 있으셨습니까?"

남몰래 연모하는 여인의 눈물을 보자, 덕배는 가슴이 오그라드는 것 같았다. 박씨 아내는 덕배 말에 추스르던 감정의 둑이 터져버린 듯 그대로 주저앉아 훌쩍거리기 시작했다.

"도련님, 서방님은 저를 어여삐 여기시지 않는 것 같습니다."

"그럴 리가요……. 형님께서 형수님을 얼마나 끔찍이 생각하시는 데요."

"아닙니다. 얼마 전 작업장 청소를 하다 손이 미끄러져 서방님께서 만드신 옹기를 깬 적이 있습니다. 그때 어찌나 얼굴을 붉히시며 노발대발 화를 내시는지……. 그 이후로 지금까지 저한테 쌩하신 것이 말조차 걸지 않으십니다. 제가 말을 붙여도 대꾸도 하지 않으시고요."

덕배는 으음, 하고 신음했다. 평소에 인자하고 사람 좋은 박씨는 옹기에 대해서만은 유별나게 굴었다. 자신의 영혼이라도 들어간 것처럼 옹기를 조심스럽게 대했다. 하긴 물레를 돌리고 화덕에 옹기를 구울 때 누가 말을 걸어도 눈치채지 못할 정도로 온 정신을 쏟아붓는 걸 보면, 옹기에 박씨 영혼이 깃들었다 해도 과히 틀린 말은 아니었다. 그러다 보니 박씨는 누구든 자신의 옹기를 소홀히 다루는 걸 참지 못했다. 하물며 그렇게 애지중지하는 옹기를 깨뜨렸다면…… 아마도 화를 풀기란 쉽지 않을 터였다.

"설마 서방님께서 저를 내쫓지는 않으시겠지요?"

"옹기 하나를 깼다고 그렇게까지야 하시겠습니까. 아무리 형님이라도 옹기보다는 조강지처가 더 귀하지요."

박씨 아내가 눈물이 번진 눈을 들어 덕배를 올려다보았다.

"옹기 때문만이 아닙니다."

"……네?"

"혼례를 한 지 벌써 이태가 지났는데 아직도 아기가 들어서지 않습니다. 노력을 않는 것도 아닌데……."

예상치 못했던 말에 덕배는 저도 모르게 얼굴을 붉혔다. 박씨 아내도 자기가 뱉은 말이 무안했는지, '아아, 제가 도련님께 별소리를 다 하네요' 하며 중얼거렸다.

"서방님께서 저를 냉정하게 대하실 때마다 제가 아이를 낳지 못해 그러는 게 아닌가 싶어 서럽습니다. 대놓고 말씀은 안 하셔도 아이를 계속 기다리고 계시는 눈치인데, 자식을 안겨드리지 못하니 못마땅하시겠지요. 오늘도 한마디 말도 없이 떠나셨는데, 그게 또 속이 상해서……."

박씨 아내가 말을 다 끝맺지 못하고 다시 흑흑 흐느껴 울기 시작했다. 뭐라고 위로를 해야 할지 몰라 안타까운 심정으로 지켜만 보던 덕배는 저도 모르게 박씨 아내의 어깨를 감싸 안았다.

그걸 시작으로 서로 다른 폭풍 같은 감정에 사로잡혀 잠시 이성을 잃어버린 두 사람은 해서는 안 될 짓을 저지르고 말았다. 일을 치르고 난 뒤, 두 사람은 그제야 정신을 차리고 자신들이 벌인 일에 경악을 금치 못했다. 하지만 이미 쏟아버린 물을 주워 담을 수는 없었다. 그 일 이후, 둘은 되도록 서로 마주치려 하지 않으려 노력하면서 자신들의 실수를 잊어버리려 했다.

그리고 얼마 지나지 않아 박씨 아내에게 그토록 원했던 아기가 들어섰다.

"아아, 그랬던가……."

박씨가 탄식했다. 고대하던 아기가 생긴 기쁨에 박씨의 화는 눈 녹듯 사라졌다. 옹기 사건 이후 박씨가 아내에게 큰 소리를 내거나, 아내를 섭섭하게 대했던 적은 단 한 번도 없었다. 게다가 늦둥이 아들은 어찌나 예쁜지 아비를 보고 방긋방긋 웃는 아이 얼굴만 봐도 피로가 싹 가시는 것 같았다. 박씨는 이렇게 예쁜 아들을 안겨준 아내에게 깊이 감사했다. 얄궂게도 아내의 외도가 부부 사이 금슬을 더 좋게 만들어준 셈이었다.

첫아들을 품에 안고 나자, 박씨는 또 아이가 갖고 싶었다. 하지만 하늘이 부부에게 내린 자식은 아들 하나뿐이었는지 그다음엔 아무리 노력해도 더 이상 생기지 않았다. 아쉬웠지만 결국 박씨는 둘째를 포기했다. 당시엔 그저 운이 따르지 않는다고 생각했는데, 지금 보니 아기가 들어서지 않았던 원인은 바로 자기에게 있었던 것 같았다.

"사고를 치고 난 뒤에 정신이 번쩍 들었습니다. 형님을 배신했다는 괴로움에 몇 날 며칠 잠도 제대로 자지 못했습니다. 그래도 그 덕분에 형수님을 향했던 연심은 깨끗하게 정리할 수 있었습니다."

박씨는 죽은 아내 얼굴을 떠올렸다. 아내는 본래부터 성격이 온순하고, 순종적이었지만 아기가 생긴 무렵부터 특히나 남편을 극진하게 대접했다. 처음엔 옹기 사건 때문인가 보다, 생각했고 어느 정도 시간이 지난 뒤엔 그게 자연스러운 일이 되어버렸다. 하지만 그게 만약 죄책감 때문이었다면…….

'그 사람은 줄곧 양심의 가책을 안고 살았단 말인가.'

그랬을 것이다. 그랬기에 임종을 앞두고도 잘못을 털어놓고 용서를 빌었으리라.

"정말이지 죄송합니다."

고개를 들지 못하는 덕배에게 박씨가 조용히 물었다.

"혹시 희동이가 자네 아이라고 의심해본 적은 없나?"

덕배가 고개를 푹 떨궜다.

"그런 생각을 해보지 않은 건 아닙니다. 하지만 형님은 수원에 다녀오신 직후 형수님과 화해를 하셨고, 그 뒤로 쭉 두 분 금슬도 좋으셔서 저 혼자 괜한 착각을 한 게 아닌가 하고……."

온갖 생각이 한꺼번에 밀려왔다. 덕배가 죽을 때까지 장가를 들지 않으려 했던 건 어쩌면 그때까지도 덕배의 마음 한구석에 자신의 아내가 자리 잡고 있어서였을지도 모른다. 비록 형수에 대한 타오르는 연심은 정리했다 하더라도, 마음속에 다른 여자를 담을 공간은 부족했을지도.

덕배가 친조카 이상 희동이를 예뻐했다는 것도 떠올랐다. 혹시 덕배는 희동이를 볼 때마다 남몰래 자신과 닮은 곳을 찾아본 건 아닐까. 그러자 한심스럽게도 박씨는 덕배가 측은하다는 생각까지 들었다.

"너도 어찌 보면 불쌍한 인생이구나. 사모하는 여인을 눈앞에 두고서도 표현하지 못하고, 아들일지도 모르는 아이에게서 아버지라 불리지도 못하고."

"……다 제 잘못인걸요. 다만 형님께는 정말 무어라 드릴 말씀이 없습니다."

박씨는 깊은 한숨을 내쉬었다.

"그래, 알았다. 사람이니 실수할 때도 있는 게지. 무슨 사정이 있었는지는 충분히 이해했다."

그 말에 덕배가 화들짝 놀라 고개를 들었다.

"그렇다고 내가 너를 용서했다는 뜻은 아니다. 머리로는 그럴 수 있겠다 싶지만, 아직 가슴으로는 완전히 너를 용서하지 못했으니까."

"……."

"세월이 흐르다 보면 언젠가 너를 용서할 날도 오겠지. 하지만 아직은 그때가 아니다. 그래도 적어도 이젠 더 이상 너를 미워하지 않기로 했다."

덕배가 울먹였다.

"형님, 정말이십니까?"

"그래. 너는 내가 세상에서 가장 아끼는 보배를 주지 않았더냐."

덕배는 고개를 숙이고 조용히 흐느끼기 시작했다. 흐느낌이 점점 옅어질 무렵, 덕배의 몸도 조금씩 희미해졌다. 촛불 연기가 사라지듯, 덕배도 희미하게 스러져갔다.

새벽닭이 우는 소리에 잠을 깨고 보니 밖은 벌써 시뿌옇게 날이 밝아 오고 있었다. 고개를 돌려 머리맡을 보니 덕배의 모습은 온데간데없었다. 뼈마디에 스며들던 서늘한 냉기도 덕배와 함께 사라지고 방 안엔 여느 때처럼 따스한 온기가 감돌았다.

'아, 꿈이었던가…….'

박씨는 속으로 중얼거렸다. 하지만 꿈이라고 보기엔 덕배와 나눈

대화가 너무도 머릿속에 생생했다. 문득 대화 가운데 자신이 했던 말
이 뇌리를 스쳤다.

'세상에서 가장 아끼는 보배……'

동그란 얼굴에 순한 눈이 축 처진 희동이 얼굴이 떠올랐다. 엄마를
잃은 슬픔에 울고 있을 어린 아들이 떠올라 가슴이 먹먹해졌다.

'내 감정에 치우쳐 그간 희동이를 너무 방치했구나. 한시라도 빨리
희동이를 데려와야겠다.'

비록 엄마는 없지만, 그 몫까지 더 정성껏 아들을 키우리라. 박씨는
두 주먹을 거머쥐었다.

"한 가지 물어볼 게 있소."

박씨 이야기를 다 들은 주모가 진지한 표정이 됐다.

"그게 뭐요?"

"희동이가 당신 씨가 아니란 걸 알고난 뒤 아이에 대한 애정이 변
하진 않던가요?"

국밥을 한술 뜨려던 박씨가 눈을 휘둥그렇게 떴다.

"그게 무슨 바보 같은 질문이오! 희동이는 내 아들이오. 내 씨건,
아니건 간에 애지중지 키운 내 아들이란 말이오. 안사람과 덕배의 소
행 때문에 속이 뒤집힌 건 사실이나, 희동이에 대한 내 마음은 털끝
만큼도 변하지 않았소!"

박씨가 눈을 부라리며 소리를 버럭 질렀다. 주모의 질문에 열불이

나도 단단히 난 것 같았다. 하지만 미안하다 사과하고 허둥지둥 부엌으로 향하는 주모의 입가에 잔잔한 미소가 걸렸다.

'그래, 괜한 걱정을 했어. 키운 정이 낳은 정보다 무섭거늘.'

박씨 마음이 자신과 다를까 봐 내심 걱정했던 주모는 박씨의 부정(父情)을 확인하고 나자, 가슴속에 드리워진 한 가닥 먹구름이 깨끗하게 걷히는 것 같았다.

벌써 13년 전의 일이다. 객지에서 마포 나루터로 갓 이사 온 주모 부부는 주막을 열기 위해 한창 준비 중이었다. 어느 날, 새벽에 눈을 뜬 뒤 다시 잠이 오지 않아 밤공기나 쐬겠다며 밖을 나갔던 남편이 잠시 후 헐레벌떡 집으로 뛰어 들어왔다.

등에는 축 늘어진 여자를 들쳐업고, 품에는 태어난 지 얼마 안 된 아기를 안은 남편은 힘든지 가쁜 숨을 헉헉거렸다.

"이게 어찌된 일이오?"

당황한 주모가 여자와 아기를 번갈아 보았다.

"품에 아기를 안은 여자가 집 근처에 쓰러져 있었소. 정신을 잃은 것 같은데, 그대로 내버려 둘 수가 없어 데려왔으니 눈을 뜨면 죽이라도 쒀서 먹여야겠소."

남편이 바닥에 여자와 아기를 내려놨다. 그린 것처럼 곱게 생긴 여자였다. 나이가 겨우 열여섯, 일곱 정도 됐을까. 갸름한 얼굴에 피부가 뽀얗고, 반듯한 이마 아래 단정하게 자리 잡은 두 눈썹이 초승달처럼 어여쁜 곡선을 그리고 있었다. 오똑한 콧날에, 핏기를 잃었지만 모양 좋은 두 입술까지 미인도 여간 미인이 아니었다.

"어쩌면 이렇게 예쁜 여자가 길에서 정신을 잃었을꼬."

주모가 끌끌 혀를 찼다. 여자 옆에서 쌔근쌔근 잠든 아기도 제 엄마를 쏙 빼닮았다. 어쩌면 저리도 잘 잘까 싶을 정도로 잠투정도 없이 곤히 잠든 아기는 꽤 순둥이인 모양이었다. 미모가 뛰어난 엄마와 아기가 나란히 누워 있는 모습은 마치 한 폭의 그림을 보는 것 같았다.

주모는 수건으로 따뜻한 물을 적셔 여자의 이마와 입술에 대고 꾹꾹 눌렀다. 한참을 그러고 있었더니, 여자가 눈을 뜨고 주위를 둘러봤다. 어리둥절한 것이 '여기가 어딘가' 싶은 표정이었다.

"정신이 좀 드시오? 정신을 잃고 길가에 쓰러져 있는 걸 바깥양반이 발견해 우리 집으로 데려왔소."

그때 제 엄마가 깬 걸 눈치챘는지 잘 자고 있던 아기가 갑자기 앵, 울음을 터뜨렸다.

여자는 허둥지둥 아기를 품에 안고 저고리를 풀어 헤쳐 젖을 물렸다. 하지만 아기는 몇 번인가 엄마 젖을 빨더니 다시 울음을 터뜨렸다. 당황해하며 여자가 계속 젖을 물려도 아기는 몇 번 빨다 말고 고개를 젖히고 울어댔다.

"아기 좀 줘 보시오."

주모가 여자의 품에서 아기를 받아들고 자기 젖을 물렸다.

아기는 고개를 몇 번 돌리다가 일단 젖을 입에 넣고 나선 더 이상

보채지 않고 젖을 빨기 시작했다.

"감사합니다. 제가 젖이 잘 나오지 않아서……."

여자가 민망하다는 듯 말했다.

"괜찮아요. 어차피 젖이 나와도 줄 곳이 없으니."

"그럼 아기는……."

"얼마 전에 죽었다오."

주모의 목이 다시 콱 막혔다. 아직도 아픔이 불에 덴 것처럼 생생했다. 여자는 할 말을 잃은 듯했다. 나이는 어려도 같은 어미인지라, 자식을 잃는다는 게 얼마나 큰 아픔인지 이해하는 것이다.

"아기 이름은 지었소?"

"아직……."

여자가 입술을 깨물고 고개를 숙였다.

"어쨌건 이제 정신이 좀 드는 것 같으니 내가 아기를 보는 동안 죽이라도 좀 잡수시오. 야채죽을 끓여놨으니까."

"신세를 져서 죄송합니다."

"죄송할 게 뭐가 있다고. 어서 일어나 식사할 채비나 하시오."

여자는 죽을 뜨면서 띄엄띄엄 자신의 신상을 늘어놓았다. 이름이 분이라는 여자는 어느 대감 댁 노비라고 했다. 분이를 낳은 부모는 소작농이었는데 역병으로 둘 다 세상을 떴고, 대감이 고아가 된 어린 분이를 데려와 노비로 키웠다.

분이가 나이가 차 미모에 물이 오르기 시작하자, 대감은 밤마다 분이 처소를 찾기 시작했다. 두렵고 괴로웠지만, 노비 주제에 주인의 명령을 거역할 순 없었다. 몇 달 전부터 달거리가 끊기고 조금씩 배가 불러오고 나서야 분이는 비로소 아기를 가졌다는 사실을 깨달았다.

밤마다 자신을 괴롭히는 대감마님도 무서웠지만, 그 지경이 되고 나니 안방마님 눈이 무서워 견딜 수가 없었다. 안방마님은 유달리 질투가 심한 사람이었다. 남편이 여종의 손목을 잡고 희롱하는 모습을 보고선 그 여종 손목을 잘라버린 적도 있었다.

기껏 손목 잡힌 것 정도로 그런 꼴을 당했는데, 자신은 대감마님 아이까지 가졌으니 무슨 봉변을 당할지 몰랐다.

뜻밖에 결정적인 순간에 방패막이가 되어 준 것은 대감마님이었다. 그래도 자신의 씨를 품어서인지 대감마님은 분이를 자신의 시야가 닿는 곳에 두고 세심하게 보호했다. 덕분에 분이는 열 달 후에 무사히 아기를 낳을 수 있었다.

그러나 행운도 다했는지 얼마 전 대감마님이 병으로 앓아누웠다. 병세는 갈수록 심해져 마침내 대감마님은 의식을 잃고 혼수상태에 빠졌다. 누가 보더라도 대감마님은 오래 버티지 못하고 세상을 뜰 게 분명했다.

상태가 나빠질수록 분이는 속이 바짝바짝 타들어 가는 것 같았다. 이제까지는 대감마님 비호 아래 안전을 누릴 수 있었지만, 세상을 뜨고 난 뒤엔 포악한 안방마님으로부터 모자(母子)를 지켜줄 수 있는 사람은 아무도 없었다. 날마다 가슴을 졸이던 분이는 마침내 간밤에 사람들 눈을 피해 아기를 안고 몰래 집을 빠져나왔다.

혹시나 발각돼 모진 꼴을 당할까 봐 집을 나서는 내내 분이는 가슴이 두근거렸다. 고맙게도 품에 안긴 아기가 울어대지 않았다. 살금살금 저택을 빠져나와 아기 울음소리가 대감네 집에 들리지 않을 만큼 멀어진 것 같자, 아기를 품에 안은 채 냅다 달리기 시작했다. 그렇게 얼마나 달렸을까. 몸을 푼 지 얼마 지나지도 않은 데다 극심한 긴장에 피로까지 겹친 분이는 그대로 길에서 정신을 잃고 말았다.

"쯧쯧, 그런 사정이 있었군."

주모가 혀를 끌끌 찼다.

"다행히 대감님 댁에선 무사히 벗어났지만, 이제 앞으로 어떻게 할 건가?"

"모르겠습니다."

분이의 고운 얼굴에 그늘이 드리워졌다.

"먹고 살 방법은 찾아봐야지."

"일단은 살고 봐야겠다 싶어 나왔는데, 앞길이 막막합니다. 도망친 노비란 게 발각되면 그대로 관가에 끌려갈 것이고, 혼자서 밥 벌어먹을 방법도 마땅치 않은데……."

분이가 말꼬리를 흐렸다. 주모가 생각해도 갑갑한 상황이었다.

"그래도 아기를 생각해서 기운 차려야지. 자네는 그렇다 쳐도, 낳아 놓은 아기는 책임을 져야 할 것 아닌가."

"……."

"안 그런가?"

다짐하듯 묻는 주모의 말에 분이가 잠시 생각하곤 고개를 들었다.

"제 존재가 과연 저 아이에게 도움이 될까요?"

"그게 무슨 말인가?"

"사지 멀쩡하고 건강한 사내아이입니다. 아이를 원하는 사람이 데려가려 할 수도 있습니다. 제 곁에 있어 봤자, 밥 빌어먹고 살 게 뻔한 걸요. 아이를 위해서도 제가 없는 편이 좋지 않을까요?"

"이 사람아, 그런 소리 하지 말게. 빌어먹든 뭘 해먹든 간에 아이에 겐 엄마가 있는 게 제일이네. 그러니 행여라도 마음 약한 소리 하지 말고 어서 기운을 차리고 찬찬히 앞으로 살 방도나 궁리해보도록 하게."

주모는 엄한 목소리로 분이를 타일렀다. 분이는 잠자코 고개를 떨구고 있었다. 무언가 골똘히 생각에 잠긴 것이 주모의 말을 곱씹어보기라도 하는 것 같았다.

그날 밤, 주모는 자지러지게 우는 아기 울음을 듣고 분이와 아기가 누운 위채 건넌방으로 달려가 방문을 열어젖혔다.

"왜 그러나? 아기가 어디 아프기라도 한가?"

방안은 휑뎅그렁했다. 분이가 누워 있던 곳 담요와 이불은 깔끔하게 개켜져 있었다. 분이는 온데간데없었다. 혼자 누운 아기가 엄마가 사라진 걸 눈치채기라도 한 것처럼 목소리를 높여 울어댔다.

"그래, 그래, 알았다. 착하지."

주모가 아기를 안아 올리고 얼러댔다.

"어미를 찾는 거냐? 조금만 기다려보자. 엄마는 곧 돌아올 거야."

하지만 내심 분이가 아기를 버리고 떠났을 거라는 생각이 들었다. 그렇지 않고선 한밤중에 아기를 팽개치고 사라졌을 리가 없었다. 분이가 제 잠자리를 가지런히 개켜놓고 간 것도 마음에 걸렸다.

'설마 그럴라고. 곧 돌아오겠지. 아무렴, 곧 돌아올 거야.'

주모는 불안한 가슴을 진정시키기 위해 아기를 품에 안고 그렇게 되뇌었다. 하지만 주모의 바람은 이뤄지지 않았다.

며칠 뒤 강에서 젊은 여자의 시신이 떠올랐다. 온몸이 물에 퉁퉁 불었으나, 살아있었을 때는 상당히 예뻤을 것 같은 여자였다. 몸을 살펴보니 아기를 낳은 지 얼마 되지 않은 것 같았다. 도망친 여자 노비가 분명하다는 소문이 떠돌았다. 아기는 찾지 못했다. 가능성은 둘 중 하나였다. 아기를 놔두고 혼자 도망쳤거나, 함께 강물에 들어갔다가 아기는 물살에 휩쓸려 가버렸거나.

'기어이 그렇게 가버렸군.'

주모는 소식을 듣고 설레설레 고개를 저었다. 제 어미가 그렇게 된 것도 모르는 아기는 주모 품 안에서 눈을 말똥말똥 뜨고 올려다보고 있었다.

"강에 빠져 죽은 젊은 여자, 얼마 전 우리 집에서 머물던 여자가 틀림없더군."

시신 인양 작업 때 나루터에 있던 남편이 말했다. 주모는 말없이 고개를 끄덕였다. 남편이 난감한 시선으로 아기를 바라보았다.

"그나저나 저 아기는 어떻게 한담?"

"우리가 키우지요."

주모의 입에서 의도치 않은 말이 불쑥 튀어나왔다. 남편이 눈을 크게 떴다.

"우리가 키운다고?"

스스로도 생각지 못한 말이었지만, 뱉어놓고 나니 이상할 게 없어 보였다. 오히려 그게 당연한 일처럼 여겨졌다.

"못 할 게 뭐가 있습니까. 이렇게 만난 것도 인연인데. 우리 곁을 떠난 아기가 다시 살아 돌아온 셈 치고 키우지요. 남들에겐 내가 배 아파 낳은 아기라고 하고."

"남의 자식을 그렇게까지 해야겠소?"

"꼭 내가 낳아야만 내 자식인가요. 기르다 보면 정이 들겠지요. 죽은 이 아이 어미도 우리가 아기를 키워주길 바라고 제 목숨을 끊은 게 아닐까요?"

남편은 잠시 생각에 잠겼다. 아들을 잃은 뒤에 한동안 깊은 시름에 빠져 있던 주모를 생각하면 딱 그 또래 남자아이를 키우는 게 그리 나쁜 선택은 아닌 것 같았다. 게다가 다행히 주모는 아직 젖도 잘 나오고 있었다. 남편은 아기의 예쁜 얼굴을 물끄러미 바라보다 마침내 '그럽시다' 했다.

"그건 그렇고 무슨 사내아이가 이렇게 예쁘게 생겼담."

"엄마를 꼭 빼닮은 게지요."

"어쨌거나 키우려면 이름부터 지어야 할 터인데, 뭐가 좋겠소?"

부부는 머리를 맞대고 한동안 고민에 빠졌다. 남편이 먼저 입을 열었다.

"선하게 자라라는 뜻에서 선노미 어떻소? 뭐니 뭐니 해도 선량한 게 제일 아니오."

"좋은 이름이네요."

주모가 오랜만에 얼굴을 펴고 활짝 웃었다.

"앞으로 네 이름은 선노미다. 어떠냐, 네 이름이 마음이 드느냐?"

아기가 다시 주모와 눈을 마주치며 방긋 미소 지었다.

그렇게 선노미는 주모의 아들이, 삼개주막의 일원이 됐다.

손님들 아침상을 물린 지 얼마 지나지 않아 목재소 최씨네 아들 만득이가 찾아왔다.

선노미의 어릴 적 친구 만득은 못 보던 사이 또 키가 한 뼘 훌쩍 자라 있었다. 어깨가 넓어지고 가슴팍이 튼실해진 것이 아직도 호리호리하기만 한 선노미와 달리 제법 사내 냄새가 났다.

평상을 닦던 주모가 '아버지 술 심부름 왔니?' 묻자, 만득은 '아뇨.

선노미 보러 왔어요' 하며 마당을 쓰는 선노미에게 손을 흔들었다.

"요즘 들어 만득이가 선노미를 자주 찾네."

부엌으로 들어가며 주모가 무심코 혼잣말을 했다.

꼬마 때 항상 붙어 다녔던 둘은 부모님 일을 돕기 시작하면서 뜸해졌다. 그랬는데 얼마 전부터 만득이가 사흘에 한 번꼴로 피차 일이 한가한 오전 시간에 주막을 찾아 한 식경 정도 머물다 가곤 했다.

"오라버니가 해주는 이야기를 들으러 오는 거예요."

어머니가 하는 말을 들었는지 곁에서 복이가 냉큼 끼어들었다.

"이야기라니, 무슨?"

"주막에서 보고 들은 거요."

복이 말에 따르면, 둘은 선노미가 만득이에게 나눠준 깨강정을 계기로 다시 어울리게 됐다. 얼마 전 과거 보러 가는 길에 괴이한 일을 겪어 혼이 빠진 선비와 하인이 주막에 머문 일이 있었는데, 깨강정은 하인이 길 떠나면서 선노미에게 선물한 것이었다.

누이 덕이와 깨강정을 맛나게 먹은 만득은 잘 먹었단 말을 하러 선노미를 찾아왔다가 '대체 그거 어디서 난 거냐?' 물었고, 선노미는 별생각 없이 선비와 하인이 겪은 일을 들려줬다.

만득은 선노미 이야기에 푹 빠졌는지 그 뒤로도 종종 주막에서 오고 간 이야기를 들으러 선노미를 찾아 오기 시작했다는 것이다.

자초지종을 들은 주모는 혀를 끌끌 찼다.

"어린애도 아닌데 이야기에 정신이 팔려서는……. 게다가 네 오라비처럼 말수도 없는 애가 들려주는 게 뭐 그리 재미있으려고."

그러자 복이와 옥이가 동시에 도리질을 쳤다.

"아니에요, 오라버니 진짜 대단해요! 자기가 본 거, 들은 거 토씨 하나 안 빼먹고 그대로 기억한다니까요."

"방물장수 할머니가 해주신 이야기를 오라버니에게 들려줬는데, 나중에 보니 오라버니가 저보다 더 정확하게 기억하고 있었어요."

선노미가 기억력이 좋다는 건 주모도 잘 알고 있었다. 예전에 주모는 외상 손님 인상착의를 문지방 나무에 칼로 새겨 넣었다. 코가 큰 손님은 코를 크게, 얼굴에 사마귀가 있으면 사마귀를 그렸다. 그 옆에다 외상값도 표시했다. 한 냥이면 가로줄 하나, 두 냥이면 가로줄 둘이었다. 글을 모르는 주모로선 달리 방법이 없었다.

그런데 선노미가 크고 나서부턴 그럴 필요가 없어졌다.

손님이 외상을 원할 때마다 주모는 아들을 불러 손님 얼굴과 외상값을 기억하게 했다. 선노미가 손님 얼굴을 헷갈리거나, 외상값 숫자를 잊어먹는 일은 단 한 번도 없었다. 하지만 주모조차 아들이 손님들 이야기를 옆에서 듣고 토씨 하나 안 틀리게 읊을 수 있는 능력이 있을 줄은 꿈에도 몰랐다.

복이가 어리벙벙한 주모를 보고 우쭐해져서 덧붙였다.

"게다가 오라버니는 말도 잘해요. 어쩌면 그렇게 막힘없이 이야기를 술술 풀어내는지 저도 지나가다 듣고 깜짝 놀랐다니까요. '저 사람이 온종일 입을 꽉 다물고 있는 선노미 오라버니 맞아?' 하고요."

주모는 일손을 멈추고 멍한 눈길로 선노미를 바라봤다. 평상시와 달리 열띤 표정으로 손짓 발짓까지 하며 동무에게 이야기를 들려주고 있는 아들이 어쩐지 낯설게 느껴졌다.

만득이는 한 식경 정도 이야기를 듣다가 돌아갔다.

동무가 주막 싸리문 나서는 걸 배웅하고 나서 선노미는 다시 묵묵한 얼굴로 돌아가 마당을 쓸기 시작했다. 조금 전까지 느꼈던 짜릿한 흥분은 사라지고 허탈한 감정이 밀려왔다. 그때 뒤에서 굵직한 남자 목소리가 들렸다.

"너 기억력이 아주 비상하구나."

선노미가 화들짝 놀라 고개를 돌렸다. 낯익은 초로의 선비 하나가 혼자 앉아 있었다.

만득이가 올 때까지만 해도 주막엔 손님이 없었는데, 이야기하느라 정신이 팔린 사이 들어온 모양이었다.

'대체 언제부터 내 이야기를 듣고 있었을까. 주문도 못 받고 오래 기다려서 화가 나신 건 아니겠지?'

부끄럽기도 하고 당혹스럽기도 해 얼굴이 빨갛게 달아올랐다.

"혹시 나를 기억하겠느냐?"

선노미가 고개를 들어 빤히 선비의 얼굴을 살폈다. 큰 키에 붉은 얼굴, 광대뼈가 두드러진 50대 남자. 얼마 전 병약한 인상의 선비와 함께 주막에서 술을 마셨던 사람이 틀림없었다. 그때 상대방은 이 선비를 연암이라고 불렀다.

선노미의 대답에도 선비는 그다지 놀란 기색이 없었다. 찬찬히 선노미를 뜯어보다 혼잣말처럼 중얼거렸다.

"한 번 보고 들은 걸 모조리 기억하는 건 놀라운 재주지. 양반으로 태어났으면 크게 출세할 수도 있었을 텐데, 안타까운 일이로고."

칭찬인지 뭔지 모를 말에 당황한 선노미는 묵묵히 제 발치만 쳐다봤다. 선비가 그런 선노미를 집요한 시선으로 바라보았다.

"하지만 아무리 기억력이 뛰어나도 시간이 지나면 빛이 바래기 마련이다. 이따금 머릿속 기억을 되살리는 훈련을 하지 않으면 방금 네가 했던 것처럼 세세한 부분까지 모조리 생생하게 기억해내긴 어렵지. 글을 알지는 못할 터인데, 기억을 되살리기 위한 너만의 방법이 있느냐?"

선노미가 놀라 눈을 크게 떴다.

선비는 말없이 선노미의 대답을 기다렸다.

"바, 방법이라고 할 것까진 없지만……. 특별히 재미있는 이야기를 들으면 그걸 그림으로 그려둡니다."

"호오, 그림이라?"

선노미가 고개를 끄덕였다.

삼개주막엔 여러 해 전에 묵었던 선비가 놓고 간 종이가 있었다. 과거를 보러 지방에서 한양으로 올라온 선비는 행색이 남루했다. 주막에서 하룻밤 먹고 잔 비용이 모자랐는지 그는 부족한 돈을 대신하겠다며 주모에게 종이를 건넸다.

　주모는 '우리 같은 사람들한테 이런 게 무슨 필요가 있다고' 생뚱한 표정을 지었지만, 민망해 어쩔 줄 몰라 하는 선비가 안쓰러웠는지 더는 닦달하지 않았다.

　그 뒤 아무짝에 쓸모없는 종이는 주막 식구들이 함께 쓰는 방 한구석에 방치됐다. 그리고 얼마 전 우연히 그 종이뭉치를 발견한 선노미가 타고 남은 숯으로 그 위에 그림을 그리기 시작했다.

　"네가 그린 그림을 봐도 되겠느냐?"

　선노미가 다시 눈을 동그랗게 떴다.

　양반이 주막집 허드렛일을 하는 아이가 그린 그림을 보겠다니. 처음엔 농담인가 싶었지만 근엄한 선비의 표정을 보니 농담 같지 않았다. 선노미는 어쩔 수 없이 방으로 들어가 자신이 그린 그림을 들고 왔다.

　선비가 더 심각해진 표정으로 선노미의 그림을 한장 한장 살펴봤다.

　길바닥에 앉아 그림을 그리는 수염이 허연 노인, 어린 딸 머리를 화병으로 내리치는 양반 마님, 초점 없는 눈을 부릅뜬 채 나귀에 올라앉은 젊은 선비…….

　문득 선비의 시선이 그림 한 점에 꽂혔다. 소복 차림으로 들보에 매달려 있는 젊은 과부였다. 아마도 허 생원이라는 남자가 했던 이야기를 듣고 그린 모양이었다. 변변한 도구 없이 숯으로 대충 그린 그림은 썩 뛰어나다고 할 순 없었지만, 이야기 전체를 잘 함축하고 있었다.

　"과연……."

선비가 감탄한 듯 수염을 쓰다듬었다.

"한 번씩 짬이 날 때마다 이 그림들을 보면서 기억을 되살려보는 거로구나. 그렇지?"

선노미가 고개를 끄덕였다.

"화가는 빼어난 경치를 보면 자기 눈으로 감상하는 데 그치지 않고 그림으로 그린단다. 시인은 훌륭한 구절이 떠오르면 그걸 가슴에만 담아두지 않고 글로 적어두지. 너도 그들과 같은 감성을 가진 모양이 구나. 다만 제대로 표현할 수단을 못 찾은 게지."

선비가 도통 이해가 되지 않는 말을 했다.

"그런데 어찌하여 이런 이야기에 마음이 끌린 것이냐?"

"네?"

"네가 그린 그림들을 보니 하나같이 기이하거나 괴기스러운 이야 기뿐이구나. 주막에서 일하면 보고 듣는 것이 많을 텐데 어째서 특별 히 이런 이야기에 마음이 끌린 건지 물었다."

"그, 그건……."

선노미도 그 이유를 제대로 설명할 순 없었다. 일상에선 좀처럼 볼 수 없는 매우 특별한 이야기, 상식으로 설명할 수 없는 기묘한 이야 기는 언제나 선노미 마음을 설레게 했다. 그런 이야기를 듣거나 그리 고 있을 때면 주막집 허드렛일을 하는 자신의 신분도, 매일같이 반복 되는 고된 노동도 잠시 잊을 수 있었다.

"네가 그린 이야기는 지식을 알려주지도, 충효를 가르쳐주지도 않

는다. 백년 묵은 여우나 처녀 귀신 같은, 어찌 보면 황당하고 뜬구름
잡는 얘기지. 왜 그런 이야기를 좋아하는 거지?"

선비는 선노미를 질책하는 것 같지 않았다. 얼굴엔 순수한 호기심
이 어려 있었다. 거기에 용기를 얻은 선노미가 간신히 대답했다.

"저는 어떤 이야기가 좋은 이야기인지 모릅니다. 하지만 이 이야기
들을 할 때 사람들은 울고 웃었습니다. 저도 먼발치서 이야기를 엿들
으며 속으로 같이 기뻐하고, 화를 냈습니다. 그러니 황당하고 뜬구름
잡는 얘기라도 얕잡아볼 수만은 없지 않겠습니까?"

뜻밖에도 논리정연하게 의견을 피력하는 선노미를 보고 선비는 조
금 놀란 듯했다. 한동안 생각에 잠긴 표정으로 물끄러미 선노미를 쳐
다보았다.

선노미도 자신의 당돌함에 당황해 입을 닫고 다시 땅바닥으로 눈
을 내리깔았다. 침묵 속에서 먼저 입을 뗀 사람은 선비였다.

"달포에 한 번씩 지인들이 내 집에 모인다. 학문 얘기도 나누고, 사
람들이 어떻게 사는지도 얘기하지."

"……."

"너도 거기 참석해 주막에서 들은 괴이한 이야기를 해주지 않겠느
냐?"

"……!"

선노미는 놀라 말문이 막혔다. 양반 나리들이 모이시는 자리에 감
히 자신이! 생각만 해도 긴장한 나머지 등에 땀방울이 송글송글 맺히

는 것 같았다.

"내 지인들은 다들 괴짜라 네가 끼는 걸 반대하지 않을 게다. 아니, 오히려 재미있다고 생각하는 치들이 더 많겠지."

"하지만……."

선노미뿐 아니라 뒤늦게 선비를 보고 주문을 받으러 온 주모까지 어쩔 줄 몰라 했다.

선노미는 그렇다 치더라도 주모가 저런 반응을 보이는 건 보기 드문 일이었다.

"달포에 한 번, 모임 시간은 술시(戌時: 저녁 8시 무렵). 그 정도라면 장사에 크게 지장은 없겠지?"

선비가 선노미 뒤에 선 주모를 보고 말했다.

"하오나……."

선노미는 여전히 우물쭈물하고 있었다. 선비는 그런 선노미에게 미끼를 던졌다.

"보아하니 네 종이가 다 떨어져 가는 것 같은데, 모임에 나오면 종이를 받아 갈 수 있을 것이다."

그제야 선노미 눈이 반짝 빛났다. 선비도 그걸 알아챘는지 짓궂은 미소를 짓더니 결정타를 날렸다.

"혹시 모르지, 네가 아까처럼 이야기를 재미있게 하면 거기 있는 누군가 답례로 네게 언문이라도 가르쳐줄지. 너는 그림보다는 글에 재능이 있어 보이니 그편이 앞으로 기록하기에도 좋을 테지."

"하겠습니다!"

선노미가 자기도 모르게 외쳤다. 뒤이어 목소리가 너무 높았다는 걸 깨닫고 얼굴이 빨개졌지만, 선노미는 대답을 물리지 않았다.

주모는 처음 보는 아들의 모습에 놀라 눈이 휘둥그레졌으나, 굳이 말리려 하지 않았다. 오히려 양반 나리가 아들의 재능을 높이 샀다는 사실에 가슴이 벅차올랐다.

선비가 얼떨떨한 표정으로 선 모자를 번갈아 바라보았다.

"장소를 가르쳐줄 터이니 열흘 뒤 다음번 모임에 우리 집으로 오거라. 그리고 이야기가 일단락됐으니 이제 음식을 주문하도록 할까. 주모, 장국밥 한 그릇 주시오."

삼개주막 기담회는 그렇게 뚝딱 만들어졌다.

삼개주막은 한양 도성에서 서남쪽으로 약 십 리쯤 떨어진 마포나루 어귀에 있었다. 마포나루, 혹은 삼개나루라고도 불리는 이곳은 한강을 거슬러 오는 장삿배들과 사람들로 언제나 북적거렸다. 여러 사람들이 모여드는 이곳엔 다양한 사람들 만큼이나 괴이하고 신기한 기담도 모여들었다.

사람들이 털어놓고 간 그 많은 기담은 그동안 선노미의 머릿속에 차곡차곡 쌓였는데, 오늘 선비가 후, 바람을 넣고 간 뒤로 비로소 숨결을 머금고 새록새록 자라기 시작했다.